러시아 문학기행1

도스토엡스키 두 번 죽다

러시아 문학기행1

도스토옙스키 두 번 죽다

이정식 글 사진

한결미디어

머리말

시각 장애인 한 사람이 앞에서 오고 있다. 가느다란 지팡이로 땅을 톡톡 두드리며 조심스럽게 발을 내딛는다.

함께 가는 사람도 안내견도 없다. 20대로 보이는 젊은이다. 어디로 가고 있을까?

내 곁을 지나는 그를 잠시 뒤돌아보았다. 그의 발걸음이 갑자기 인도와 차도 사이의 화단으로 향한다.

“어떡하나” 하고 걱정을 하는 사이, 지팡이를 통해 화단임을 감지한 그가 다시 방향을 잡고 앞으로 나아간다.

그 모습을 한참 바라보았다. 마음이 아리다.

도스토옙스키(1821~1881)에 대해 쓰고 있던 2020년 초, 서울의 한 거리에서의 일이다.

형장에 선 도스토옙스키

1849년 12월 22일. 러시아의 수도 상트페테르부르크의 세묘노프스키 사형장. 한겨울 추위 속에 28세의 젊은 소설가 도스토옙스키가 처형 순서를 기다리고 있다. 처형대 맞은편에는 소총수들이 기다란 총에 장전을 한 채 대기 중이다.

사형수들은 세 개의 기둥에 각각 한 명씩 묶인다. 도스토옙스키는 긴 줄의 앞에서 여섯 번째였다. 한 번에 세 명씩이므로 처형되는 두 번째 그룹이었다. 차르의 전제체제를 비판하는 독서 모임에 가담한 죄로 죽음의 문턱에 서게 된 것이다.

처형이 시작되기 직전, 갑자기 나팔 소리가 울려 퍼지더니 차르의 전령이 등장했다. 그는 사형수들에게 '시베리아 유형'으로의 감형 조치를 알리는 은혜로운 황제의 칙서를 낭독한다. 도스토옙스키가 극적으로 생명을 건지는 순간이다. 하나의 연극 같지만 실제 상황이다. 차르 니콜라이 1세 연출의 잔인한 사실극이었다.

살아서 감방으로 다시 돌아온 도스토옙스키는 기뻐서 큰 소리로 노래를 불렀다. 그는 이틀 후 크리스마스 전날인 24일 밤 무거운 족쇄를 찬 채 다른 정치범들과 함께 뚜껑도 없는 마차에 실려 시베리아의 유형지로 떠난다.

당시 법에 따르면 시베리아에 한번 유형수로 가면 상트페테르부르크가 있는 유럽러시아(우랄산맥 서쪽의 러시아 영토)로 다시는 돌아올 수 없었다.

이 책은 그렇게 삶과 죽음의 경계선에 섰던 도스토옙스키의 흔적을 찾아 떠난 기행문을 골격으로 한 도스토옙스키의 인생 이야기다.

우리 모두는 누구나 인생드라마의 주인공이지만, 도스토옙스키의 인생드라마는 그 누구의 것보다 파란만장하고 흥미진진하며 그의 작품 이상으로 감동적이다.

그는 참으로 기구한 삶을 살았지만 또한 자신이 모르는 행운도 여러 차례 그를 찾아왔다.

4년간의 유형살이를 끝내고 시베리아 세미팔라틴스크에서 사병으로 강제 군 복무를 할 때 유부녀 마리야를 사랑하게 됐다. 몰래한 사랑인데 그녀의 남편이 그다음 해에 죽었다.

도스토옙스키는 그녀가 미망인이 됐으니 쉽게 결혼할 수 있으리라 생각했다. 그러나 그렇지 않았다. 마리야는 미래가 안 보이는 유형수 출신 사병 도스토옙스키와 결혼하려 하지 않았다. 도스토옙스키는 애가 탔다.

그러던 중 도스토옙스키를 유형 보낸 니콜라이 1세가 죽고 아들 알렉산드르 2세가 즉위했다.

새 황제의 정치범들에 대한 유화정책 덕에 도스토옙스키는 하사관을 거쳐 장교대우로까지 고속 승진을 했다. 그러자 마리야의 마음에 변화가 왔다. 마침내 마리야와의 결혼에 성공하고 상트페테르부르크로도 돌아올 수 있었다. 귀환이 이뤄짐으로써 그 후 대작들의 탄생도 가능했다고 할 수 있다.

고난 속에서도 행운은 있었으니

그토록 사랑했던 마리야는 불행히도 폐결핵 환자였다. 결혼 후 오래

병치레를 하다가 7년 만에 죽었다. 둘 사이에는 자식도 없었다.

마리야가 죽고 몇 달 후 함께 잡지를 하던 형 미하일도 갑자기 죽었다. 그는 동생에게 빚만 잔뜩 남겨놓았다.

도스토옙스키는 이때부터 빚더미에 눌려 사는 인생이 된다. 마리야의 사망을 전후해 연애도 몇 차례 하지만, 이상하게도 전부 개성 강한 여자들만 만난다. 강해도 보통 강한 여성들이 아니다. 그 여성들은 후에 『도박꾼』의 폴리나, 『백치』의 나스타시야, 『카라마조프 씨네 형제들』의 그루센카 등 소설 속의 센 여주인공으로 재탄생한다.

도스토옙스키 인생 최대의 행운은 25세 연하의 두 번째 아내 안나 그리고리예브나를 만난 것이다.

그녀는 원고 마감에 쫓겨 고용한 속기사였다. 그때 급하게 쓴 소설이 『도박꾼』이다.

그녀는 도스토옙스키와의 결혼 후 도스토옙스키에게 정서적 안정을 가져다 주었고, 사업수완도 있어 도스토옙스키를 빚에서 벗어나게 만들었다.

도스토옙스키가 『죄와 벌』을 완성하고 사실상의 유럽 도피(빚쟁이와 친척들을 피해)여행 중 『백치』 『악령』 그리고 귀국 후 『미성년』 『카라마조프 씨네 형제들』 등 불후의 명작을 쓸 수 있었던 것은 젊은 아내 안나의 내조의 덕이었다고 해도 과언이 아니다. 두 사람 사이에는 네 자녀가 태어났으나 둘은 어려서 죽었다.

유형 생활의 후유증일지도 모르지만, 도스토옙스키는 여러 가지 병에 시달렸다. 간질, 치질, 폐질환 등을 안고 살았다.

도스토옙스키는 고난에 점철된 삶을 살았으나 글쓰기를 멈추지 않았고, 삶에 대한 희망을 버리지 않았다. 마침내 러시아의 위대한 작가 반열에 올랐으나 영광도 잠시, 어느 날 갑자기 폐출혈로 세상을 하직했다. 그때 나이 만 59세였다.

운명의 대지 시베리아

도스토옙스키는 인생의 황금기인 28세에서 38세까지를 감옥과 시베리아에서 보냈다. 4년은 족쇄를 찬 채 옴스크의 유형소에서 강제 노동으로 보냈고, 이후 5년 반은 세미팔라틴스크에서 강제 군 복무를 했다. 시베리아로 가기 전에 상트페테르부르크 페트로파블롭스크 요새에서 8개월간 감금되어 있었으므로 그가 구속, 감금 상태에 있었던 것은 모두 4년 8개월. 여기에 군 복무를 더해 10년이 넘는 긴 세월을 상상을 초월하는 고통과 외로움 속에서 보낸 것이다.

그러나 도스토옙스키는 모든 것을 포기했던 최후의 순간에 극적으로 목숨을 건진 후 생에 대해 강한 애착을 갖는다.

그는 모진 고통이 기다리고 있을 유형지로 가게 됨에도 불구하고 "내게 선사된 생이 그렇게 기쁠 수가 없었소!"라고 후일 그의 두 번째 아내 안나에게 말했다.

그는 살아있음에 감사했고 그날 이후 '생은 선물'이라고 생각하며 삶에 대한 새로운 각오를 다진다.

형장에서 살아 돌아온 직후 도스토옙스키는 형 미하일에게 '더 나은 사람으로 다시 태어나겠다'고 다짐하는 편지를 썼는데, 단지 감옥의 검열을 의식하여 그처럼 쓴 것은 아니었다. 진실로 그는 '이 세상에서 새로운 경험을 하며 오래 살고 싶다'는 강렬한 욕망을 갖게 되었다. 그리고 자신이 겪은 일들을 언젠가 소설로 써야겠다고 생각했다.

온갖 흉악범들이 들끓는 시베리아 유형소 속에서 그는 범죄자들을 유심히 관찰하면서 그들의 심리를 분석했다. 수용소에서는 편지쓰기는 물론 글쓰기 자체가 금지되어 있었으므로 그는 모든 경험을 머릿속에 차곡차곡 저장했다.

『죄와 벌』『카라마조프 씨네 형제들』 등 그의 소설의 많은 소재들은 유형소에서의 직간접 경험을 토대로 하고 있다.

그는 장차 유형소에서 출소 후 그가 하고자 하는 일을 위하여는 신체의 건강이 무엇보다 중요하다고 생각하여 힘든 노동에도 정을 붙이려고 노력했다. 그가 수용소에서 나온 후 쓴 『죽음의 집의 기록』에 담긴 다음의 이야기는 그가 처음 유형지에 갔을 때 스스로 느끼고 다짐한 것이 아닐까 한다.

"나는 노동이 나를 구할 수 있으며, 나의 건강과 육체를 튼튼하게 해줄 수 있다는 것을 느끼고 있었다. 계속되는 정신적인 불안과 신경성의 초조함, 그리고 감옥의 숨 막히는 공기가 나를 완전히 황폐하게 만들 수도 있었기 때문이다. 〈자주 바람을 쏘이고, 매일 피곤하게 하며, 무거운 짐을 운반하는 것을 배우는 일〉, 바로 이러한 것들이 최소한 내 자신을 구할 수 있다고 나는 생각했다. 〈몸을 단련하여 건강하고 활기에 넘치며 힘센 젊은이가 되어 세상에 나가리라〉 하고 말이다.” (『죽음의 집의 기록』, 이덕형 옮김, 열린책들, 2010.)

도스토옙스키가 유형지에서 좌절하지 않고 오히려 몸을 단련하기 위해 힘썼던 것은 형장의 사건으로 생에 대한 의식의 대전환이 있었기 때문일 것이다.

도스토옙스키에게 선물로 받은 새로운 생명은 소중했다. 『카라마조프 씨네 형제들』에서도 도스토옙스키는 부친 살해 혐의로 체포되어 시베리아 유형을 선고받게 될 장남 드미트리의 입을 통해 이렇게 말한다. 면회 온 막냇동생 알렉세이(알료샤)에게 하는 말이다.

“넌 믿기지 않을거다. 알렉세이, 지금 내가 얼마나 살고 싶어 하며 존재와 의식을 얼마나 갈구하는지를, 바로 이 색 바랜 담장 안에서 내 마음 속에 일어나고 있는 것을.”(『까라마조프 씨네 형제들』, 이대우 옮김, 열린책들, 2008.)

이에 앞서 드미트리는 그사이 변화된 신앙의 태도에 대해서도 이야기한다.

"유형수는 하느님 없이 살 수 없는 거야. 유형수가 아니더라도 마찬가지지!"(같은 책)

도스토옙스키보다 7살 아래인 당대의 문호 톨스토이(1828~1910)는 그의 『인생론』에서 "그가(사람이) 살아 움직이고 있음은 자기 개인의 행복을 얻기 위해서일 것"이라고 했는데, 도스토옙스키는 생 자체가 선물이라고 했다. 삶을 대하는 태도에서 보면 도스토옙스키가 보다 긍정적이다. 극단적 상황에서 죽음을 직접 마주했던 사람과 그렇지 않은 사람의 차이일지 모른다.

시베리아는 도스토옙스키에게 무한한 고통을 안겨 준 곳이지만, 그에 못지않게 많은 무형의 선물도 주었다. 수용소에서의 쓰라린 경험과 그곳에서 만났던 온갖 유형의 범죄자들, 뿐만 아니라 수용소를 나온 후 첫 결혼에 이르기까지 겪은 지독한 사랑의 경험도 도스토옙스키에게는 이후 소설의 중요한 소재가 되었음은 말할 필요도 없다. 과연 시베리아는 도스토옙스키를 대문호로 키운 운명의 대지였다.

도스토옙스키의 흔적을 찾아서

나는 도스토옙스키의 삶의 궤적을 찾아 수년에 걸쳐 러시아와 카자흐스탄에 있는 도스토옙스키 박물관을 방문했다. 도스토옙스키 박물관은 러시아에 6곳, 카자흐스탄에 1곳이 있다. 카자흐스탄도 과거 제정러시아의 영토였으므로 도스토옙스키가 살아있던 당시의 러시아 땅에 모두 7

곳의 박물관이 있는 것이다.

박물관은 그가 태어나고 자란 모스크바 마린스키 빈민구제병원의 의사 관사, 10대 초반 농촌의 추억을 남겨준 가족 영지 다로보예, 유형지였던 시베리아의 옴스크, 강제 군 복무를 한 시베리아의 세미팔라틴스크(현재는 카자흐스탄의 세메이), 시베리아에서 만난 첫사랑의 여인 마리야와 결혼을 한 쿠즈네츠크(현재는 노보쿠즈네츠크), 말년에 가난에서 조금 벗어났을 때 『카라마조프 씨네 형제들』 등을 집필한 스타라야루사 별장, 그리고 생을 마감한 상트페테르부르크의 아파트 등 7곳이다. 이 책은 다로보예부터 시작한다.

나는 3년 전 출판한 『시베리아 문학기행』(2017) 속에 푸시킨, 톨스토이, 도스토옙스키, 체호프 등 4명의 러시아 문호들의 이야기를 실었는데, 이 책의 일부 내용과 사진은 『시베리아 문학기행』 속 도스토옙스키 편의 것과 조금 겹친다. 그 점은 양해를 구한다.

기존의 번역서들의 많은 부분을 이 책에 인용했지만 동일한 번역서의 인용일 경우 매번 출처를 표시하지는 않았다. 사진은 옛 자료사진 외에는 거의 내가 현장에서 직접 찍은 사진들이다. 사진은 중요한 기록물이므로 사진을 통해 책 전체의 흐름을 읽을 수 있도록 적절히 배열하려고 노력했지만 미흡한 부분이 많다.

어려운 부분은 러시아어 표기였다. 러시아어는 경음(된소리)이 많지만, 국립국어원의 외래어 표기 용례집에 따라 우리말로 옮길 때는 발음이 부

드러워져 현지 발음과 차이가 난다. 과거의 책들에서는 '도스또예프스끼' '똘스또이'로 쓰던 것을 요즘은 '도스토옙스키' '톨스토이'로 표기하는 것이 그 예다. 지명도 마찬가지다. 기존의 번역서를 인용할 때는 될 수 있는 대로 해당 서적의 표기를 그대로 사용했다.

『러시아 문학기행』은 앞으로 몇 권의 시리즈로 나올 것이다. 1권과 2권은 도스토옙스키 이야기지만, 3권부터는 다른 문학가를 다루게 된다. 2권에는 도스토옙스키가 『카라마조프 씨네 형제들』을 쓴 스타라야루사의 또다른 모습과 그의 죽음을 전후한 이야기 등이 담겨있다.

책을 쓰기 위해 현장을 갈 때마다 현지 동포들의 도움과 안내를 받았다. 모스크바와 상트페테르부르크에서는 박정곤 전 고리끼 문학대학 교수의 도움을 받았고, 시베리아의 옴스크와 노보쿠즈네츠크에 갈 때는 노보시비르스크에 사는 동포 김준길 교수의 안내를 받았다. 카자흐스탄 북쪽 세메이에 갈 때는 알마티에 사는 진재정 선생의 도움이 있었다. 취재 여행이었으므로 대부분 혼자 떠났으며 현지에서 안내해 줄 분을 만나 함께 일정을 진행했다. 여행에 따른 몇 가지 에피소드는 2권의 부록에 실었다.

그리고 독자들의 러시아 문학기행 전반에 대한 이해를 위해 톨스토이, 체호프, 파스테르나크, 푸시킨이 포함된 〈러시아 문학기행 Q&A〉를 세 편으로 나누어 2권의 '부록'에 실었다.

이 책이 러시아 문학에 관심이 있는 분이나 그 문학의 원류를 찾아가는 여행을 생각하는 분들에게 다소나마 도움이 됐으면 한다. 또 우리의 삶과 죽음, 왜 살며, 어떻게 살아야 하는지 등의 문제들을 한 번쯤 도스토옙스키라는 거울에 비춰보는 것은 어떨까 하는 생각도 한다.

책의 출판을 기꺼이 맡아주신 한결미디어 박연 사장과 편집을 해 주신 안승철 실장께 감사드린다. 한결미디어는 나의 두 권의 가곡 책[『사랑의 시, 이별의 노래』(2011)와 『가곡의 탄생』(2017)]을 출판한 곳이다.

언제나 나의 원고를 가장 먼저 읽고 1차 교정자와 조언자가 되어주는 아내(고옥주 시인)에게도 거듭 고마운 마음을 전한다.

모든 사람에게 삶은 유한하고 또 그 과정에서 많이들 지치고 힘들어 하지만 도스토옙스키처럼 생을 선물로 생각한다면 무언가 생각과 태도가 달라지지 않을까.

맨 앞에서 말한 그 젊은 시각장애인에게도 또 독자 여러분에게도 생이 아름다운 선물이 되기를 바란다.

2020년 6월

이정식

차례

머리말 5

제1부 『농부 마레이』와 4월의 다로보예

진눈깨비 내리는 검은 대지 25 | 낯선 예약제 박물관 26 | 유해 없는 도스토옙스키 아버지 묘소 29 | 어릴 적 농촌 생활의 추억 30 | 부모를 잇달아 잃다 31 | 볼셰비키 혁명 이후 묘소가 없어졌을 가능성 33 | 다로보예의 도스토옙스키 자연박물관 34 | 『죄와 벌』의 전당포 노파처럼 최후를 마친 37 | 도스토옙스키의 큰 여동생 바르바라 37 | 벌판을 보고 있는 도스토옙스키 동상 39 | 『농부 마레이』의 추억 40 | 도스토옙스키, 40년 만에 다로보예 방문 45 | 달라진 것 없는 농부들의 삶 46

[작가노트] 엘리엇의 시구(詩句) '4월은 가장 잔인한 달'을 떠오르게 한 풍경 49

제2부 사형수가 된 소설가

의사의 아들로 태어나다 55 | 도스토옙스키의 가계 56 | 16살 때 모친, 18세 때 부친 사망 58 | 페트라셰프스키 독서 모임 62 | 처형장의 사형수 도스토옙스키 66 | 생명을 건진 후 큰 소리로 노래를 부르다

71 | 살을 에는 추위 속에 시베리아로 74

제3부 시베리아 유형지 옴스크

눈 내리는 옴스크역에 내리다 81 | 시베리아에 있는 세 곳의 도스토옙스키 박물관 82 | 도스토옙스키 박물관이 된 요새 사령관의 관사 84 | 감옥 밖은 환상적 이야기 속의 세계 90 | 눈 내리는 이르티시 강변에서 93 | 지옥문으로 보였을 토볼스크 문 94 | 토볼스크 문이 왜 옴스크에 있나 96 | 끔찍했던 수용소 생활 97 | 러시아에서 흰 옷은 수의 101 | 데카브리스트 부인 두 사람의 초상화 102 | 데카브리스트 부인들에 대한 도스토옙스키의 칭송 103
위대한 수난자들 106 | 수용소에서 그 성경책을 도난당하다 108 | 박물관의 지하 특별전시실 111 | 유형소에서 만난 부친 살해범 121 | 억울한 유형살이, 진범이 잡히다 122 | 스타라야루사는 『카라마조프 씨네 형제들』의 무대 125
[작가노트1] 옴스크에서 처음 본 막대형 족쇄 114
[작가노트2] 유형수 도스토옙스키, 어린 소녀의 적선을 받다 117
[작가노트3] 시베리아 유형지에서 싹튼 소설 『카라마조프 씨네 형제들』 120

제4부 시베리아에서의 첫사랑

금발의 미인, 유부녀 마리야 131 | 사랑의 중재자 브란겔 남작 133 | 유부녀와의 불같은 사랑 135 | 마리야가 떠난 후 유령처럼 변한 도스토옙스키 138 | 사랑하는 유부녀가 미망인이 되었지만 139 | 험난했던 결혼 과정 141 | 데카브리스트들에 대한 사면 등으로 분위기 좋아져 143 | '신이 보내준 천사'라고 했던 첫 부인 마리야 144 | 신부를 놀라게 한 신랑의 간질 발작 145 | 유럽러시아로의 행운의 귀환 149 | 불행했던 첫 결혼 152

제5부 카자흐스탄에 있는 도스토옙스키의 신혼집

도스토옙스키가 5년 반 살았던 시베리아의 벽지 159 | 세메이(세미팔라틴스크) 도스토옙스키 박물관을 찾아서 160 | 도스토옙스키 작품 속의 이르티시 강 163 | 특색 있는 문학박물관 166 | 발리하노프와 함께 앉아 있는 도스토옙스키 동상 167 | 당시의 통나무 신혼집도 박물관의 일부 169 | 소 세 마리 값 월세집 171

제6부 결혼식 올린 알타이 산맥 인근 노보쿠즈네츠크

마리야와 결혼식을 올린 벽지 마을 179 | 노보쿠즈네츠크 도스토옙

스키 박물관 181 | 노보쿠즈네츠크 박물관의 주인공은 마리야 183 | 4개의 전시실과 작은 복도 184 | 술주정꾼이었던 남편 이사예프와 젊은 교사 베르구노프의 부조 187 | 『죄와 벌』의 카테리나와 『백치』의 나스타시야 188 | 소설 『영원한 남편』에 남긴 첫사랑의 흔적 191 | 박물관 보다 큰 연구동 194

[작가노트] 마리야는 경제적 이유로 도스토옙스키와 결혼했을까 196

제7부 애인 수슬로바

당돌한 미모의 작가 지망생 수슬로바 202 | 수슬로바에 대한 사랑과 증오 207 | 젊은 시절, 선배 작가의 부인에게 관심을 갖기도 209 | 소설 『도박꾼』 속 수슬로바의 분신 211 | 『백치』의 나스타시야 - "저런 미모는 힘이야" 213 | 측은지심이 흑심(黑心)으로 216 | 벽난로의 불 속에 던져진 돈다발 218 | 순탄치 않았던 수슬로바의 인생 223

제8부 재혼을 위해 이리 뛰고 저리 뛰다

수슬로바는 도스토옙스키 문학 속 강한 여성의 원형 229 | 첫 부인과 사별 후 만난 두 명의 여인 232 | 도스토옙스키 부부와 오랫동안 우정 유지 234 | 환상적 방랑자 마르타 브라운 236 | 마르타 브라운에

게도 청혼 237 | 그가 재혼에 매달린 이유 239 | 다시 수슬로바를 만나다 243 | 『죄와 벌』을 쓰기 시작하다 245 | 수슬로바에게도 청혼했으나 248

제9부 위기 상황에서 만난 운명의 처녀 속기사

『죄와벌』을 쓰다가 문득 생각난 계약서 253 | 원고 마감에 쫓겨 처음 고용한 속기사 254 | 얼마나 살고 싶었던지-사형장의 추억 257 | 도스토옙스키의 꿈 258 | 끝까지 야비한 술수를 부린 출판업자 261 | 뒤늦게 안 출판업자의 간계 262 | 도스토옙스키, 안나에게 소설처럼 청혼하다 263 | 도스토옙스키의 열렬한 독자였던 안나 267 | 도스토옙스키 친척들의 결혼 반대 269 | 결혼 직후의 심각했던 간질 발작 270 | 신혼 초기, 친척들이 괴로웠던 안나 273 | 안나의 결단으로 유럽으로 떠나다 275 | 친척들과 빚쟁이로부터 벗어나다 276 | 고단했던 유럽 생활에도 그림을 좋아했던 도스토옙스키 278 | 첫딸을 잃고 실의에 빠지다 279 | 『전쟁과 평화』를 감추다 281

제10부 안나, 도스토옙스키의 도박벽을 고치다

도박의 추억 287 | 고개 든 도박벽 289 | 도박은 병 290 | 안나, 남편

에게 도박장에 가서 운을 시험해 보라고 권하기도 292 | 마침내 도박을 끊다 294 | 소설 『악령』 298 | 『악령』에 대한 대조적 반응 301 | 빚 걱정을 안고 4년 만에 귀국 305

제11부 스타라야루사와 『카라마조프 씨네 형제들』

스타라야루사에 평생 처음 자기 집을 마련하다 311 | 막내아들 알료샤의 사망 314 | 스타라야루사 도스토옙스키 박물관을 찾아서 318 | 공원 한가운데의 도스토옙스키 동상 320 | 초상화에 대한 안나의 회고 323 | 트레티야코프의 꿈이 이뤄낸 미술관 326 | 도스토옙스키의 사진 328 | 페레리치차 강이 내려다보이는 조용한 스타라야루사 별장 330 | 새로 문을 연 <카라마조프 씨네 형제들 소설 박물관> 334

제1부

『농부 마레이』와 4월의 다로보여

▲ 도스토옙스키 가족 영지가 있던 다로보예는 모스크바 동남쪽 190km 지점의 자라이스크 지역에 위치해 있다 (구글지도)

진눈깨비 내리는 검은 대지

모스크바 동남쪽에 있는 다로보예는 도스토옙스키의 가족 영지가 있던 곳이다. 도스토옙스키는 10대 시절 수년간을 여름마다 가족과 이곳에서 보냈다. 그가 갖고 있는 농촌생활의 기억은 이곳에서 겪은 것이 전부다.

다로보예에서 있었던 어린 시절의 추억을 단편으로 쓴 것이 『농부 마레이』다. 짧은 단편인데 내용적으로는 수필에 가깝다. 그가 『농부 마레

▼다로보예의 도스토옙스키 동상과 옛 영지. 멀리 보이는 숲이 체레모슈냐 숲

이』를 남기지 않았다면, 다로보예에 지금과 같은 미니 도스토옙스키 박물관인들 남아있을 것 같지 않다. 이곳은 아직도 과거와 같이 너른 벌이 펼쳐져 있는 농촌일 뿐, 도스토옙스키와 관련한 별다른 이야깃거리가 없어 보이기 때문이다.

그러나 이곳에 세워져있는 안내판의 설명을 보면 생각이 좀 달라진다. 도스토옙스키가 어린 시절 이곳에서 지낸 경험이 그의 작품 곳곳에 영향을 미쳤다는 것이다. 『농부 마레이』는 물론이거니와 『가난한 사람들』 『죄와 벌』 『악령』 『스테판치코보 마을 사람들』 『백치』 『작가일기』 『카라마조프 씨네 형제들』 등 작품 제목을 줄줄이 나열하고 있다.

현재 도스토옙스키 가족이 지냈던 작은 통나무집이 남아있는 다로보예 영지는 자라이스크시 역사문화박물관 산하의 도스토옙스키 자연박물관으로 관리되고 있다.

내가 다로보예에 있는 도스토옙스키 박물관을 향해 모스크바를 떠난 것은 우리나라의 식목일이었던 2019년 4월 5일이었다.

아침 7시, 출발할 때부터 조금 흐린 날씨였다. 그런데 다로보예로 다가가면서 자동차 앞유리에 빗방울이 하나둘 떨어지기 시작했다. 가만 보니 그냥 비가 아니고 눈이 섞인 진눈깨비다.

낯선 예약제 박물관

모스크바에서 동남쪽에 위치한 다로보예는 지도상의 거리는 190km이지만, 모스크바 어디에서 출발하느냐에 따라 거리가 많이 다르니 약

▲ 자라이스크 크렘린 입구

200km 정도라고 보면 될 것 같다. 과거에는 톨스토이의 영지가 있는 야스나야 폴랴나처럼 툴라주(州)에 속해 있었지만, 지금은 모스크바주에 속해 있다.

박물관과의 약속은 11시로 되어 있었다. 4시간 앞서 출발한 것이다. 도로가 나쁘지 않아서 승용차로 4시간씩 걸릴 거리는 아니지만, 아침시간 모스크바의 교통체증을 감안해 조금 일찍 출발했다. 도중 주유소 편의점에서 핫도그를 아침으로 먹었다.

11시에 다로보예 도스토옙스키 박물관을 관리하는 자라이스크 역사문화박물관 사무실에서 해설사를 만나 함께 다로보예의 도스토옙스키 자연박물관으로 가도록 되어 있었다. 다로보예를 찾는 방문객이 늘 있는 것이 아니어서 상시로 열려있는 것은 아니고 방문을 원하는 사람이 자라이스크시 역사문화박물관에 전화로 약속을 잡은 뒤 자기 차로 역사문화박물관으로 가서 가이드를 차에 태워 다녀오도록 되어있다. 즉 차를 방문자가 제공하는 조건의 예약제 박물관인 셈이다. 방문객이 많지 않아 늘 지키고 있기 어렵기 때문일 것이다. 박물관 사무실에서 다로보에 영지는 차로 20분가량 걸린다.

자라이스크에 도착하니 11시 10분 전이다. 사무실 건물은 자라이스크 크렘린(*러시아의 성채를 크렘린이라고 한다) 안에 있었다. 돌로 된 높은 성곽은 견고해보였다. 차를 성문 앞에 주차한 후 아치형 성문으로 들어가니 전면

▼ 다로보에 도스토옙스키 자연박물관을 관리하고 있는 자라이스크 역사문화박물관이 들어있는 자라이스크 크렘린 내부

에 황금빛 돔을 가진 정교회 성당이 저만치 보였고. 성문 안 바로 오른쪽 달걀색 석조 건물에 박물관 사무실이 들어있었다. 크렘린의 규모는 크지 않았다. 나중에 들은 얘기지만 러시아에서 가장 작은 크렘린이 자라이스크 크렘린이란다.

러시아의 오래된 옛 도시들에는 거의 크렘린이 있다. 대표적인 것이 우리가 잘 아는 모스크바의 크렘린이다. 러시아어 발음으로는 크레믈이다.

몇 년 전 톨스토이 옛 영지가 있는 야스나야 폴라나에 갈 때도 툴라 크렘린에 들렀던 적이 있는데, 자라이스크 크렘린보다는 훨씬 컸다.

유해 없는 도스토옙스키 아버지 묘소

박물관 예약은 동행한 박정곤 교수(전 고리끼 문학대학)가 했다. 박 교수의 승용차를 타고 갔다. 박 교수가 건물 안으로 들어가더니 살집 좋은 중년 여인과 함께 나왔다. 해설사 엘레나 페트로바(Elena Petrova) 씨다. 서로 반갑게 인사를 했다.

▲ 도스토옙스키 아버지의 유해 없는 묘지. 모노가로보 성당 앞

성문 앞에서 차가 출발했고 엘레나는 우리를 먼저 도스토옙스키의 아버지 미하일의 묘소가 있는 모노가로보 성당(러시아 정교회 예배당)으로 안내했다. 도스토옙스키 가족이 다니

던 성당이다. 성당은 보수공사 중이었다. 보수를 위해 세워 놓은 비계에 도스토옙스키 부모의 초상화가 걸려있다. 마치 도스토옙스키 가족을 기리기 위한 공사처럼 보였다. 성당의 규모는 크지 않았다. 묘소는 성당 바로 앞에 있었다. 엘레나 페트로바 씨는 이 묘소에는 유해가 없으며 유해를 아직 발견하지 못했다고 했다. 말하자면 가묘인 셈이다.

페트로바 씨는 정작 아버지 미하일의 유해는 어디에 있는지 모른다고 했다. 도스토옙스키를 연구하는 사람들이 10년 전쯤 세워놓은 것이라고 했다. 그말을 듣고 우리는 어리둥절했다. 왜 그렇게 됐을까?

어릴 적 농촌 생활의 추억

도스토옙스키의 아버지는 모스크바 아래 툴라지방에 있는 다로보예 영지를 1831년에 샀다.

다로보예는 20가구에 주민이 1백 명 정도 되는 크지 않은 영지였다. 이어 한 해 뒤 1832년에는 인근의 체레모슈냐 땅도 사들였다. 주민 수는 다로보예보다 조금 작았다고 한다. 당시는 땅과 주민이 같이 사고 팔리는 시대였다. 그래서 그 땅을 벗어나지 못하는 농민을 농노라고 했다. 러시아에서 농노해방은 차르 알렉산드르 2세 때인 1861년에 이뤄졌다.

다로보예에 영지를 마련한 후 처음 몇 해는 여름마다 가족들이 모두 이곳에 와서 전원생활을 즐겼다. 도스토옙스키는 50 중반인 1876년에 쓴 그의 단편 소설 『농부 마레이』에서 이곳에서의 어린 시절을 이렇게 회상한다.

"나는 호두나무 가지를 꺾어서 개구리를 잡을 회초리를 만들고 있었다. 호두나무는 자작나무처럼 단단하지는 않았지만 참으로 예뻤다. 또한 작은 곤충과 풍뎅이들도 내 마음을 사로잡고 있었다. 나는 이들을 수집하고 있었는데, 개중에는 상당히 근사한 것들도 있었다. 나는 또한 주홍색 바탕에 까만 점이 있는 작고 잽싼 도마뱀도 좋아했다. 뱀은 무서웠지만 그것과 마주치는 경우는 도마뱀보다 훨씬 드물었다. 이곳에는 버섯이 거의 없었다. 버섯을 따려면 자작나무 숲속으로 들어가야 했기 때문에 나는 거기로 향하려던 참이었다. 일생 동안 내가 무엇보다도 사랑했던 것은 버섯과 산딸기가 자라고 작은 벌레들이랑 새들 그리고 고슴도치랑 다람쥐들이 살고 있는 산이었다. 나는 썩은 나뭇잎들의 축축한 향기가 너무도 좋았다. 이 글을 쓰고 있는 지금도 우리 마을의 자작나무 숲에서 나는 향기가 느껴진다. 이런 인상들은 온 생애에 걸쳐서 남을 것이다."(『영원한 남편 외』 중 '농부 마레이', 정명자 옮김, 열린책들, 2010.)

부모를 잇달아 잃다

그런데 영지를 산 지 6년 후인 1837년 2월 어머니 마리야가 폐결핵으로 사망한 후 집안 분위기가 갑자기 변했다. 아버지는 이해 5월 장남 미하일과 차남 표도르(도스토옙스키)를 수도 페테르부르크로 데려가 중앙공병학교 입학을 목표로 한 기숙학교에 들여보냈다. 아버지는 그 후 7월 1일자로 건강상의 이유를 들어 병원을 퇴직한 후 바르바라와 베라 등 어린 두 딸을 데리고 다로보예로 들어갔다.

이해 9월에 두 형제가 공병학교에 응시했으나 형 미하일은 신체검사

▲ 보수공사 중인 모노가로보 성당

에 불합격되었고, 도스토옙스키만 합격되었다. 미하일은 몇 달 후 레발 공과학교에 입학한다. 이후 형제는 가끔 서신을 교환하는데 이때의 편지들도 중요한 자료로 남아있다.

아버지는 다로보예로 들어간 후 부인을 잃은 슬픔에 영지에서 들어오는 수입도 시원치 않아 술에 취해 지내는 일이 잦아졌다. 성격마저 변해 농노들을 심하게 다뤘다고 한다.

그는 1839년 6월 어느 날 체레모슈냐 숲길에서 숨진 채 발견됐다. 타살 흔적은 없었고 의사는 사인이 뇌졸중이라고 했다. 마을 사람들도 그가 평소 술을 많이 마셨으므로 그것이 뇌졸중을 일으켰으리라고 생각했다. 그런데 그 후 그는 뇌줄중으로 죽은 것이 아니고 그의 혹독한 처사에 원한을 품었던 농노들에 의해 목졸려 죽었다는 이야기가 퍼져나갔다. 농노들이 도스토옙스키의 아버지를 살해했다는 이야기는 당시 도스토옙스키의 아버지와 토지 경계선 문제로 소송 중이던 이웃의 지주인 어느 소령이 유포시켰다는 설도 있다.

무엇이 진실인지는 알 수 없으나 지주가 농노에게 피살당하는 사건은 당시에 드문 일이 아니었다. 도스토옙스키는 상트페테르부르크에서 아버지가 사망했다는 소식을 들었지만 너무 멀어 장례식에 가지 못했다.

볼셰비키 혁명 이후 묘소가 없어졌을 가능성

박물관의 기록에는 도스토옙스키 영지는 아버지가 죽은 후 둘째 여동생 베라의 소유가 됐고, 그 뒤 그녀의 딸인 마리야가 관리하다가 소유권이 소멸됐다. 20세기 들어와서 소유권이 없어졌다면 1917년 볼셰비키 혁명 후 귀족과 지주의 땅과 재산이 몰수될 때 그렇게 됐을 것이다.

혁명 후에 러시아에서는 '종교는 아편'이라고 하여 많은 성당들이 파괴되고 종교 활동이 탄압을 받았으므로 이때 성당 묘지도 관리하는 사람 없이 내버려졌을 가능성이 있다. 묘지의 표지가 뒤죽박죽이 되었다면 쉽게 찾기 어려웠을 것이다. 그래서 도스토옙스키 아버지의 유해를 찾고 있다는 얘기 같았다.

보수 중인 성당 앞에서 도스토옙스키 아버지 묘지에 대한 설명을 들은 후 다시 차를 타고 다로보예 영지로 향했다. 도중에 작은 호수를 지나게 되었는데, 4월 초순인데도 호수 전체에 얼음이 그대로 덮여있다. 아직

▲도스토옙스키 영지에 속해있던 호수, 4월 초순인데도 아직 얼음으로 덮여있다

도 밤이면 기온이 영하로 떨어지기 때문일 것이다. 이 호수도 도스토옙스키 가의 영지에 속해 있었다고 했다.

다로보예의 도스토옙스키 자연박물관

도스토옙스키 가의 옛 영지까지 가는 길은 좁은 시골길이었지만 포장이 되어 있었다. 작은 호수를 지나 조금 더 가니 저만치 앞에 짙은 쑥색의 단층 나무집이 보였다. 사진에서 보아온 다로보예 도스토옙스키 박물관이다.

집 밖에는 낮은 나무 울타리가 쳐져 있었다. 그리고 입구 옆에는 도스토옙스키 얼굴이 들어있는 커다란 전시실 표지가 우뚝 서 있다.

▲ 다로보예 도스토옙스키 자연박물관 입구

박물관이라고 하기엔 너무 옹색하여 전시실이라고 한 것 같다. 보통 통나무집이라고 하는데, 정작 와보니 통나무는 아니고 두꺼운 널판으로 지은 집이다. 옛 사진에 보면 이 자리에 통나무로 만든 집이 있었다. 새로 지으면서 이 같은 나무집으로 만든 모양이다.

해설사 엘레나 페트로바 씨는 이 집은 별채라고 했다. 아버지 미하일은 1831년 다로보예 영지를 산 후 방 세 개짜리 집을 지었는데, 화재로 소실되었다고 한다. 모친이 살아있을 때였다. 그래서 별채에서 살게 되었다. 이 자그마한 별채가 지금 도스토옙스키 다로보예 자연박물관의 유일한 건물이다. 다른 박물관과 달리 '자연박물관'으로 명명된 것은 남아있는 집은 보잘 것 없지만, 도스토옙스키가 10대 시절 뛰어놀던 주변의 숲과

▲ 다로보예 도스토옙스키 자연박물관 전시실의 피아노

너른 벌판을 모두 하나의 박물관으로 봐 달라는 의미 같았다.

별채는 사실 박물관이라고 부르기는 민망할 규모다. 텅 빈 내부에는 몇 가지 사진과 조그맣게 만들어 놓은 옛 영지 내 가옥들의 모형, 그리고 구석에 덩그라니 놓인 검정색 그랜드 피아노 한 대가 전부다. 영지를 물려받은 둘째 여동생 베라의 딸 마리야가 피아노를 잘 쳤기 때문에 전시해 놓은 것이라고 했다. 마리야는 루빈스타인에게 피아노를 배웠다고 페트로바 씨가 말했다. 우리는 가족들의 사진이 있는 벽 앞에서 한참 동안 그녀의 설명을 들었다.

『죄와 벌』의 전당포 노파처럼 최후를 마친 도스토옙스키의 큰 여동생 바르바라

도스토옙스키는 7남매 중 둘째였다. 위로 한 살 위의 형 미하일이 있고, 아래로 큰 여동생 바르바라를 포함, 동생이 다섯이었다.

가족 사진은 도스토옙스키 7남매 중 도스토옙스키의 제일 아래 남동생 니콜라이를 뺀 6명 각각의 사진과 도스토옙스키 아내 안나와 딸 류보피, 아들 표도르 등 셋이 함께 찍은 사진, 그밖에 두 조카의 사진 등을 한 액자에 모아 놓은 것이다. 형 미하일, 동생 안드레이, 장녀 바르바라, 차녀 베라, 막내 여동생 알렉산드라, 베라의 딸 마리야, 도스토옙스키가 좋아

▼도스토옙스키 가족 사진에 대해 설명하는 해설사 엘레나 페트로바 씨

하여 소설 『백치』를 헌사한 것으로 유명한 베라의 또 다른 딸 소피야의 사진 등이 영지 숲을 배경으로 한 액자 안에 편집되어 들어있었다.(*이 책의 주인공 표도르 미하일로비치 도스토옙스키는 4남 3녀 즉 7남매 중 둘째로 형제 자매의 순서는 다음과 같다. 미하일, 표도르, 바르바라(여), 안드레이, 베라(여), 니콜라이, 알렉산드라(여))

페트로바 씨는 도스토옙스키의 바로 아래 여동생인 바르바라의 비극적 죽음에 대해서도 이야기했다. 바르바라 얘기는 이곳에 와서 새삼스럽게 알게 된 것은 아니지만 그녀가 말한 내용은 이런 것이다.

바르바라는 돈 많은 남편과 헤어져 부유하게 살았으나 주위에 인색했다. 그녀는 정신적으로 문제가 있었다. 그러다가 도스토옙스키의 소설 『죄와 벌』에서 전당포 노파 자매가 라스콜리니코프에게 잔인하게 살해당한 것처럼 어느 날 문지기에게 살해당했다. 그러나 이 살인은 도스토옙스키 사후의 일이므로 『죄와 벌』과는 어떠한 상관관계도 없다.

불확실한 내용이 많아 크게 인정받지는 못했지만, 아버지 도스토옙스키의 전기를 쓰기도 한 딸 류보피는 "도스토옙스키 가의 사람들은 모두 극도의 신경쇠약증이 있었다"고 했다.

별관을 보고 있는 도스토옙스키 동상

전시물에 대한 설명을 다 들은 후 별채에서 나와 근처의 도스토옙스키 동상이 있는 곳으로 이동했다. 가는 도중에 도스토옙스키의 가족들이 함께 앉아서 차를 마시던 잘린 나무 그루터기들이 있었다. 여기서 말하는 도스토옙스키 가족이란 아버지 미하일과 어머니 마리야 그리고 도스토옙스키를 비롯한 어린 자녀들을 말한다. 도스토옙스키 가족이 단란하게 차를 마시며 행복한 시간을 가졌던 모습이 그려졌다.

잠시 더 걸으니 동상 뒷면이 보인다. 동상은 너른 평야와 그 주변의 자작나무 숲들을 보며 앉아 있었다. 페트로바 씨는 동상의 시선은 도스토옙스키 가족이 모스크바에서 다로보예로 들어오던 길 쪽을 향하고 있다고 했다.

동상은 작지 않았으나 기단이 낮아 친근한 느낌이 들었다. 기단을 낮게 한 것은 서민과 함께한다는 의미란다. 동상의 뒤쪽으로는 도스토옙스키가 어릴 적 뛰어놀던 오래된 숲이 있다. 페트로바 씨는 우리를 숲속으로 안내해 도스토옙스키가 숨박꼭질을

▼ 다로보예 도스토옙스키 자연박물관의 도스토옙스키 동상

했다는 아래 줄기가 움푹 파인 큰 나무도 보여주었다.

숲을 나와 다시 동상 쪽으로 갔다. 멀리 넓은 농토 저 너머에 보이는 숲이 체레모슈냐 숲이라고 했다. 도스토엡스키 아버지 미하일이 숨진 채 발견된 곳이 그 근처 어디일 것이다. 다로보예와 체레모슈냐는 붙어있는 땅이 아니고 2km가량 떨어져 있다.

이어 엘레나 페트로바 씨는 우리를 단편소설 『농부 마레이』의 현장으로 안내했다. 동상이 바라보고 있는 쪽에서 조금 왼쪽 방향으로 나아갔다. 동상에서 그리 멀리 떨어지지 않은 곳이다.

『농부 마레이』의 추억

『농부 마레이』는 1876년 2월 『작가일기』에 실린 짧은 단편이다. 시베리아 옴스크 유형소에 들어간 첫해인 1850년 봄의 일로 추측된다. 도스토엡스키가 29살 때이다. 내용은 대략 이렇다.

때는 부활절 주간이어서 유형소에서도 죄수들에게 다소 관대해지는 기간이었다. 술을 마시거나 추잡한 노래를 부르고 욕설과 말다툼이 여기저기서 벌어지고, 침상 밑에서 몰래 도박판을 벌여도 눈감아주는 관례가 있었다. 유형수들의 숨통을 터 주기 위해서일 것이다.

부활절 주간 둘째 날, 폴란드 정치범 M-쯔끼가 "나는 이 강도들이 싫다"고 낮은 목소리로 씹듯이 말하면서 도스토엡스키의 옆을 지나갔다.

도스토엡스키는 그 말을 들은 후 수용소의 나무 침상에 돌아와 벌렁 누워서 머리 밑에 팔을 베고 눈을 감았는데, 문득 20년 전 아홉 살 적 다

▲ 어린 도스토옙스키가 농부 마레이를 만났을 것으로 추정되는 숲 앞의 농지

로보예에서 있었던 일이 떠올랐다.(*도스토옙스키는 9살 적이라고 했는데, 도스토옙스키 아버지가 영지를 산 것은 도스토옙스키가 10살 때이고 도스토옙스키가 가족들과 같이 이곳에 여름을 보내려 처음 온 것은 11살 때이므로 나이를 아무리 줄여도 11살 때라고 해야 할 것이지만, 이것은 형식상 단편 소설이므로 굳이 따질 일은 아니다.)

버섯을 따려고 숲속으로 들어가려는데 갑자기 깊은 정적을 깨고 "늑대가 온다"는 고함소리가 선명하게 들려왔다.

도스토옙스키는 두려운 나머지 똑같이 "늑대가 온다"고 비명을 지르며 근처에서 말을 몰며 밭을 갈고 있던 마레이라는 이름의 농부에게 달려갔다. 마레이는 도스토옙스키 영지의 농노였다. 쉰 살쯤 된 마레이는 키가 컸으며 빽빽이 자란 밤색 턱수염을 갖고 있었다. 어린 도스토옙스키는 달려가서 한 손으로는 그의 쟁기를, 다른 한 손으로는 그의 옷소매를 붙잡았다. 이렇게 전개되는 단편 『농부 마레이』는 다음과 같이 이어지며 마무리된다.

「어디 보자, 단단히 놀랐구나, 아이고!」 그는 머리를 내저었다

「괜찮아, 얘야. 아이고, 이 꼬마야!」

그는 갑자기 팔을 내밀어서 내 볼을 쓰다듬어 주었다.

「자, 괜찮다니까. 예수님이 너와 함께 있는데 뭘, 십자가를 그어라.」

그러나 나는 성호를 긋지 않았다. 내 입술 끝이 떨리고 있었는데, 아마도 그 모습이 특히 더 그를 놀라게 했던 것 같다. 그는 흙이 묻어서 손톱이 까매진 자신의 두툼한 손가락을 살며시 들어서 내 떨리는 입술을 만졌다.

「자, 자, 얘야.」 그는 나에게 어머니 같은 넉넉한 미소를 지어보였다. 「하느님, 이걸 어쩌면 좋아, 아이고!」

나는 마침내 늑대란 없으며 내가 들었던 〈늑대가 온다〉는 고함 소리는 환청이었음을 납득했다. 그렇더라도 그 고함소리는 너무나 분명했다.

(…)

그런데 갑자기 20년이 지난 뒤에 그 시베리아 땅에서 그때의 만남이 그토록 선명하게, 그리고 그토록 세세한 장면까지 떠오른 것이다. 요컨대 그 만남이 내 마음속에서 자신도 모른 채로 잠자고 있다가 그래야 할 때에 불현듯 내 의지와는 상관없이 저절로 생각났다는 얘기다. 가엾은 농노의 그 어머니 같은 부드러운 미소가, 그리고 그가 성호를 긋던 모습이, 머리를 흔들던 모습이 떠올랐다.

(…)

그것은 빈 들판에서 이루어진 둘만의 만남이었다. 하지만 오로지 신만은 이 일자무식한 러시아 농노—당시에는 자신의 자유의 가능성을 기대하지도 못했을 뿐더러 짐작조차도 못 하던(*러시아에서 농노해방 선언은 이때부터 약 30년 후인 1861년에 있었다) 때였다—의 가슴을 채우고 있는 깊고도 고상한 인간의 감정을, 그리고 섬세하고 여성스럽기까지 한 그 부드러운 마음을 저 높은 곳에서 보고 있었을 것이다.

(…)

그러고 나서 침상에서 내려와 주변을 둘러보았을 때, 갑자기 내가 이 불행한 인간들(*수용소의 농노 출신 유형수들을 일컬음)을 전혀 다른 시선으로 볼 수 있음을 문득 느꼈던 것이 기억난다. 또한 나의 모든 적의와 분노가 내 가슴속에서 마치 기적처럼 사라져 버렸던 것이 기억 난다. 나는 마주치는 얼굴들을 찬찬히 바라보면서 걸어갔다. 머리를 깎이고 얼굴에 낙인이 찍힌 이 농부들, 술 냄새를 풍기면서 목 쉰 소리로 노래를 부르는 이 저주받은 농부들, 이들 역시 마레이와 똑같은 사람들인지도 모른다. 내가 그 마음속을 들여다볼 수는 없는 일이 아닌가.

그날 저녁 나는 또 한 번 M-쯔끼를 만났다. 불행한 사람! 그에게는 나의 마레이와 같은 추억이 없었을 것이다. 또한 그는 〈나는 강도들이 싫다!〉라는 시선으로밖에는 이 농부들을 볼 수가 없을 것이다. 아니, 폴란드인들은 그 당시에 우리보다 더한 고생을 겪고 있었다!

이 단편은 도스토옙스키의 어린 시절 자기 집 농노로부터 느꼈던 따

▲ 사진으로 남아있는 원래의 통나무집 별채

뜻한 기억이 그가 시베리아 수용소에서 만난 농노 출신의 거친 유형수들을 다른 시선으로 보게 했다는 이야기를 담고 있다. 어느 순간 그때의 일을 떠올린 후, 죄수가 되어 수용소에 들어와 있는 불행한 농부들 역시 마레이와 똑같은 사람들인지도 모른다는 생각이 들었고, 그들에게 가졌던 적의와 분노가 가슴속에서 기적처럼 사라져 버렸다는 것이다.

그러나 폴란드인 정치범들에 대한 시선은 여전히 못마땅하다. 도스토옙스키의 작품을 보면 여러 곳에 폴란드인에 대한 불편한 감정이 담겨있다. 유형지에서 그들에 대해 좋지 않은 감정을 갖게 된 것인지, 단지 민족주의적인 의식에서 비롯된 것인지는 알 수 없다. 아무튼 이 단편의 끄트머리에서도 도스토옙스키는 폴란드인에 대한 감정을 감추지 않고 있다.

도스토옙스키, 40년 만에 다로보예 방문

도스토옙스키는 세상 떠나기 3년 반 전 그의 나이 56세 때인 1877년 여름 다로보예에 갔었다. 아버지를 따라 상트페테르부르크에 간 지 40년 만의 방문이었다. 도스토옙스키는 어린 시절 매해 여름철을 보냈던 그곳을 늘 그리워했다. 도스토옙스키가 다로보예에서 가족과 여름을 지내던 때는 대략 11살부터 16살까지 대여섯 해가량이었을 것이다.

상트페테르부르크와 별장이 있는 스타라야루사를 오가며 살 때인 1877년에는 그의 건강이 아주 좋았기 때문에 안나는 그에게 다로보예에

▼다로보예 도스토옙스키 자연박물관의 전시실(옛 도스토옙스키 영지의 별채)

한 번 다녀오라고 했다.

도스토옙스키는 다로보예에 가서 영지의 소유자가 된 누이 동생 베라의 집에서 이틀을 묵었다. 그는 이때 모노가로보 성당 묘지의 아버지 묘소를 둘러봤다고 하는데, 당시만 해도 혁명 전이어서 묘지가 온전히 관리됐던 모양이다. 그리고 추억 속의 숲과 공원 등 많은 곳들을 찾아 다녔다. 어린 시절 즐겨 찾았던 '체레모슈냐' 숲에도 다녀왔다. 소설 『카라마조프 씨네 형제들』에 나오는 체레모슈냐 숲은 바로 여기에서 따온 이름이다.

도스토옙스키는 다로보예에서 자기를 기억하고 있는 동네 노인들과 동년배들을 만났고 그들의 오두막에 들어가 차도 대접받았다.

달라진 것 없는 농부들의 삶

도스토옙스키가 다로보예를 찾아간 1877년은 알렉산드르 2세에 의해 1861년 농노제가 폐지된 지 16년 후이다.

제정 러시아의 농노제하에서 농노는 거주 이전의 자유를 박탈당한 땅에 속한 노예였다. 자의로 그 땅을 떠날 수 없었다. 땅이 팔리면 농노도 함께 팔렸다. 지주들에게 매를 맞는 것은 예사였다. 귀족들은 마음에 안 드는 농노는 시베리아로 유형을 보낼 수도 있었다. 농노는 지주의 사유물로서 필요에 따라 매매가 가능했다. 당시 러시아 농노의 수는 2천만 이상 되었다.

러시아가 다른 유럽국가들보다 오랫동안 농노제를 유지한 것은 농노들을 토지에 묶어 놓지 않을 경우 광대한 토지를 제대로 경작하며 유지할 수 없다는 지배층의 주장에 따른 것이었다.

▲ 모스크바 트레티야코프 미술관의 도스토옙스키 초상화(페로프 작 1872)

농노제가 폐지되었으므로 더 이상 매를 맞아도 아무 소리 못 하는 농노는 아니지만, 그들의 생활 형편이 나아진 것은 아니다. 농노제는 폐지되었지만, 생업이 농사인 이상 토지를 지주로부터 사거나 빌려서 농사를 짓는 수밖에 없었다. 지주에 예속되는 상황은 별로 달라진 것이 없었다.

그 같은 변화 속에서 적지 않은 농노들이 그 후 도시로 나가 공장 노동자가 되었다. 프롤레타리아 계급이 된 것이다.

도스토옙스키는 다로보에에 다녀 온 후 아이들에게 이곳을 보여주겠다고 약속했으나 생전에 약속을 지키지 못했다. 두 번째 아내 안나가 도스토옙스키 사후 3년 후인 1884년 아이들을 데리고 이곳에 가서 도스토옙스키가 찾아봤다는 곳들을 둘러보았나.

[작가노트]

엘리엇의 시구(詩句) '4월은 가장 잔인한 달'을 떠오르게 한 풍경

어린 도스토옙스키가 밭을 갈던 농부 마레이를 만났을 것으로 짐작되는 축축하게 젖어있는 검은색의 넓은 벌에는 아직 녹지 않은 눈이 군데군데 제법 두껍게 쌓여있었다. 찌푸린 날씨 속에 진눈깨비가 오는 듯 마는 듯 간간히 내렸다.

눈이 채 녹지 않은 그 드넓은 검은 대지를 물끄러미 보고 있을 때 문득 T. S. 엘리엇(1888-1965, 노벨문학상을 수상한 미국계 영국 시인)의 유명한 시구 '4월은 가장 잔인한 달'(April is the cruellest month)이 생각났다.

이 구절은 엘리엇의 유명한 시집 『황무지』의 '죽은 자의 매장'이라는 기다란 시의 맨 앞에 나온다.

죽은 자의 매장

T. S. 엘리엇

사월은 가장 잔인한 달
죽은 땅에서 라일락을 키워내고
추억과 욕정을 뒤섞고

잠든 뿌리를 봄비로 깨운다
겨울은 오히려 따뜻했다
잘 잊게 해주는 눈으로 대지를 덮고
마른 구근으로 약간의 목숨을 대어 주었다.

『황무시』, 황동규 옮김. 민음사, 1995.

진눈깨비 내리는 4월의 러시아의 자연이 '4월은 가장 잔인한 달 ~'이란 엘리엇의 시구에 잘 어울리는 풍경처럼 보였다.

엘리엇이 왜 4월은 가장 잔인한 달이라고 했는지는 알 수 없다. 그것이 단지 자연을 표현한 것이었다면 벚꽃과 목련, 개나리, 진달래가 만발하는

▼ 도스토옙스키 자연박물관 앞 벌판의 모습(2019. 4. 5.)

한국의 4월 풍경에서는 그 뜻을 공감하기가 쉽지 않다. 그런데 막 동면에서 깨어나려는 눈 섞인 4월 초순의 러시아의 축축한 검은 대지 위에서는 그 시구가 그럴듯하게 다가왔다.

그러면 4월의 잔인함이란 대체 무엇일까? 이 시는 제1차 세계대전이 끝나고 얼마 지나지 않은 1922년에 발표되었다. 산업화와 전쟁으로 황폐해진 인간의 모습을 그린 시라고 한다. 어떤 이는 '잔인한 달'이라는 구절에 대해 흔히들 '망각과 무지 속에 안주하고 싶은 인간에게 봄은 새 생명의 움틈과 같은 새로운 자각을 요구한다. 그러므로 인간에게 봄은 가장 잔인한 계절이다'라고 해석한다. 해석은 그럴듯하지만, 얼른 이해되지는 않는다. 그런가 하면, 약하디약한 생명들이 겨우내 얼었던 땅을 뚫고 세상에 나오는 것을 작가가 '잔인하다'고 표현했다는 해석도 있다. 위대한 시인의 언어를 어찌 쉽게 풀이하겠는가.

우리는 진눈깨비 내리는 흐린 날씨 속에 다로보예를 그렇게 둘러 본 후 엘레나 페트로바 씨를 박물관 사무실이 있는 자라이스크 크렘린에 다시 태워다 주고 모스크바로 돌아왔다.

제2부

사형수가 된 소설가

▲ 도스토옙스키의 유형길이었던 상트페테르부르크-토볼스크-옴스크 간의 현재 도로(구글지도로 3,417km). 도스토옙스키는 상트페테부르크에서 마차로 한 달 만에 옴스크에 도착했다. 도착일은 1850년 1월 23일이었다.

의사의 아들로 태어나다

도스토옙스키(표도르 미하일로비치 도스토옙스키)는 1821년 10월 30일 모스크바 마린스키 빈민구제병원 의사 아파트에서 이 병원 의사 미하일 도스토옙스키의 둘째 아들로 태어났다.

모스크바의 현재 박물관이 되어있는 노란색 3층짜리 의사아파트 건물의 길가 쪽 벽에는 '1821년 11월 11일에 도스토옙스키가 태어난 곳'이라는 동판이 붙어있다. 앞의 날짜와 다른 것은 제정러시아 때는 율리우스력을 썼고, 볼셰비키 혁명 후부터는 그레고리력을 쓰고 있기 때문이다.

▼ 모스크바의 도스토옙스키 생가

그러니까 당시 율리우스력으로 10월 30일은 현재의 그레고리력으로 11월 11일이다.

도스토옙스키의 아버지는 의사였으나 성격이 급하고 화를 잘 냈다고 전해지며 어머니는 신앙심이 깊은 자애로운 분이었다. 여러 곳의 도스토옙스키 박물관에는 어디에나 똑같은 도스도옙스키 부모의 초상화가 걸려있는데 무엇을 근거로 그렸는지는 몰라도 내겐 볼 때마다 왠지 부자연스럽게 보인다.

도스토옙스키의 가계

도스토옙스키 가계에 대해서는 여러 설이 있는데, 다로보예에서 만난 해설사 페트로바 씨의 설명에 따르면 그의 먼 조상은 타타르(*몽골계) 핏줄이며, 오래전에 폴란드에서 살다가 다시 러시아로 들어와 벨라루스에 살았다. 도스토옙스키의 아버지 미하일은 벨라루스 다스또예보에서 태어났으며, 성직자였던 아버지(도스토옙스키의 할아버지)가 우크라이나로 가게 되어 그곳에서 성장했다.

▲ 도스토옙스키의 아버지 미하일(좌), 어머니 마리야

미하일도 부친의 뒤를 이어 성직자가 되려고 신학교에 갔다가 진로를 바꿔 1809년 모스크바의 황실 의학 아카데미에 진학했다. 그 후

▲도스토옙스키 아버지가 의사로 일했던 생가 옆의 옛 모스크바 빈민구제병원. 앞에 도스토옙스키 동상이 서있다

1812년에 나폴레옹 전쟁 때는 군의관으로 복무했고, 전쟁 후 모스크바의 마린스키 빈민구제병원에서 일했다. 제법 큰 규모의 병원이었다.

앞에 이야기한 대로 도스토옙스키 위로 한 살 위인 형 미하일(*아버지와 이름이 같은데 이는 러시아에서는 흔한 일이다. 도스토옙스키의 이름은 표도르인데 후일 아들 이름도 표도르로 지었다.)이 있었고, 도스토옙스키 다음으로 아들 둘 딸 셋 등 다섯이 더 태어났다. 모두 7남매였다.

도스토옙스키 가계가 정말 귀족이냐 아니냐 하는 논란도 있다. 아버지 미하일이 의사로서 열심히 일한 결과 귀족 명부에 이름을 올릴 수 있었다는 이야기도 있고, 원래 귀족 가문의 자손이었다는 기록도 있다. 이에 대해 페트로바 씨는 도스토옙스키의 가계는 원래 귀족이었으나 서류상으로 증명 하지 못하다가 1828년에 증명이 돼 공인을 받게 되었다고 설명했다. 그리고 의사로 일하며 그동안 열심히 모은 돈으로 3년 후 다로보예의 영지를 사들인 것이라고 했다.

아버지 미하일은 병원 일 외에 개인적인 바깥 진료도 했다고 한다. 요즘으로 말하면 본업 외에 알바도 한 것이다. 영지를 사들인 것은 귀족으로서의 면모를 갖추기 위해서였을 것으로 보고 있다.

당시 의사의 사회적 지위는 별로 높지 않았다. 그리고 귀족 명부에 올랐다고는 해도 아버지 미하일 도스토옙스키의 귀족으로서의 위치는 보통 잡계급으로 불릴 정도의 낮은 등급이었다.

도스토옙스키는 형 미하일과 더불어 문학에 관심이 많았고 특히 푸시킨(1799~1837)을 좋아했다. 1837년 1월, 푸시킨이 결투로 죽었을 때 형 미하일과 도스토옙스키(당시 16세)가 몹시 흥분한 모습을 보였다고 동생 안드레이가 후일 술회한 바 있다.

16살 때 모친, 18세 때 부친 사망

푸시킨이 죽은 그해 2월, 그러니까 푸시킨이 죽은 다음 달 어머니 마리야가 폐결핵으로 사망했다.

이해 5월 도스토옙스키의 아버지는 두 아들을 수도 페테르부르크에 있는 공병학교에 입학시키기 위해 일주일간 마차여행을 하는데, 남다른 문학적 취향을 갖고 있던 형제는, 공병학교 시험장에 나올 수학 같은 것에는 관심이 없고 시와 시인에 대한 꿈만 꾸고 있었다. 도스토옙스키는 후일 『작가일기』에 이렇게 썼다.

"형(미하일)은 매일 세 편의 시를 지었다. 우리가 여행할 때(페테르부르크로 갈 때)도 마찬가지였다. 그리고 나는 베네치아 생활에 관한 소설 한 편을 마음속으로 끊임없이 구상했다. 두 달 전에 이미 푸슈킨이 세상을 떠난 터였다. 상트페테르부르그로 가는 도중에 형과 나는 그 도시에 도착하기만 하면, 시인의 결투가 열렸던 장소로 곧바로 달려가기로, 또 시인이 마지막 숨을 거둔 아파트를 찾아가기로 약속했다." (『도스토옙스키1』, 콘스탄틴 모츨스키, 김현택 옮김, 책세상, 2001.)

『작가일기』에 실은 위의 회고의 글에서 '두 달 전에 이미 푸시킨이 세상을 떠났다'는 것은 약간의 착오로 보인다. 푸시킨은 권총결투로 1월(*율리우스력으로 1월, 그레고리력으로는 2월)에 사망했고, 형제는 아버지를 따라 5월에 모스크바에서 페테르부르크에 갔으므로 석 달 전 또는 넉 달 전으로 해야 될 것 같다.

▲ 청년 시절 26세 때의 도스토옙스키 초상화(1847)

표도르는 이듬해인 1838년 1월 공병학교에 정식 입학했는데 돈이 떨어질 때마다 아버지에게 편지를 보냈다. 편지를 워낙 잘 써서 아버지는 아들이 요구하는 액수보다 돈을 더 보내줬다

고 한다.

두 아들을 페테르부르크로 보낸 후 병원을 사직하고 다로보예 영지로 들어갔던 아버지가 체레모슈냐 숲길에서 숨진 채 발견된 것은 표도르가 공병학교에 입학하고 한 해 후인 1839년 6월이다.

이후 표도르는 1840년 11월 공병 하사관으로 임명됐고, 1841년 소위보로 임명됐지만 군 생활을 지루해 했다. 그는 1842년 정식 육군 소위가 됐다.

그 후 1843년 8월 공병학교를 졸업하고 공병국 제도실에서 근무하면서 평소 심취해 있던 발자크의 『외제니 그랑데』를 번역했다. 그리고 다음 해인 1844년 10월에 제대했는데 이때를 전후해 『가난한 사람들』을 집필했다.

▼ 네크라소프의 말년 모습. 크람스코이(1837~1887) 그림(모스크바 트레티야코프 미술관)

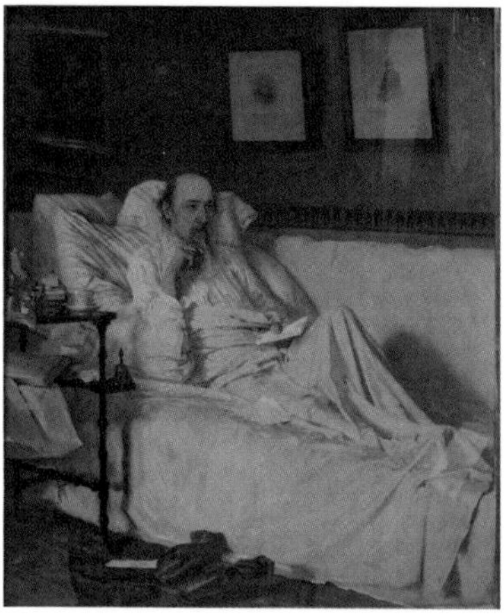

24세 때인 1845년 3월 소설을 마무리 짓고 5월에 친구 그리고리비치에게 원고를 보여 줬다. 그리고리비치가 이 소설을 읽고 나서 시인이자 출판업자인 네크라소프(1821~1878)에게 한번 읽어보라고 줬는데 원고를 읽은 네크라소프가 다음 날 "새로운 고골이 나타났다"며 유명한 평론가 벨린스키(1811~1848)에게 소설을 가지고 갔다.

3일 후 이들의 안내로 벨린스키를 만났을 때 벨린스키는 "자네가 쓴 것이 무엇인 줄 아는가?… 자네 나이로는 도저히 알 수가 없었을 텐데." 라며 그의 소설을 극찬하고, 무한한 기대감을 나타냈다. 도스토옙스키는 당대 최고의 비평가의 찬사에 한껏 우쭐해했다. 그는 벨린스키와 교류하면서 유명작가 투르게네프(1818~1883) 등도 알게 되었다.

도스토옙스키는 1845년 첫 작품 『가난한 사람들』을 성공적으로 발표한 후 다음 해인 1846년 12월 『분신』을 내놓으면서 더 큰 찬사를 기대했으나 반응은 냉랭했다. 찬사는커녕 혹평을 받았다. 벨린스키도 "사람을 잘못 본 것 아닌가" 했고 이후 벨린스키와의 관계도 소원해졌다. 벨린스키는 1848년 5월에 사망했다.

물론 벨린스키와 멀어진 것은 단지 작품의 문제 때문이 아니었다. 도스토옙스키는 『가난한 사람들』이 호평을 받으면서 많은 사람들이 그에게 관심을 보이자, 자신이 다른 신인들보다 우월하다는 생각에 꽤나 들떠있었던 것 같다.

▼ 투르게네프

그는 당시 형 미하일에게 보낸 편지에서, 모든 사람들이 자신을 일종의 경이로움으로 바라보고 있다면서, "나의 성공을 전하려면 종이가 아무리 많아도 부족할 정도"라고 썼다.

도스토옙스키는 당시 문단의 선배인 파나예프(1812~1862)의 집에도 드나들었는데 그의 부인 파나예바는 후일 그녀가 쓴『문학의 추억』에서 도스토옙스키에 대해 다소 비판적인 기록을 남겼다. "그는 마르고 작은 키에 병자 같은 모습이었다"며 "그는 자신의 재능을 과대평가하고 보라는 듯 우쭐대고 있었다"고 썼다.(*파나예바가 자신을 그렇게 생각하고 있는 줄도 모르고 도스토옙스키는 그녀를 좋아했다.)

이 같은 도스토옙스키의 다소 건방져 보이는 태도는 주위 사람들의 반감을 샀다. 벨린스키, 투르게네프 등과의 관계가 소원해 진 것도 그 때문이었다는 분석도 있다.

페트라셰프스키 독서 모임

그 후 도스토옙스키는 27세 때인 1848년부터 외무부 관리 미하일 페트라셰프스키(1821~1866) 집의 독서 모임에 참석하기 시작했다. 페트라셰프스키를 처음 안 것은 1846년이었다.

페트라셰프스키는 페테르부르크 대학에서 법률을 공부하고 외무부에 근무하는 관리였는데 자기 집에서 프랑스의 공상적 사회주의자 푸리에(C. Fourier, 1772-1837)를 연구하는 모임을 갖고 있었다.

이 모임은 점차 체제 비판적인 성격을 갖게 되었다. 전제정치와 농노제도의 문제점 등이 중요한 토론 주제였다. 경찰은 이 불온한 모임을 예의 주시했고 여기에 안토넬리라는 대학생을 스파이로 잠입시켰다.

안토넬리는 모임의 구체적 내용을 소상하게 상부에 보고했다. 마침내 경찰은 그 보고를 토대로 독서모임의 참석자들을 일망타진하기로 결정한다. 경찰은 1849년 4월 22일과 23일 회원 34명을 전격 체포했다. 도스토옙스키는 23일 새벽에 자다가 체포되었다. 그의 형 미하일과 동생 안드레이도 체포됐으나 형과 동생은 가담 정도가 경미하다고 하여 풀려났다. 체포된 사람들은 모두 정치범들을 가두는 페트로파블롭스크 요새 감옥에 갇혔다.

▲ 페트라셰프스키

체포된 독서모임 회원들은 수개월간의 조사를 거쳐 9월부터 군법회의에 회부돼 재판을 받았다. 11월 13일, 사건 관련자 23명 가운데 21명에 대해 사형이 선고됐다. 도스토옙스키도 포함됐다.

당시 페트라셰프스키 모임 참석자들은 심각한 반체제 활동을 한 것도 아니었지만, 당국은 이들을 엄벌함으로써 체제 비판적인 지식인들에게 경종을 울릴 필요가 있다고 보았다. 그것은 차르 니콜라이 1세의 생각이었다.

도스토옙스키의 죄는 그가 체포되기 직전인 4월 15일 모임에서 당대의 유명 작가 니콜라이 고골(1809-1852)을 비난하는 내용을 담은, 벨린스키의 편지를 낭독했다는 것이다. 벨린스키는 이미 한 해 전에 고인이 되었지만, 벨린스키가 생전에 쓴 그 편지는 전제주의를 신봉하는 입장을 나타낸 고골을 강력히 비판하는 내용이다. 이는 바로 차르체제에 대한 비판이었으므로 당국은 그 편지를 사악한 것으로 규정하고 전파를 금하고 있었다.

그렇다면 왜 그 편지가 그처럼 문제가 되었는가? 고골은 『검찰관』 『외투』 『죽은 혼』 등으로 당대 최고의 유명작가였다. 특히 1836년에 초연된 희곡 『검찰관』은 러시아 관료 사회의 속물성과 부패를 유쾌하게 풍자한 작품으로 오늘날에도 끊임없이 무대에 올려지는 불멸의 코믹 풍자극이다.

푸시킨보다 10년 아래였던 고골은 한때 푸시킨과 자신이 러시아 문학을 이끌어간다고 생각할 정도로 자부심이 강했다. 1837년 푸시킨이 권총결투로 사망한 후에는 러시아 문단의 주역으로까지 여겨졌다.

그런데 30대 후반부터 작품이 잘 풀리지 않았다. 건강상태도 좋지 않았다. 그러던 중 1847년 『친구들과의 서신교환 선(발췌문)』을 발표하는데, 여기에서 그의 정치적, 종교적 의식이 적나라하게 드러난다. 이전까지 그를 진보적이고 비판적인 작가로 알았던 지식인들은 책으로 묶여 나온 그의 이 편지 모음집을 보고 충격과 실망을 감추지 못했다.

진보적 지식인들이 당시 러시아의 커다란 문제로 생각했던 차르체제와 러시아 정교회, 그리고 농노제를 옹호하는 내용이 들어 있었던 것이다.

가령 군주체제와 관련해 고골은 당시 문단의 대선배인 주콥스키(시인, 1783-1852)에게 보낸 편지에서 이렇게 썼다.

"우리나라 시인들은 군주란 궁극적으로 그 전 존재가 하나의 '사랑'이 될 수밖에 없고 또 그렇기 때문에 민족 전체가 본능적으로 인정하듯 누구나 군주란 곧 하느님의 다른 모습임을 분명히 알게 될 수밖에 없다는 사실을 간파함으로써 군주의 숭엄한 의미를 깨달았습니다." (『친구와의 서신교환선』, 니콜라이 고골, 석영중 옮김, 나남, 2007.)

▲ 고골 흉상, 니콜라이 라나자노프(1817~1867) 1854년 대리석 작품 (모스크바 트레티야코프 미술관)

'군주란 곧 하느님의 다른 모습'이라고까지 아첨한 이 책이 발간되자 러시아의 문단과 독자들은 고골이 기대를 배신했다며 맹렬히 비난을 퍼부었다.

마침내 벨린스키는 고골을 신랄하게 비판하는 공개서한인 〈고골에게 쓴 편지〉를 발표한다. 벨린스키는 고골의 그 책은 "진리와 인간 존엄성에 대한 모욕"이라며 "(그의 책에서는) 진실한 그리스도의 가르침이 아니라 죽음과 악마와 지옥의 병적인 공포의 냄새가 난다."고 비난했다. 벨린스키는 이 편지를 쓴 다음 해인 1848년 37세로 사망한다. 그리고 이듬해 페트라셰프스키 사건이 발생했다.

고골의 책은 차르나 정교회, 귀족과 지주들의 입장에서는 환영할 만한 것이었다. 그러나 정작 문단에서 고골의 입지는 위축될 대로 위축되었다. 고골은 그 후 우울증에 시달리다가 정신적으로도 이상 상태가 되어

1852년 단식으로 생을 마친다.

처형장의 사형수 도스토옙스키

도스토옙스키가 처형 직전 감형되어 목숨을 건지는 극적인 장면에 대해 영국의 역사학자 E. H. 카(1892-1982)는 그의 『도스토옙스키 평전』(1931)에 이렇게 기록하고 있다.

"군법회의에서 내린 사형 판결은 바뀌었다. 그러나 사형을 집행하는 듯한 쇼를 벌이기로 결정했다. 이 결정은 젊은이들에게 두려운 인생의 교훈을 준다는, 잔인하면서도 소박한 바람에서 나온 것이지 단순히 넓은 자비심을 보이려는 황제의 허영심에서 나온 것만은 아니었다. 사형 중지 결정을 알지 못했던 죄수들은 마차로 처형장까지 갔다. 사형 선고문이 읽히고 사제는 십자가를 들고 마지막 참회를 하라고 했다. 죄수들은 순서대로 줄을 섰고 앞의 세 사람은 실제로 기둥에 묶여 사격대를 향했다. 이때 황제의 감형장을 가진 전령이 들어서게 되어 있었다. 그래서 진짜 선고문이 처음으로 읽히고 죄수들은 감옥으로 되돌려 보내졌다." (『도스토옙스키 평전』, E. H. 카 지음, 김병익·권영빈 번역, 2011년, 열린책들)

극적인 대목임에도 묘사가 평범해서 흥미진진한 맛이 없다. 도스토옙스키도 그의 글을 통해 당시 사건 관련 부분을 몇 차례 서술하기는 했는데 일관성과 명료성이 떨어진다는 것이 E. H. 카의 지적이다. 도스토옙스키는 후일 형 미하일에게 보낸 편지에서 당시의 상황을 이렇게 썼다.

"(1849년) 12월 22일, 이날 우리는 모두 세묘노프스키 연병장으로 끌려갔습니다. 거기서 십자가에 입을 맞추고 사형 수의로 갈아입었습니다. 그런 다음 일행 중 3명이 처형장으로 끌려가 기둥에 묶였습니다. 저는 앞에서 여섯 번째였고, 3명씩 끌려갔으므로, 저는 두 번째 그룹에 속해 있었습니다. 이제는 정말이지 1분의 여유도 없었습니다.

그때 옆에서 나팔소리가 울려 퍼지더니 모든 것이 끝났습니다. 기둥에 묶여 있던 사람들이 풀려나고, 감형을 알리는 황제 폐하의 칙령이 낭독된 것입니다."

이 극적인 사건은 도스토옙스키의 일생에 큰 영향을 미쳤다. 당시 감형된 사람 중 두 사람은 엄청난 정신적 충격으로 감형 이후에도 정신이 온전치 못한 상태로 생을 마쳤다고 한다.

도스토옙스키의 간질병도 이때의 충격에서 비롯되었다는 얘기가 있고, 앞서 농노에게 피살된 아버지의 사망 이후 시작되었다는 설도 있다.

도스토옙스키는 사형선고를 받은 후의 끔찍했던 충격을 후일에 쓴 소설 『백치』(1868)에서 주인공 미쉬낀 공작을 통해 이렇게 말한다. 번역에 다소 애매한 부분이 있지만 그대로 옮긴다.

"(…) 선고문을 낭독하고 사형을 집행하는 것은 살인강도 자체와는 비교도 안 될 정도로 가혹한 짓이오. 밤중에 숲속에서 강도의 칼에 맞아 살해당할 위기에 있는 자는 마지막 순간까지 구원받을 수 있다는 희망을 가질 수 있어요. 그러한 희망을 가지는 예가 허다하지 않나요? 그런데 열 배나 편히 죽을 수 있다는 이

▲ 도스토옙스키가 처형될 뻔했던 사형장 장면 그림

마지막 희망을 〈분명히〉 빼앗아 가버린다는 얘기입니다. 바로 사형 선고가 그렇게 한다는 뜻이지요. 피할 수 있다는 희망이 분명히 없을 거라는 사실 속에 처참한 고통이 있는 겁니다. 이보다 더 심한 고통은 이 세상에 없어요. 전쟁터에 있는 병사를 끌고 와서 바로 대포 앞에다 세워 두고 그에게 대포를 쏘아 보려고 해보세요. 그래도 병사는 희망을 버리지 않을 겁니다. 그런데 이 병사에게 사형 선고문을 〈분명하게〉 낭독해 보세요. 그 병사는 미쳐서 울부짖기 시작할 겁니다. 인간이 미치지 않고서도 그러한 고통을 참아 낼 수 있는 능력이 있다고 누가 말했지요? 무얼 하려고 그처럼 추악하고 불필요한 욕설을 내뱉었지요? 어쩌면 사형선고를 받고 고통을 당한 뒤 〈가라, 너를 용서해 주겠다〉는 말을 듣고 풀려나온 사람이 있을지도 몰라요. 바로 그러한 사람은 상세히 얘기해 줄 수 있을 겁니다. (『백치』, 김근식 번역, 열린책들, 2016)

▲ 모스크바 지하철 도스토옙스키역의 '백치' 벽화

도스토옙스키는 이처럼 사형을 피할 수 있다는 일말의 기대도 할 수 없는 사실 속에 처참한 고통이 있었다는 자신의 경험을 소설 속에 털어놓았다.

사형장에서의 상황은 『백치』에서 처형 직전 살아난 어떤 사람에게서 들은 이야기라며 다음과 같이 보다 구체적으로 서술된다.

"그 사람은 다른 죄수들과 함께 사형대 위로 끌려가서 정치범으로 총살형을 받는다는 선고문을 들었습니다. 그런데 20분쯤 후에 사면령이 내려져 그보다 감형된 형량을 선고받게 되었지요.

(……) 그는 마치 어제 일처럼 모든 걸 생생하게 기억하고 있었습니다. 그 몇 분 동안 어느 한 순간도 결코 잊을 수가 없다고 했어요.

세 개의 기둥이 구경꾼들과 병사들 곁에 있는 처형대에서 스무 발자국쯤 떨어진 곳에 세워져 있었습니다. 죄수들이 여러 명 되어서였지요. 처음엔 세 명의 죄수를 그 기둥으로 끌고 가서 거기다 묶었습니다. 그리고 옷자락이 긴 흰 가운

▲ 도스토옙스키가 시베리아로 가기 전에 수감돼 있던 네바강 하구의 페트로파블롭스크 요새

같은 사형복을 입히고, 총이 보이지 않도록 흰 벙거지를 눈 위까지 눌러 씌웠지요. 그러고 나서 각 기둥의 정면에 서너 명의 병사가 한 조를 이루어 정렬을 했습니다. 내가 아는 그 죄수는 앞에서 여덟 번째로 서 있었고, 세 번째 처형을 기다리고 있었지요. 신부가 십자가를 들고 모든 죄수들 앞을 돌아다녔습니다. 그에게 목숨이 붙어 있을 시간은 5분 정도밖에 없었던 거지요.

이 5분이 그에게 있어서는 무한대의 시간이고 엄청난 재산처럼 여겨졌다고 그는 술회했어요.

(……) 그는 남아 있는 5분 동안에 해야 될 일을 정리했던 거지요. 우선 동료들과의 작별에 2분을 할당하고, 마지막으로 자기 자신을 성찰해보는 데 2분, 그리고 나머지 시간은 마지막으로 주변을 둘러보는 데 할당했답니다. 그는 이 세 가지 결정을 시간에 맞춰 그대로 실행에 옮겼던 일을 아직도 생생히 기억하고 있어요." 『백치』

생명을 건진 후 큰 소리로 노래를 부르다

앞의 E. H. 카의 『도스토옙스키 평전』과 『백치』에서의 소설적 묘사보다 후일 두 번째 아내 안나 그리고리예브나가 도스토옙스키 사후에 쓴 회고록의 관련 대목이 당시 도스토옙스키의 심리상태를 이해하는 데 더 도움이 될 듯하다. 안나는 1866년 속기사로서 도스토옙스키를 처음 찾아간 날 그가 죽음 직전까지 갔었던 지난날 처형장에서의 쓰라린 기억을 들려주었다며 이렇게 기록했다.

"세묘노프스키 광장에서, 사형을 선고받은 동지들 틈에 서서 형집행을 준비하는 것을 보고 있던 기억이 나오. 살아있을 시간이 이제 겨우 5분밖에 남지 않았다는 것을 알고 있었지요. 그런데 그 몇 분이 내게는 몇 년, 몇 십 년처럼 느껴졌소. 내가 이렇게 오래도록 살아있을 수 있다니! 그런 느낌이었소. 우리는 모두 수의를 입고 있었고 셋씩 나뉘어 서 있었는데, 나는 셋째 줄에 서 있었소. 첫 번째 줄의 세 사람은 기둥에 묶여 있었소. 2~3분 뒤면 두 줄이 처형될 것이고 그 다음에 우리 차례가 올 것이었소. 얼마나 살고 싶었던지, 오 주여! 생명이 얼마나 귀하게 여겨지던지, 얼마든지 선하고 훌륭한 일들을 할 수 있을 텐데! 지나간 일들이, 늘 좋았다고 할 수 없었

▼ 도스토옙스키의 두번째 부인 안나 그리고리예브나

던 그 시간들이 모두 다 떠올랐소. 모든 것을 새로 경험하고 오래도록 살 수만 있다면…… 하고 간절히 원했소. 그런데 갑자기 형 집행중지 신호가 들려오는 것 아니겠소. 나는 마음을 다잡았소. 동지들을 기둥에서 풀어주고, 다시 데려와서는 새로운 선고를 낭독하더군요. 나는 4년 노역형을 선고받았지요. 그렇게 행복했던 날은 다시 없었을 거요! 알렉세예프 보루에 있던, 내가 수감된 독방을 왔다 갔다 하면서 나는 계속해서 큰 소리로 노래를 불렀다오. 내게 선사된 생이 그렇게 기쁠 수가 없었소.! 그 뒤 작별인사를 하라고 형을 들여보내 주더군. 그러고는 그리스도 탄생 전야에 멀리 유형에 처해졌소. 내가 선고를 받던 날 죽은 형에게 보냈던 편지를 얼마 전에 조카가 내게 돌려줬지요. 그걸 보관하고 있다오."

(『도스토예프스끼와 함께한 나날들』, 안나 그리고리예브나 도스토옙스카야, 최호정 옮김, 그린북, 2003.)

▲ 도스토옙스키의 형 미하일(1820~1864)
단편작가 겸 출판인으로 소개된다

안나는 당시 표도르 미하일로비치(도스토옙스키)의 이야기를 듣고 있자니 섬뜩한 느낌이 들어 온몸에 소름이 다 돋을 정도였다고 술회했다. 그녀는 "내가 너무 놀랐던 것은 바로 그가 내 앞에서, 오늘 난생 처음 만난 여자아이 앞에서 그렇게 솔직한 모습을 보였다는 점이었다. 겉보기에는 내성적이고 엄숙해 보이는 이 사람이 내게

자신의 전 생애를 그처럼 세세하게, 그처럼 솔직하게 마음에서 우러나는 태도로 이야기를 해주었다는 사실에 나는 놀라움을 금할 수 없었다."고 회고록에 썼다.

그는 1849년 12월, 형장에서 살아 돌아온 직후 형 미하일에게 '더 나은 사람으로 다시 태어나겠다'고 다짐하는 편지를 썼다. 진실로 그는 '이 세상에서 새로운 경험을 하며 오래 살고 싶다'는 강렬한 욕망을 갖게 되었다. 온갖 흉악범들이 들끓는 수용소 속에서 그는 범죄자들을 유심히 관찰하면서 그들의 심리를 분석했다. 자신이 겪은 일들을 언젠가 소설로 써야겠다고 생각했기 때문이다. 그러나 수용소에서는 편지쓰기는 물론 글쓰기 자체가 금지 되어있었으므로 그는 모든 경험을 머릿속에 저장할 수 밖에 없었다. 수용소 시절의 글 쓴 흔적이라고는 그가 병원에 입원했을 때의 메모가 몇 장 남아 있을 뿐이다.

사형장에서 생명을 건진 후 삶의 의지를 불태운 것이 그 후 최악의 상황 속에서도 그가 좌절하지 않고 살아남은 동기가 되었을 것이다. 시베리아에서 돌아온 후 나온 그의 불후의 명작들은 유형

▲ 모스크바 생가박물관에 있는 도스토옙스키 나무조각상

생활의 쓰라린 경험들이 밑거름이 되었다고 할 수 있다.

살을 에는 추위 속에 시베리아로

도스토옙스키는 사형에서 강제노동 4년, 군 복무 4년으로 감형(실제로는 시베리아에서 5년 반가량 군에 있었다)되어 즉각 페테르부르크에서 옴스크로 이송되었다. 유형수들은 족쇄가 채워진 채 뚜껑 없는 썰매에 실렸다. 1849년 12월 24일 자정 무렵 8개월간 갇혀있던 페트로파블롭스크 요새 감옥을 출발했다. 집집마다 촛불을 밝히고 아기예수의 탄생을 축하하는 크리스마스 이브였다. 살을 에는 추위와 어둠을 뚫고 그들은 말로만 들었던 유형지 옴스크를 향해 떠났다. 이튿날 아침 슐류셀부르크에 도착한 후 덮개 있는 썰매로 갈아탔다.

죄수 이송은 출발 후 중간 경유지 토볼스크에 도착하기까지 17일간 쉼 없이 계속됐다. 심장까지 얼어붙는 듯한 혹한의 계절에 무거운 족쇄를 찬 채 시베리아 유형지를 향해 간 것이다. 도스토옙스키는 옴스크에서의 4년 형기를 마친 직후인 1854년 2월 형 미하일에게 쓴 편지에서 당시의 상황을 이렇게 적었다.

(…) 페테르부르크, 노브고로드, 야로슬라블, 기타 여러 지방의 황량한 토지를 지나왔어요. 눈에 들어 온 것은 드문드문 떨어진 이름 모를 외진 마을뿐입니다. 그러나 휴일(*성탄 휴일 기간의 의미로 보인다)이었던 덕분에 어디를 가더라도 먹고 마실 것에 불편함이 없었습니다. 옷을 많이 입고 있었지만 굉장한 추위였어요.

▲ 시베리아의 겨울 풍경

썰매 위에서 열 시간 이상 움직이지 않고 하루에 대여섯 개 역참을 지나가는 것이 얼마나 힘든지 형은 상상할 수도 없을 겁니다. 추위로 제 심장까지 얼어붙어서 따뜻한 방에 들어갔는데도 몸이 훈훈해지지 않을 정도였어요. 페름은 영하 40도나 됐던 밤도 있었습니다. 어찌되었든 이런 일을 겪는 것은 추천할 만한 것이 못 되네요. 유쾌한 일이 아니에요.

우랄 산맥을 넘어 갈 때는 참혹한 상황이었습니다. 눈보라로 말도 썰매도 눈에 파묻혔습니다. 한밤중이었는데 우리는 썰매에서 내려 눈 속에서 누군가 우리를 끌어내 주기를 기다릴 수밖에 없었습니다. 유럽 국경(*시베리아로 들어가는 경계인 우랄 산맥의 어느 지점을 말함)에 서서, 주위는 눈과 폭풍, 앞길은 시베리아와 우리들 미래의 미스터리, 뒤는 우리들 과거 일체. 정말 슬펐어요. 저는 울었습니다.

여행기간 내내 어디를 가도 마을 사람들이 모두 나와 우리를 구경했습니다. 역참마다 족쇄를 차고 있는데도 세 배나 비싼 돈을 지불했어요. 그러나 쿠즈마 프로코히예비치가 우리들 비용의 절반을 부담했습니다. 굳이 지불하겠다면서 말을 듣지 않아, 결국 저희는 각자 15루블밖에 사용하지 않았습니다.

▲ 옴스크 전경(그림, 19세기 중엽)

1850년 1월 11일 토볼스크에 도착했습니다. 담당자에게 인계되고 신체검사를 받고, 갖고 있던 돈은 남김없이 빼겼습니다. 저와 두로프 그리고 야스트르젬브스키는 별관 방으로 들어갔으나, 스베슈네프라는 동지는 다른 방으로 갔기 때문에 거의 얼굴을 볼 기회도 없었어요.

토볼스크에서 보낸 6일간의 일들, 제가 받았던 인상을 자세히 말하고 싶지만 지금은 그만두겠습니다. 동정과 연민에 휩싸여 우리는 행복한 사람이구나 하는 생각이 들 정도였다고, 이렇게는 확실히 말해 두겠습니다. 기존의 유형자들(유형자들이라고 해도 특히 그들의 부인들이었습니다만)은 마치 육친처럼 저희를 보살펴 주었어요. 모두 25년간의 불행을 가만히 참아 온 대단한 사람들이었습니다. 하지만 감시가 심하기 때문에, 정말 잠시 만날 수 있었을 뿐입니다. 음식과 옷을 받고, 위로를 받기도 하고, 격려를 받기도 했습니다. 저는 마침 필요한 옷조차 없이 왔기 때문에, 부인들의 정성어린 옷을 굉장히 기쁘게 받았습니다. 드디어 출발하게 되었어요. 3일 후 옴스크에 도착했습니다. (『도스토옙스키의 생활』, 고바야시 히데오, 일본 잡지 〈문학계〉에 1935년 1월호~1937년 3월호 연재. 1939년 5월 창원사에서 단행본으로 발행. 위 번역본의 원문 출처는 고바야시 히데오 전집 제6권 『도스토옙스키의 생활』, 신조사, 2011년 판, 이은선 번역.)

도스토옙스키가 여기서 언급한 '기존의 유형자들'이란 당시 시베리아에 유배돼 있던 데카브리스트(*1825년 12월 전제체제 타도와 농노제 폐지를 기치로 혁명을 일으켰다가 실패한 일단의 귀족과 청년장교들. 데카브리스트는 러시아어로 12월을 데카브리라고 하는 데서 비롯된 것. 12월혁명당원이라고도 한다.)의 부인들이다. 토볼스크에서 만난 데카브리스트 부인들에 관해서는 제3부에서 더 설명하기로 한다.

도스토옙스키는 상트페테르부르크를 떠난 지 약 한 달 만인 1850년 1월 23일 유형수 수용소가 있는 시베리아의 옴스크 요새에 도착했다.

한편, 위의 편지에서 도스토옙스키가 기술한 날짜와 일수가 맞다면, 도스토옙스키의 옴스크 도착일은 대부분의 기록에 나와있는 1월 23일이 아니라 1월 20일이 되어야 한다. 편지에는 그가 1월 11일에 토볼스크에 도착해 엿새를 머문 뒤, 토볼스크 출발 3일 만에 옴스크에 도착했다고 되어 있기 때문이다. 어디에서 착오가 생긴 것인지는 알 수가 없다.

제3부

시베리아 유형지 옴스크

▲ 도스토옙스키 시베리아 활동지역(1850~1859)

눈 내리는 옴스크역에 내리다

2017년 10월 5일 오전 6시 30분. 옴스크역 플랫폼에는 눈이 펄펄 내리고 있었다. 시베리아 중심도시 노보시비르스크에서 밤 기차로 8시간 반 만에 옴스크에 도착했다. 9288km에 이르는 시베리아 횡단철로의 한 구간인 630km를 달려 온 것이다. 기온은 -1℃. 우리나라의 추석 다음 날이다.

노보시비르스크에서 서쪽으로 6백여km가량 떨어져있는 옴스크의 인구는 약 118만 명(2017년 현재, 2018년엔 117만 2천). 이르티시 강과 옴 강이 만

▼ 옴스크역(2017.10.5.)

나는 합류지점에 18세기 초 군사요새가 세워지면서 서시베리아 개척의 중심지로 발전했는데 현재 시베리아에서 인구 140만의 노보시비르스크에 이어 두 번째로 큰 도시다. 이곳에 도스토옙스키 박물관이 있다.

도스토옙스키는 여기에서 1850년부터 1854년까지 꼬박 4년간 족쇄를 찬 채 유형생활을 했다. 그가 생애 최악의 시간을 보낸 끔찍한 곳이다. 그는 옴스크에서의 유형생활을 종종 지옥에 빗대기도 했다. 그럼에도 불구하고 그는 훗날 "그 기간이 자신의 혼의 구제를 위해 중요하고도 유익했던 때"라는 말을 남겼다. 실로 훌륭한 긍정 마인드다. 그러한 마음가짐이 그가 후반 생애에서 부닥친 갖은 어려움 속에서도 스스로를 지키고 성장시켰다고 본다.

도스토옙스키는 상트페테르부르크로 돌아와 유형지에서의 체험을 『죽음의 집의 기록』(1862)이란 제목의 책으로 펴냈다. 최고의 작가답게 수용소의 모습을-당국의 검열에도 불구하고-비교적 생생하게 그려냈다. 아내를 죽인 혐의로 10년 유형살이를 하고 나온 후 죽은 어떤 사람, 즉 제3자가 남겨 놓은 수기 형식으로 썼지만 실은 자신의 이야기다.

시베리아에 있는 세 곳의 도스토옙스키 박물관

나는 옴스크에서는 만 하루 머물렀다. 이튿날 오전 9시 30분경에 다시 노보시비르스크 가는 기차를 타야했기 때문이다. 짧은 휴가를 내 쫓기

▲ 옴스크 도스토옙스키 박물관. 건물 왼쪽 검정 부분이 도스토옙스키 부조

듯 다녔으므로 시베리아에서의 일정은 언제나 여유롭지 못했다. 목적지까지의 거리가 워낙 멀고 비행기나 기차 시간 맞추기가 쉽지 않아 한 번에 한 곳밖에 갈 수 없었다. 뒤에 차차 이야기하겠지만, 시베리아의 도스토옙스키 흔적이 있는 세 곳 즉 옴스크, 노보쿠즈네츠크(옛 쿠즈네츠크) 그리고 카자흐스탄의 세메이(옛 세미팔라틴스크)의 도스토옙스키 박물관에 가기 위해 세 번의 여행을 했다.

옴스크에는 당연히 도스토옙스키 박물관 방문이 첫째 목적이었다. 박물관이 10시에 문을 연다고 해 역 카페에서 러시아식 만두로 아침을 때우고 차를 마시며 시간을 보내다 역 앞에 나가 택시를 탔다. 많은 양은 아니지만 눈이 계속 내리고 있었다. 도로는 눈으로 질펀했다.

10시 조금 지나 도스토옙스키박물관에 도착했다. 정식 명칭은 '도스토옙스키 옴스크 국립문학박물관'. 박물관은 19세기 중엽까지 옴스크 요새 사령관의 관사로 쓰던 단층 건물이다. 1983년부터 도스토옙스키 박물관으로 사용되고 있다.

도스토옙스키 박물관이 된 요새 사령관의 관사

건물 외벽 한쪽 끝에는 도스토옙스키 전신상이 주철로 부조되어 붙어있었다. 눈은 조금 잦아들었으나 잔뜩 흐린 날씨에 부조가 검정색이어서 미리 알지 못했으면 그냥 지나칠 뻔했다.

박물관 안으로 들어가니 직원들이 우리를 반갑게 맞이했다. 우리란 나와 노보시비르스크에서 동행한 동포 김준길 교수다. 김 교수가 사전에 박물관 측에 이런저런 문의를 하면서 방문 예정 날짜와 시간을 알렸기 때문에 직원 여럿이 우리를 기다리고 있었던 것이다.

▼박물관 외벽의 도스토옙스키 부조

박물관은 도스토옙스키 한 사람만을 위한 것은 아니었다. 이 지역 출신 다른 문인들의 전시물도 있었지만 건물 한 켠에 구색을 맞추기 위해 조금씩 전시해 놓은 정도여서 사실상 도스토옙스키 1인

박물관이나 다름없었다.

▲박물관의 첫 번 전시실. 실물 크기의 도스토옙스키 사진을 세워 놓았는데 키는 크지 않았다

박물관 내부의 첫 번째 전시실에는 도스토옙스키의 실물 크기의 사진을 세워놓아 누구나 그 옆에 서서 사진을 찍을 수 있도록 하였다. 그는 서양인치고는 키가 크지 않았던 것 같다. 사진의 크기로만 봐선 170cm 남짓 될까?

박물관의 도스토옙스키 관련 공간은 4개의 전시실로 나뉘어 있다. 각종 도스토옙스키 관련 사진과 그가 유형 생활 중 발목에 찼던 것과 같은 모양의 막대형 족쇄(기다란 쇠막대가 연결된 이 족쇄에 대해서는 뒤에 설명할 예정이다), 등에 검정 원이 그려진 죄수의 의복, 사형수들에게 처형 직전 입혔던 모자 달린 흰 수의 등이 전시되어 있다. 박물관은 크지 않았으나 많은 자료들을 모아 놓기 위해 정성을 많이 들인 것 같았다.

▼등에 검정 원이 그려져있는 죄수용 여름 옷

박물관 직원 크세니아 양이 우리를 안내하며 1시간 반가량 전시물에 대해

▲ 박물관의 전시물을 설명하는 크세니아 양

상세히 설명해주었다. 크세니아 양은 설명을 모두 마친 후 우리를 박물관장실로 안내했다. 관장 빅토르 솔로모노비치 바이네르만 박사는 관장실 밖에서 우리를 기다리고 있었다. 한참 기다렸다며 반갑게 악수를 청했다.

관장실로 들어가 그와 약 40분 정도 이야기를 나눴다. 그는 옴스크에는 도스토옙스키 옴스크 국립대학교가 있고, 도스토옙스키 도서관이 있으며, 동상이 두 곳에 있다고 했다. 동상 하나는 박물관 인근 큰길가에 있고, 다른 하나는 옴스크 드라마 극장 옆 공원에 있다고 했다. 옴스크 극장이 서있는 곳이 과거 옴스크 요새가 있던 자리라고 했다. 그 요새 안에 유형수 수용소가 있었으니 유형수들은 결국 요새를 지키는 군인들의 감시 아래에 있었던 셈이다.

내가 "시베리아에서 유형생활을 한 솔제니친이 이곳을 방문했었고 그 사진이 있다고 들었다"라고 했더니, "사진은 창고에 보관되어 있다"고 했다.

나는 관장에게 "이르티시 강변에는 도스토옙스키와 관련된 흔적이 없느냐?"고 물어보았다. 동상이나 상징물 같은 것이 없느냐는 의미였다.

내가 그렇게 물어 본 이유는 도스토옙스키의 『죽음의 집의 기록』에 유형생활 중 힘든 노역을 할 때 기분전환이 되는 곳으로 이르티시 강이 자주 나올 뿐만 아니라 이 강 건너편을 '자유의 초원'으로 동경하는 대목이 있기 때문이다.

내가 이 강변에 대해 그토록 자주 말을 꺼내는 이유는 그 강변에서만이 신의 세계가, 순결하고 투명한 저 먼 곳이, 황량함으로 내게 신비스러운 인상을 불러일으켰던 인적 없는 자유의 초원들이 보이기 때문이다.

(……)

▼ 옴스크시를 지나는 이르티시 강

죄수들이 감옥의 창을 통해 자유 세계를 동경하듯이 끝없이 펼쳐진 황량한 광야를 바라보곤 하였다. 무한히 펼쳐진 푸른 하늘에서 이글거리는 태양, 끼르끼즈 강변에서 퍼져 오는 끼르끼즈 인의 아련한 노랫소리. 이 모든 것이 내게는 더할 수 없이 소중했다. 검게 그을고 낡은 유목민의 천막이 보이기도 했다. 천막 근처에서 피어오르는 연기, 두 마리의 양을 데리고 뭔가 바쁘게 일하고 있는 끼르끼즈의 여인도 보인다. 그 정경들은 궁핍하고 투박하긴 해도 자유스러워 보였다. (『죽음의 집의 기록』, 이덕형 옮김, 열린책들, 2010)

그의 소설 『죄와 벌』(1867)에는 전당포 주인 노파 자매를 죽인 죄로 시베리아 유형을 간 라스콜리니코프가 잠시 쉬는 동안 강변의 통나무에 걸터앉아 멀리 유목민의 천막이 보이는 강 건너편의 광야를 '완전한 자유가 있는 곳'이라며 자유를 갈망하는 모습이 그려져있다.

역시 맑게 갠 따뜻한 날이었다. 이른 아침 6시경, 라스콜리니코프는 강변으로 작업을 나갔다. (……) 같이 간 죄수는 그를 포함해 3명이었다. 잠시 쉬는 동안 라스콜리니코프는 오두막에서 나와 움막 옆에 쌓아 놓은 통나무에 걸터앉아 황량한 넓은 강물을 바라보았다. 그 너머에는 광막하고 끝없는 광야가 햇빛을 담뿍 받은 채 펼쳐져 있었고, 유목민의 천막이 보일락말락한 검은 점이 되어 흩어져 있었다. 거기에는 완전한 자유가 있었다. 그리고 이곳과는 전혀 종류가 다른 별개의 민족이 살고 있었다. 그곳에서는 시간 그 자체가 정지하여 아브라함과 그 양떼들의 시대가 아직도 계속되고 있는 듯했다. (『죄와 벌』, 채수동 옮김, 동서문화사,

2015)

『죄와 벌』에서 그리고 있는 강이 바로 도스토옙스키가 『죽음의 집의 기록』에서 말한 이르티시 강인 것이다.

관장은 내게 강변에 있는 '토볼스크 문'에 가보라고 했다. 지난 시절 유형수들이 옴스크로 들어올 때 그곳을 통해서 왔으며, 그때의 흔적들을 볼 수 있다고 했다.

작별을 하기에 앞서 도스토옙스키, 톨스토이, 푸시킨, 안톤 체호프 등이 들어 있는 나의 책 『시베리아 문학기행』을 관장에게 선물했다. 관장은 내게 '러시아 옴스크 도스토옙스키 문학 박물관에 기증한다'고 책에 써

▼옴스크 도스토옙스키 문학 박물관장 바이네르만 박사와 저자

달라고 했다. 그렇게 써서 관장에게 전달하고 함께 기념촬영을 했다. 관장은 나와 김 교수에게 도스토옙스키에 대해 쓴 자신의 저서를 선물로 주었다.

감옥 밖은 환상적 이야기 속의 세계

박물관에서 나와 인근에 있다는 도스토옙스키 동상을 찾았다. 박물관 바로 옆은 아니었다. 인근에 있는 공원을 가로 질러 큰길로 나오니 길 건너편에 커다란 동상이 보였다. 동상은 대리석 기단 위에 세워진 걷고 있는 모습인데 기단 앞에 '도스토옙스키'라고 쓴 동판이 붙어 있다. 그동안 보아 온 도스토옙스키 동상 가운데 가장 컸다.

이 동상을 한 바퀴 둘러본 후 또 다른 동상이 있다는 옴스크 드라마

▼옴스크의 도스토옙스키 동상

극장으로 택시를 타고 찾아갔다. 드라마 극장은 에메랄드 색의 아름다운 건축물이었다. 동상은 드라마 극장 옆에 있는 조그만 공원 한가운데 있었다. 여기에 있는 도스토옙스키 동상은 다른 일반 동상들과 달리 철물을 이용해 다소 추상적 형태로 만들어진 하나의 상징적 조형물로 보였다. 미리 알고 자세히 보지 않는 한 도스토옙스키의 동상으로 인식하기 어려울 것 같았다.

여기에 동상이 있는 이유는 앞에서 말한 대로 이곳이 유형수들이 수용되었던 요새가 있던 곳이기 때문이다. 여기서부터는 타고 간 택시를 대절했는데, 한 시간에 350루블(한화 약 7천 원)을 달라고 했다.

▼옴스크 드라마 극장

『죽음의 집의 기록』은 이렇게 수용소에 대한 소개로 시작된다.

우리들의 감방은 요새 끝, 장벽 바로 옆에 있었다. 담장 틈새로 혹시 무엇인가 보이지 않을까 해서 신이 창조한 세상을 바라보노라면, 여기서는 단지 하늘의 가장자리와 굵은 잡초가 자라고 있는 높다란 토성(土城)과 밤낮 그 위를 오가는 보초들만 볼 수 있을 것이다. (···) 울타리의 다른 한쪽은 늘상 잠긴 채, 보초들이 밤이고 낮이고 지키고 서 있는 견고한 출입문이 달려 있다. 이 문은 일터로 나가기 위해, 요구에 의해서만 열리곤 했다. 이 출입문 너머에는 여느 누구와 다름없는 보통의 사람들이 살고 있는 광명과 자유의 세계가 펼쳐져 있다. 그러나 울타리의 안쪽에서는 그곳을 마치 환상적인 이야기 속의 세계처럼 상상했다.

이 같은 요새 안 감옥에 대한 묘사는 수년 후에 쓴 『죄와 벌』에 다음과 같이 다시 나온다.

시베리아! 광막하고 황량한 큰 강 기슭에 러시아 행정 중심지의 하나인 도시가 펼쳐져있다. 여기에는 요새가 있고 그 안에 감옥이 있어, 우리의 라스콜리니코프는 제2급 유형수로서 이미 만 9개월 동안 이곳에 유폐되어 있었다. 범행을 저지른 날로부터 벌써 1년 반 가까운 세월이 흘렀다.

여기서 말하는 요새가 있는 도시가 바로 옴스크다. 동상을 사진에 담은 후 토볼스크 문이 있다는 이르티시 강변으로 향했다.

눈 내리는 이르티시 강변에서

옴스크 드라마 극장에서 토볼스크 문이 있는 이르티시 강가까지는 그리 멀지 않았다. 가는 동안 그쳤던 눈이 다시 내리기 시작했다.

토볼스크 문은 눈 내리는 이르티시 강변 언덕에 쓸쓸하게 서 있었다. 붉은색 지붕에 노랗고 하얀 벽을 가진 아담한 아치형 문이다.

과거에는 문 좌우에 담장이 있었는지 모르겠으나 지금은 문만 홀로 덜렁 자리를 지키고 있다. 문 주변에는 오래된 벽돌 건물들이 몇 채 서 있었다. 토볼스크 문에서 가장 가깝게 있는 창고처럼 생긴 건물에 다가가니, 건물의 쇠창살이 살벌하다. 굵은 쇠창살로도 모자라 창살 사이사이에 뾰족한 칼 모양의 작은 쇠조각들을 붙여놓았다. 죄수들이 머물던 집

▼ 이르티시 강변의 토볼스크 문

▼ 옴스크 드라마 극장 옆 공원의 도스토옙스키 상징 조형물

이라는 것을 금방 알 수 있었다.

지옥문으로 보였을 토볼스크 문

토볼스크는 수도 상트페테르부르크를 출발한 죄수들이 유형지 옴스크로 가는 길에 경유하는 도시다. 상트페테르부르크에서 토볼스크 간의 현재 도로상 거리는 2806km. 토볼스크에서 옴스크는 610km. 토볼스크와 옴스크는 이르티시 강으로 연결이 된다. 이르티시 강은 러시아, 몽골, 중국, 카자흐스탄과 국경을 이루는 알타이 산맥에서 발원해 서시베리아를 남북으로 지나는 길이 4248km의 긴 강이다.

▼토볼스크 문 옆 건물의 살벌한 쇠창살

죄수들은 토볼스크에서 배를 타고 옴스크로 올 때가 많았을 것이다. 뱃길이 이동 시간을 훨씬 단축시키기 때문이다. 죄수들은 강변에서 배에서 내려 언덕 뒤의 토볼스크 문을 지나 으시시한 쇠창살 사이로 빛이 들어오는 이 집에서 잠시 휴식을 취한 후 마지막 도착지인 요새 안의 수용소로 가지 않았을까. 정치범으로 시베리아 유형에 처해져 옴스크까지 끌려온 도스토옙스키도 이 문을 통해 수용

소로 갔을지 모른다.

도스토옙스키가 이송되던 때는 강이 꽁꽁 얼어붙은 1월이었으므로 죄수들을 실은 말썰매가 얼어붙은 강 위를 달렸을 가능성이 있다. 마차 시절에는 겨울에 울퉁불퉁한 육로 대신 강이나 호수의 얼음 위를 달리는 일이 흔했다.

지금은 하나의 구경거리요 기념물로 남아있지만, 당시 죄수들 입장에서 보면 강변 위의 토볼스크 문이야말로 지옥문으로 보였을 것이다.

토볼스크 문을 지나 언덕 끝으로 가니 강변의 모래사장으로 연결되는 계단이 있었다. 눈은 더 거세졌다. 10월 초여서 아직 땅이 얼지 않아서인지 모래 위로 내리는 눈은 쌓이지 않고 녹아버렸고, 인근의 나지막한 풀밭에 떨어진 눈은 파란 풀잎 위에 하얀 꽃처럼 조금씩 쌓이고 있다.

▼눈 내리는 이르티시 강 위로 배 한 척이 지나가고 있다

강폭은 넓지 않았다. 강 저편에 배가 한 척 지나가고 있었다. 크지도 작지도 않은 중급의 선박이다. 강변에는 낚싯대를 던지는 낚시꾼들도 있었고, 갈매기도 몇 마리씩 날아 다녔다.

토볼스크 문이 왜 옴스크에 있나

옴스크에 있는데 왜 토볼스크 문이라고 하는지 잠시 설명을 해야겠다. 러시아는 땅이 커서인지 우리가 이해 못하는 일들이 더러 있다. 예를 들어 우리나라에서는 서울에서 제일 큰 기차역은 서울역이다. 그런데 모스크바에는 모스크바역이 없다. 역이 몇 군데 있는데 행선지별로 레닌그라드역, 벨로루시역, 야로슬라블역 등 도착지의 이름을 붙인다. 러시아 같이 영토가 큰 나라에서는 그것이 더 편리할 것 같다는 생각도 든다.

옴스크에 토볼스크 문이 있는 것도 그렇게 이해하면 된다. 옴스크에 사는 사람은 토볼스크 문으로 가면 토볼스크로 가는 배를 탈 수 있었을 것이다. 동시베리아의 중심도시 이르쿠츠크에는 앙가라 강변에 모스크바 문이 우뚝 서있다. 이 역시 모스크바 쪽으로 가는 문이라는 의미다. 모스크바 쪽에서 오는 사람도 강을 건너와 이 문을 통해 이르쿠츠크로 들어왔다.

지금은 도로와 기차, 비행기가 발달하여 육지에서는 배를 이동수단으로 삼는 경우가 적지만, 과거 19세기 말까지는 육로보다는 뱃길이 더 빨랐다.

토볼스크 문에서 수용소가 있는 요새까지는 한참을 더 가야 한다. 수용소를 어떤 책에서는 감방으로도 번역을 하고 있는데, 당시 시베리아 유형수들이 있던 곳은 감방이라고 하기보다는 수용소라고 하는 것이 맞을 것 같다. 왜냐하면 도스토옙스키의 기록이나 사진들을 보면 그곳은 방이 따로 있는 감방이 아니라 군대의 막사같이 나무로 만든 수용시설이기 때문이다. 밤이면 밖에서 문이 잠겨 아침이 될 때까지 악취가 진동하는 그곳에서 잠시도 빠져나올 수 없었다.

끔찍했던 수용소 생활

옴스크 수용소에서의 생활이 어떠했는지는 도스토옙스키가 수용소에서 나온 직후 형 미하일에게 쓴 편지에 잘 나타나 있다.

도스토옙스키는 1854년 2월 15일 출옥 후 강제 군 복무지인 세미팔라틴

▼수용소의 막사

스크로 가기까지 한동안 옴스크에 머물렀다. 출옥 일주일 뒤인 2월 22일 아직 옴스크에 있을 때 도스토옙스키는 상트페테르부르크에 있는 형 미하일에게 긴 편지를 쓴다. 수용소의 참상을 설명하는 내용이다.

(…) 지난 4년간 강제노역에 끌려 갈 때를 제외하고, 내내 벽 속에서 생활해 왔습니다. 노역은 힘들었어요. 궂은 날, 빗속, 진창 속, 겨울의 견디기 어려운 추위 속에서, 더 이상 움직일 수 없는 몸으로 일을 해야 했던 적도 있었지요. 어떤 때는 추가 작업을 4시간이나 한 적도 있었는데, 온도계 수은이 터졌으니 아마 영하 40도가 넘었을 거예요. 한쪽 발은 동상이 났어요.

▲ 손수레에 손목이 쇠사슬로 묶여 있는 죄수

우리는 목조건물 한 곳에서 단체생활을 하고 있었습니다. 이미 오래전에 허무는 것이 차라리 낫겠다 싶을 정도의 쓸모없는 목조 가옥, 황폐한 낡은 집 한 채를 상상해 보세요. 여름에는 숨이 막힐 정도로 덥고, 겨울에는 얼어붙을 정도로 추워요.

마루에 썩은 오물이 한 치 이상 쌓여 있습니다. 작은 유리창은 물때로 녹색이 되어, 한낮에도 글을 거의 읽을 수 없을 정도인데, 겨울에는 거기에 한 치 이상 얼음이 붙어요. 천장에는 비가 새고, 벽에는 잔금투성이. 그곳에 우리는 깡통 속의 청어처럼 구겨 넣어져 있었습니다. 난로에 장작을 6개나 넣었는데도 반응도 없고 좀처럼 따뜻해지지 않아요. (실내의 얼음은 거의 녹지 않아요) 그 대신 연기만 자욱해서 참을 수가 없어요. 겨울은 이런 상태입니다.

죄수들은 실내에서 속옷을 빨기 때문에 곳곳에 물웅덩이가 생겨 발 디딜 곳도 없어요. 저녁부터 새벽까지는 어떤 사정이 있어도 밖으로 나갈 수가 없습니다. 방 입구에는 양동이가 한 개 놓여 있어요. 무엇에 쓰는지 아시겠지요. 밤중에는 역한 냄새에 질식할 것 같습니다. 『그렇다고 우리들도 사람인데 돼지같이 살 수는 없다고 말할 수도 없잖아』라고 죄수들은 말했었죠.

침대라고는 판자 2장, 허락된 것은 베개 하나뿐, 발이 나오는 짧은 망토를 이불로 삼아, 밤새 추위에 떠는 형편입니다. 빈대, 이, 바퀴벌레, 그런 것들은 됫박으로 잴 만큼 많습니다. 겨울 옷에 낡은 모피 외투 두 개를 입어도 따뜻하지 않은데, 거기에 발에 짧은 장화를 신고 시베리아를 걸어 보세요.

식사는 빵과 스프인데, 규정에 의하면 스프에 한 사람당 고기가 150g 들어가 있어야 하지만, 잘게 잘라서 고기 모양은 보이지도 않아요. 휴일에는 버터가 거의 안 들어간 죽이고, 사순절에는 절임 채소와 물뿐입니다. 위가 많이 상해서 몇 번이나 병에 걸렸습니다. 이런 곳에서 돈 없이 살아갈 수 있을지 생각해 보세요. 만일 제게 돈이 없었다면 어찌되었을지. 일반 죄수들도 이런 생활을 견딜 수 없어서, 막사 안에서 뭔가 작은 장사를 하며 푼돈을 벌고 있습니다. 저는 차를 마시거나, 때로는 제 돈으로 필요한 양의 고기를 사먹으면서 살아 왔던 것입니다. 담배도 피우지 않을 수 없었어요. 담배라도 안 피우면 틀림없이 숨막혀 죽었을 거예요. 그것도 몰래 피웠습니다.

저는 병원에서 며칠을 보낸 적이 있어요. 간질 발작이 있었습니다. 물론 여러 번은 아니었어요. 다리에는 아직도 류머티즘 통증이 가시지 않았습니다. 이것을 제외하면 몸은 일단 건강합니다. 이렇게 유쾌하지 못한 일들이 널린 곳인데, 읽을 책도 전혀 없습니다. 이따금 책 한 권을 손에 넣어도, 동료들로부터 오는 끊임없는 증오, 감시인들의 횡포, 말다툼, 욕설, 고성 등 쉴 수 없는 소란 속에 흠칫 놀라면서 읽어야 합니다. 혼자 있을래야 있을 수 없으니까요. 이런 상태로 4년간, 4년간 말입니다. 가혹한 일이라고도 했지만, 어떠한 말로도 단정할 수 있는 생활이 아닙니다. 게다가, 무엇인가 잘못을 하지는 않을지 끊임없이 걱정하다가 머리가 멍해진 상태를 생각하시면, 그것이 제 생활의 요약이라고 할 수 있겠습니다.

지난 4년 동안 저의 혼, 신념, 정신에 무엇이 일어났는지 구태여 말씀드릴 것은 없습니다. 너무 길어지거든요. 너무나도 현실이란 것이 괴로워서 끊임없이 망상으로 도망쳤지만, 이것이 그럭저럭 쓸데없는 일은 아니었던 것 같아요. 지금 저는 이전에 생각도 못 했던 소망과 희망을 갖고 있습니다. 그러나 이것은 모두 아직 가설에 지나지 않아요. 쓰지 않을래요. 다만 부디 저를 잊지 마시고, 저를 도와 주세요. 책과 돈이 필요합니다. 보내 주세요. 부탁 드립니다. (『도스토옙스키의 생활』, 이은선 번역.)

출소 직후부터 세미팔라틴스크에서의 5년여의 군 생활 동안 도스토옙스키는 형 미하일에게 자신이 겪었던 수용소 생활과 출소 후의 군 생활에 대해 편지를 쓰며 종종 돈을 보내달라고 부탁했다. 1862년에 나온 『죽음의 집의 기록』에 앞의 편지 속 내용과 같은 수용소 생활의 구체적인 내용이 보이지 않는 것은 검열을 의식해서일 것이다.

러시아에서 흰 옷은 수의

다시 도스토옙스키 박물관으로 돌아간다. 도스토옙스키의 실물사진이 세워져있는 첫 번째 전시실에 이어 두 번째 전시실에 들어가니 유형수들이 입던 옷과 사형수용 가운 등이 전시되어 있다. 유형수임을 표시하기 위하여 흰 천으로 만든 여름옷에는 등에 커다란 검은색 둥근 무늬가 찍혀있고, 겨울 외투의 등에는 커다란 다이아몬드 모양의 흰색 천이 붙여져 있다. 투박하고 허름한 겨울 외투는 3년에 한 번 새것으로 지급되었다고 한다. 모두 유리 안에 들어 있어서 빛이 반사되어 사진 찍기가 쉽지 않았다.

▼ 사형수들이 처형 직전 입었던 수의. 도스토옙스키도 이 옷을 입고 처형을 기다리다가 극적으로 감형됐다

도스토옙스키가 사형 직전 입었던 것과 같은 사형수용 모자 달린 흰 가운도 몇 벌 걸려 있었다. 흰색 천이므로 죽으면 그대로 수의(*죽은 사람에게 입히는 옷)가 되는 것이다. 그래서인지 19세기 조선 중엽 철종 때인 1854년 전함 팔라다호를 타고 우리나라 거문도에 왔던 러시아의 소설가 곤차로프(1812~1891)는 후일 그의 여행기 『전함 팔라다』(1858)에서 조선 사람이 입고 있는 흰 옷을 수의 같다고 했다. 곤차로프는 "조

선 사람들이 모두들 마치 수의를 입은 것처럼 흰옷을 입고 있었다. 마침내 우리는 극동에 속한 맨 마지막 민족을 보게 되었다"고 기록했다.

조선 사람이 흰빛을 신성하게 여기고 깨끗한 것을 좋아하는 백의민족임을 그가 알지 못했을 것이다. 일제 때 흰 옷은 항일의 상징이 되기도 했다.

데카브리스트 부인 두 사람의 초상화

세 번째 전시실에 들어섰을 때 두 여인의 초상화가 먼저 눈에 들어왔다. 데카브리스트 부인인 폰비지나와 안넨코바의 초상화다. 눈에 익은 폰비지나의 초상화는 금방 알아봤는데, 그 옆의 안넨코바의 초상화는 바로 알아보지 못했다. 안넨코바의 초상화는 내가 이르쿠츠크 데카브리스트 박물관 등에서 보아온 11명의 데카브리스트 부인들 초상화 속에서 봤

▼ 박물관에 걸려있는 두 데카브리스트 부인의 초상화. 왼쪽은 폰비지나, 오른쪽은 안넨코바

던 것과는 조금 달랐다. 그래서 눈에 설었던 모양이다.

도스토옙스키는 토볼스크에서 폰비지나와 안넨코바를 만났다는 이야기를 훗날 그의 『작가일기』에 실었다. 그는 『작가일기』에서 토볼스크에 있을 때 무라비요프 부인, 안넨코프 부인과 그 딸, 폰비진 부인들을 만났다고 기록했다.

도스토옙스키가 옴스크에서 데카브리스트 부인들을 만난 것은 데카브리스트 혁명(또는 난)이 실패로 끝난 지 25년 후다. 1825년 데카브리스트 혁명이 났을 때 도스토옙스키는 네 살에 불과했다. 이 부인들은 나이로 볼 때 거의 어머니뻘이다. 세 사람의 부인 가운데 무라비요프 부인은 당초에 남편을 찾아 시베리아로 갔던 그 부인이 아닌 것 같다.

데카브리스트 부인 11명 가운데 한 사람인 무라비요프의 부인 알렉산드라 그리고리예브나 무라비요바(1804~1832)는 1827년 남편을 찾아 시베리아에 왔다가 5년 만인 1832년 치타에서 멀지 않은 공장도시 페트롭스키자보드에서 28세의 나이로 세상을 떠났다. 그러므로 여기서 말하는 무라비요프 부인이라면 재혼한 부인이거나 또 다른 사람일 수 있다. 그래서 박물관에 폰비지나와 안넨코바 두 사람의 사진만 걸어 놓은 것 같다.

데카브리스트 부인들에 대한 도스토옙스키의 칭송

데카브리스트 부인이란 앞에서 설명한 바와 같이 1825년 12월 14일 전제정치 타도와 농노제 폐지를 기치로 혁명을 일으켰다가 실패하여 시베리아 유형에 처해진 귀족(*데카브리스트는 처형된 5명을 포함해 121명으로 알려져

있다.)의 부인들 가운데 귀족 신분을 버리고 시베리아로 남편을 찾아가 평생 헌신한 11명의 여인들을 말한다.

이 부인들은 시베리아 유형지에서 남편들뿐만 아니라 다른 정치범들과 주위 사람들에게도 겸손하게 봉사하는 모습을 보여주어 칭송을 받았다. 현재 시베리아 이르쿠츠크에 있는 두 개의 데카브리스트 박물관 중 하나인 발콘스키의 집 인근 공원에는 데카브리스트 부인들의 시베리아에서의 헌신을 기리는 의미로 발콘스키 공작 부인 마리야의 동상이 서 있다.

데카브리스트 부인들은 물론이거니와 데카브리스트들도 시베리아에서 모범적인 태도로 정치범에 대한 좋은 이미지를 심었다. 정치범이었던 도스토옙스키도 그의 『죽음의 집의 기록』에 데카브리스트들이 시베리아

▼ 시베리아 이르쿠츠크의 데카브리스트 부인 마리야 동상(발콘스키의 집 박물관 인근 공원에 있다)

에 뿌린 긍정적 이미지 덕을 보았다고 적었다. 물론 책 속에 데카브리스트라고 구체적으로 이야기 하지는 않았다.

약 35년 전쯤 갑자기 귀족 유형수의 거대한 무리가 시베리아에 나타났으며, 이 유형수들은 30년 동안 시베리아 전역에서 바르게 행동하여 재평가되었기 때문에, 당국은 이미 오래된 관습과는 무관하게 일반 죄수들과는 다른 시각으로 귀족 범죄자들을 대하게 되었던 것이다. (『죽음의 집의 기록』)

데카브리스트 부인들 가운데 토볼스크에 살던 폰비지나를 비롯한 몇 사람이 자신들의 남편과 같은 정치범들이 이 도시를 지난다는 소식을 듣고 약간의 먹을 것과 의복과 성경책을 챙겨들고 이들을 위로하기 위해 나섰다. 데카브리스트 부인들이 죄수들에게 준 성경책의 표지 속에는 10루블의 지폐가 숨겨져 있었다. 지폐를 넣고 표지를 꿰맨 성경책이다. 당시 시베리아에서 10루블은 큰 돈이었다. 뒤에 이야기하겠지만, 후에 도스토옙스키가 시베리아 세미팔라틴스크에서 군 복무를 할 때 그 지역에서는 소 한 마리 값이 3루블이었다고 한다. 성경책을 받은 정치범 중에 도스토옙스키가 있었던 것이다.

도스토옙스키는 유형길에 폰비지나 등 데카브리스트 부인들을 만난 지 23년 후 『작가일기』 1873년 2월 호에 당시의 상황을 이렇게 기록했다.

위대한 수난자들

토볼스크에서 우리가 앞으로의 숙명을 기다리며 감옥의 호송 마당에 앉아 있을 때, 12월 당원의 부인들이 간수들을 설득해 결국 그의 아파트에서 우리와의 비밀 만남을 이루어 내었던 것이다. 우리는 자신들이 남편을 따라 자원해서 시베리아로 온 이들 위대한 수난자들을 만났다.

그들은 모든 것을 포기했다. 영예도 재산도, 지인과 일가친척도 버리고, 고귀한 윤리적 의미와 고도의 자유 의무를 위해 모든 것을 희생했던 것이다. 그들은 아무 죄도 없이 그 긴 세월 25년 동안 죄수 남편들이 겪은 모든 고통을 감내하고 있었다.

만남은 한 시간 동안 이루어졌다. 그들은 새로운 길을 떠날 우리를 축복해 주었다. 그들은 우리에게 성호를 그어주고 감옥 안에서 유일하게 허용된 복음서를

▼ 시베리아 페트롭스키 자보드역의 데카브리스트 기념 벽화

나눠주었다. 그 책은 유형 중 4년간 나의 베개 밑에 놓여 있었다. 나는 가끔 그것을 읽었고 남에게 읽어 주기도 했다.

나는 그것을 한 죄수에게 글을 가르치는 데 이용하기도 했다. (…) 나는 모든 러시아 민중들이 우리를 또한 '수난자'로 부르고 있었던 것을 알았고, 이 호칭이 많은 사람 입에서 수없이 많이 불려졌다는 것을 들었다. (…) 4년간의 유형은 긴 세월의 학교였다. 나는 나 자신에게 확신을 가질 시간을 가졌다…. (『작가의 일기』, 이길주 옮김, 지식을 만드는 지식, 2014.)

데카브리스트 부인 가운데 한 사람인 안넨코바는 차르 니콜라이 1세에게 탄원하여, 데카브리스트 혁명에 가담했다가 국사범이 되어 유형에 처해진 애인 이반 안넨코프를 시베리아 동쪽의 치타까지 찾아간 용감한 프랑스 여인이다. 이 여인의 이야기를 프랑스 작가 알렉산드르 뒤마가 1840년에 『펜싱 마스터』라는 제목의 소설로 썼다. 이 스토리는 오페라와 영화로도 만들어졌다.

안넨코바의 처녀적 이름은 폴리나 게블이었다. 폴리나는 상트페테르부르크를 출발해 모스크바를 거쳐 험난한 우랄 산맥을 지나면서 눈사태, 늑대 등과 마주치며 끝없는 설원을 지나 마침내 시베리아 치타에 도착했다. 그곳에서 족쇄를 차고 중노동을 하던 안넨코프를 만나 1828년 4월, 치타의 정교회 성당에서 결혼식을 올렸다. 당국은 결혼식이 치러지는 동안에만 신랑의 족쇄를 풀어주었다.

두 사람은 그 후 유형지인 치타주의 공장도시 페트롭스키 자보드에서 살다가 이르쿠츠크주로 이주해 벨스코예와 투린스크 등에서도 거주했다. 그 뒤 1841년부터 10년 이상 토볼스크에서 살았다. 여기에서 살 때 도스토옙스키 등 정치범들을 폰비지나와 함께 만난 것이다. 안넨코프 부부는 1856년, 30년 만에 특사령이 내린 후 니즈니 노브고로드로 이주해 살았다. 알렉산드르 뒤마는 『펜싱 마스터』를 낸 후 18년 만인 1858년 니즈니 노브고로드를 방문했을 때에 소설의 주인공이었던 안넨코프 부부를 만났다. 알렉산드르 뒤마는 그 사실을 그의 기행문 『차르의 러시아에서의 모험』(Adventures in Czarist Russia)(1860)에 짤막하게 적어놓았다.

도스토옙스키가 세상을 떠난 셋집을 개조해 만든 상트페테르부르크의 도스토옙스키 박물관에도 폰비지나와 안넨코바의 초상화가 있다. 그 중 폰비지나의 초상화는 나이 들어 살이 많이 찐 중년의 모습이다. 옴스크의 도스토옙스키 박물관이나 이르쿠츠크의 데카브리스트 박물관에 걸려있는 것과 많이 다르다.

수용소에서 그 성경책을 도난당하다

성경책은 도스토옙스키의 생애를 이야기할 때 빼놓을 수 없는 부분이다. 그 때문에 도스토옙스키 관련 박물관에는 어디에나 오래된 당시의 성경책을 비치해 놓고 있다. 물론 어느 것도 도스토옙스키가 유형시절 보던 원본은 아니다. 원본은 모스크바의 국립 레닌도서관에 보관되어 있다고 한다.

도스토옙스키는 토볼스크에서 폰비지나로부터 받은 성경책을 평생

▲ 도스토옙스키가 유형길에 데카브리스트 부인 폰비지나로부터 받았던 성경과 같은 연도에 나온 성경(옴스크 도스토옙스키 박물관)

소중하게 간직했고, 죽기 직전 아들 페쨔(표도르의 애칭. 아버지와 아들의 이름이 같다.)에게 주었다. 옴스크 도스토옙스키 박물관에도 데카브리스트 부인들이 당시 도스토옙스키에게 준 것과 같은 1823년 상트페테르부르크에서 출판된 신약성서가 전시되어 있다.

도스토옙스키는 『죽음의 집의 기록』에서 유형길에 폰비지나 등 데카브리스트 부인들로부터 지폐가 숨겨진 성경책을 받은 사실을 아래와 같이 자신이 지폐를 성경책 표지 안에 숨겨 갖고 온 것처럼 적었다. 당시는 모든 출판물들이 당국의 검열을 받았기 때문에 제반 사실을 구체적으로 밝히기는 어려웠을 것이다.

"감옥에 들어올 때 나는 얼마간의 돈을 가지고 왔다 몰수될 위험 때문에 수

중에는 조금밖에 가지고 있지 않았지만, 만일의 경우를 대비해서 숨겨 두었다. 즉, 감옥에 가지고 들어올 수 있는 복음서의 표지에 몇 루블을 붙여 두었던 것이다. 속에 돈을 붙여 두었던 그 책은 내가 토볼스크에 있을 때, 감옥에서 10여 년의 형기를 보내며 같은 고통을 당하고, 모든 불행한 사람들을 오래전부터 형제로 보는 데 익숙해진 사람들이 내게 준 것이었다. 시베리아에는 〈불행한 사람들〉을 형제처럼 보살펴 주고, 마치 친자식인 양 아무런 사심 없이 성스러울 정도로 그들을 동정하고 불쌍히 여기는 것을 자기 일생의 사명처럼 여기는 사람들이 언제나 그치지 않고 있었다."(『죽음의 집의 기록』, 이덕형 옮김, 열린책들, 2010.)

도스토옙스키는 수용소에 있을 때 성경책을 늘 베개 밑에 보관했다. 그는 그 성경책을 가지고 문맹의 젊은 죄수에게 읽고 쓰기를 가르치기도

▼끝을 뾰족하게 깎은 옴스크 요새의 나무 담장. 이 안에 유형수들의 수용소가 있었다

했다. 한번은 수용소에서 성경책을 도난당한 적이 있었는데, 그때의 이야기도 『죽음의 집의 기록』에 이렇게 적었다.

"모든 죄수들은 대개가 서로의 물건을 무던히도 훔쳐댔다. 거의 대부분의 죄수에게는 관급품을 보관할 수 있는 자물쇠 달린 상자가 용인되고 있었는데, 이 상자라고 해서 안전할 수는 없었다. 생각해 보면, 그곳에 얼마나 재주 좋은 도둑들이 득실거리고 있었는지 상상할 수 있을 것이다. 내게 진심으로 충실했던(과장 없이 말하는 것이다) 한 죄수는 감옥 속에서 소유가 허락된 유일한 책인 성서를 내게서 훔쳐가 버렸다. 그는 바로 그날, 참회 때문이라기보다는 내가 그것을 그토록 오래 찾는 것이 가련해 보여 스스로 내게 자백을 했다."

수용소에서 허락된 유일한 책일 뿐만 아니라 최후의 비상금이 감춰져 있는 성경책을 도난당했으니 얼마나 난감하고 속이 상했겠는가. 도스토옙스키가 도난당한 성경책을 찾기 위해 애를 쓰는 모습을 보고 그 성경책을 훔친 자가 자신이 도둑질했음을 스스로 밝히고 돌려주었다는 이야기다. 그는 수용소 안에서 도스토옙스키와 가깝게 지내던 자였다. 언제 물건을 훔치고 목숨까지 빼앗을지 모르는 그런 자들과 함께 공동생활을 해야 하는 곳이 유형수들의 수용소였다.

박물관의 지하 특별전시실

네 번째 전시실에는 도스토옙스키가 시베리아에서 군 생활 할 때 결혼한 첫 부인 마리야 드미트리예브나, 애인이었던 폴리나 수슬로바, 두 번째 부인 안나 그리고리예브나와 류보피, 페쨔 등 두 자녀, 형 미하일의 사진 등이 전시되어 있었다. 도스토옙스키에게 태형이나 중노동을 피할 수 있도록 호의를 베풀어 주었던 마음 좋게 생긴 요새 사령관 알렉세이 데그라베(1793~1864)의 사진도 이 전시실 앞쪽에 걸려있다.

도스토옙스키가 유럽 체재 중 들렀던 도시의 상징적인 건물들의 그림 또는 사진도 있고, 『죽음의 집의 기록』 『죄와 벌』 『백치』 등 작품의 초판본도 전시되어 있었다. 그 초판본이 진본인지 사본인지 여부는 알 수 없었다.

▼ 옴스크 도스토옙스키 박물관의 지하 특별전시실 입구

여기까지 본 후에 다섯 번째 전시실이라고 할 수 있는 지하 특별전시실로 갔다. 이 전시실은 두 번째 전시실 바닥을 들어 올린 후 가파른 계단으로 내려가도록 되어있었다. 나는 이곳에 가기 전부터 박물관에 지하 특별전시실이 있다는 사실을 알고 있었지만, 그곳이 내가 무심코 지나 온 두 번째 전시실 바닥 아래에 있는 줄은 몰랐다. 미리 이야기하지 않으면 평범한 바닥 아래 그

런 공간이 있다는 것을 알 턱이 없다.

나이 든 여직원이 바닥의 일부처럼 보이는 작은 두 개의 문을 열어젖히니 가파른 사다리가 나왔다. 안내를 하던 크세니아 양이 먼저 계단을 내려가 지하실의 공기가 으스스하다는 듯이 어깨를 감싸며 몸을 떠는 체를 했다.

내려가 보니 아닌게 아니라 전시물들이 기분을 오싹하게 만들었다. 공간은 크지 않았다. 두세 평 정도 될까. 이미 세 번째 전시실에서 보았던 막대 족쇄가 이곳에 두 개나 있었다. 그리고 쇠창살을 만들어 지하 벽에 붙여 놓았다. 감옥의 분위기를 만들기 위한 장식이다.

외바퀴 손수레에 손목이 사슬로 이어져 낮이나 밤이나 손수레와 같이 살아야 하는 형벌을 받고 있는 죄수의 사진이 여기에 있었다. 그리고 이마와 뺨에 낙인이 찍힌 죄수들의 사진 등 유형수들을 찍은 몇 장의 사진들도 있었는데 보기에 섬뜩했다. 그래서 지하 전시실에 따로 전시해 놓은 것인지 모르겠다. 이곳은 특별한 방문객들에게만 공개하는 곳이라고 크세니아 양은 설명했다.

▼지하 특별전시실에 전시돼 있는 막대형 족쇄

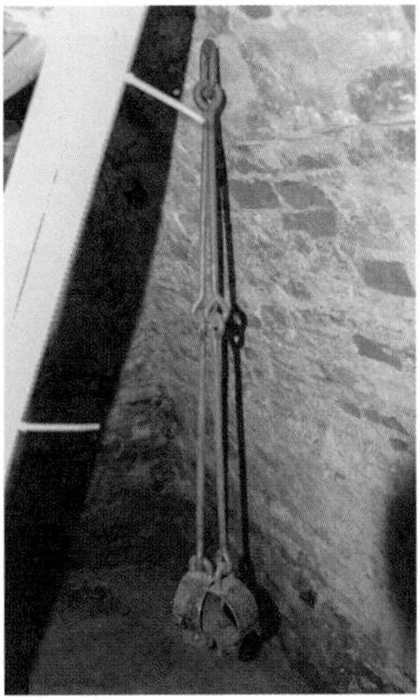

[작가노트1]

옴스크에서 처음 본 막대형 족쇄

옴스크 도스토옙스키 박물관에서 그동안 사진으로만 봤던 막대형 족쇄의 실물을 처음으로 봤다. 족쇄라면 흔히 발목과 발목 사이에 쇠사슬이 길게 연결된 형태의 것으로 생각한다. 그런 족쇄는 여러 번 보았다. 이르쿠츠크의 데카브리스트 박물관인 트루베츠코이의 집에도 있고, 사할린의 안톤 체호프 박물관에도 있었다.

그런데 옴스크 도스토옙스키 박물관에서 실물로 처음 본 이 막대형 족쇄는 그것을 차고 노동을 하고 잠을 자며 살았을 것이라고 상상하기 쉽지 않았다. 그런데 노동하기에는 이것이 편했다고 한다. 『죽음의 집의

▼ 일반적인 족쇄(세메이 도스토옙스키 박물관)

기록』에 나오는 도스토옙스키의 말을 직접 들어보자.

"(수용소에 들어 온) 처음 3일 동안 나는 노역에 나가지 않았는데, 여독을 풀게 하기 위해 모든 신참자들은 이렇게 대접하는 것이었다. 그러나 그다음 날, 나는 족쇄를 갈기 위하여 감옥 밖으로 나가야만 했는데, 내 족쇄는 정식의 것이 아니라 고리가 달려 죄수들이 〈작은 소리〉라고 부르는 겉에 차는 족쇄였다. 노역에 편리하도록 만든 정식 감옥 족쇄는 고리 사슬이 아니라 거의 손가락만 한 굵기의 철선 네 가닥을 서로 세 개의 고리로 연결시켜 놓은 것으로, 그것들은 바지 밑에 차게 되어 있었다. 혁대는 중간의 고리에 매게 되어 있어서, 이번에는 그것을 루바쉬까(헐렁한 긴 소매의 러시아 남성용 전통 상의) 셔츠 위에 직접 입는 허리 혁대에 고정시켜야 했다.

▼막대형 족쇄. 둥근 원통 모양의 것은 발목 보호용 가죽

여기에서는 막대형 족쇄의 철선이 손가락 굵기라고 했다. 실제 새끼 손가락 굵기 정도 되었다. 옴스크 박물관에서 그러한 족쇄를 서너 개 보았다. 어떤 것은 네모진 굵은 젓가락 같은 막대형이었고, 둥근 막대형도 있었다. 길이도 차이가 있었다. 키가 큰 사람도 있고 작은 사람도 있으니 사람마다 족쇄도 사이즈가 있었던 모양이다. 무게는 4kg이라고 했다. 우리가 흔히 알고 있는 족쇄는 쇠사슬로 연결된 것이다. 쇠사슬 족쇄는 5kg에서 무거운 것은 12kg 정도 되는 것도 있다. 도스토옙스키가 시베리아로 떠날 때 찬 쇠사슬 족쇄는 5kg짜리였다고 한다. 막대형 족쇄는 쇠사슬 족쇄에 비하면 훨씬 가볍다. 그래서 일하기 편했다고 하는지도 모르겠다.

[작가노트2]

유형수 도스토옙스키, 어린 소녀의 적선을 받다

옴스크 도스토옙스키 박물관에는 많은 사진과 그림들이 전시되어 있는데, 그 가운데 『죽음의 집의 기록』에 나오는 다음의 장면을 그린 그림이 두 장 걸려있다.

내가 감옥에 도착한 지 얼마 되지 않은 때였다. 나는 오전 작업을 마치고 호송병과 함께 혼자서 감옥으로 돌아가고 있었다. 천사처럼 고운 열 살 정도 되었을까 싶은 한 어린 소녀가 자기 어머니와 함께 나를 향해 다가오고 있었다. 나는 그들 모녀를 이미 여러 번 본 적이 있었다. 어머니는 병사의 아내였던 과부였다. 젊은 병사였던 그 여자의 남편은 재판 계류 중 한 병원의 죄수 병동에서 죽었는데, 바로 그때 나도 그곳에 환자로 누워있었다. 그 아내와 딸은 남편에게 작별 인사를 고하러 와서는 두 사람 다 서럽게 흐느껴 울고 있는 것이었다. 나를 보자 어린 소녀는 얼굴을 붉혔고, 자기 어머니에게 무엇인

▲ 도스토옙스키에게 동전을 주는 소녀, 도모가츠키, 1956년 작

가를 소곤거리자 어머니는 멈춰 서서 보따리 속에 있는 4분의 1짜리 꼬뻬이까를 찾아내 소녀에게 주었다. 그러자 소녀는 내 뒤를 부리나케 쫓아와서는 ── 〈불행한 아저씨, 그리스도를 위해 한푼 받으세요〉라고, 내 앞으로 달려와 동전을 내 손에 쥐어주며 외쳤다. 내가 꼬뻬이까를 받자, 소녀는 무척이나 흡족해하며 어머니에게로 돌아갔다. 나는 이 꼬뻬이까 동전을 오래도록 소중히 품에 간직하고 있었다.

두 장의 그림 중 소녀와 도스토옙스키만 나와있는 그림은 1956년에 V. 도모가츠키가 그린 것이고, 여러 사람 중에 섞여서 소녀의 동전을 받는

▼ 도스토옙스키에게 동전을 주는 소녀, 카라진 1890년 작

두 번째 그림은 이보다 오래전인 1890년에 카라진이 그린 것이다. 뒤의 그림은 사진으로 축소된 상태에서는 소녀와 도스토옙스키가 잘 드러나지 않아 아쉽다. 또 두 장의 그림 모두 도스토옙스키 주변에 다른 사람들이 있으므로 이 책의 내용과는 다소 차이가 있다. 책에는 호송병과 둘이 수용소로 돌아가고 있던 중이었다고 기록되어 있다. 이 그림들이 눈길을 끄는 것은 도스토옙스키의 모습, 즉 어린 아이의 적선을 받는 불쌍한 유형수의 처지가 드러나 보이기 때문이다. 유형수 도스토옙스키의 당시 모습은 이처럼 비참했던 것이다.

[작가노트3]

시베리아 유형지에서 싹튼 소설 『카라마조프 씨네 형제들』

도스토옙스키는 시베리아 유형소에서 모든 것들을 세심하게 관찰했다. 혹독한 고난의 시절에도 그는 후일 위대한 작가로 다시 태어나겠다는 꿈을 버리지 않았기 때문이다. 그러한 의지는 알게 모르게 그에게 무형의 열매를 안겨주었다.

그의 생애의 말년에 나온 소설 『카라마조프 씨네 형제들』도 유형지에서 얻은 작은 씨앗이 성장해 맺은 과실이다.

▼ 스타라야루사에 2018년 새로 생긴 〈카라마조프 씨네 형제들 소설 박물관〉

『카라마조프 씨네 형제들』의 핵심 주제는 인간의 가장 패륜적인 범죄인 부친살해다. 그 싹이 1862년에 나온 『죽음의 집의 기록』에 보인다.

도스토옙스키는 시베리아 유형소에서 부친살해 사건으로 복역 중인 젊은 귀족을 만났다. 그런데 그는 진범이 아니었다. 나중에 진범이 잡혔다. 그는 결국 억울한 유형살이를 했던 것이다.

유형소에서 만난 부친 살해범

그러면 도스토옙스키가 유형소에서 만난 부친 살해범은 어떠한 상황에서 억울한 유형살이를 하게 됐을까? 『카라마조프 씨네 형제들』의 플롯과 유사한 점이 많이 발견된다. 『죽음의 집의 기록』에 나오는 그 대목은 다음과 같다.

> 귀족 출신이었던 그는 품행이 아주 방탕해서 빚더미에 올라앉고 말았다. 아버지가 그를 붙들고 설득했지만, 아버지에게는 집도 있고, 농장도 있으며, 돈도 많아 보였기 때문에 아들은 유산이 탐나 아버지를 살해했던 것이다.
>
> 이 범행은 한 달 만에 들통이 나 버렸다. 자기 아버지가 알리지도 않은 채 어디론가 사라졌다고 살인자 자신이 경찰에 신고를 했던 것이다. 이 한 달 내내 아들은 몹시 방탕한 생활을 했는데, 그가 집을 비운 틈에 경찰은 마침내 시체를 찾아내고 말았다. 마당에는 더러운 시궁창을 판자로 덮은 하수도가 마당의 길이만큼 길게 지나가고 있었다. 시체는 이 하수도에 버려져있었다. (…) 그는 자백을 하지 않았다. 그러나 귀족의 신분과 관직을 박탈당했고, 20년의 징역이 선고되었다.

▲ 1862년에 발행된 『죽음의 집의 기록』

나와 함께 사는 동안 줄곧 그는 괜찮은 사람이었고, 쾌활한 영혼을 지니고 있었는데, 절대 바보는 아니라고 해도 극히 무분별하고 경솔하며 판단력이 없는 사람이었다. 나는 결코 한 번도 그에게서 어떤 특별한 잔혹성을 발견하지 못했다.

부친 살해범의 이야기는 『죽음의 집의 기록』의 앞부분에 처음 나온다. 물론 그 이야기가 이 작품의 주요 줄거리를 이루는 것은 아니다. 그것은 유형소에서의 에피소드 중 하나다. 부친 살해범에 대한 이야기는 이 책의 후반부인 2부 7장 '항의'편에 다시 등장하며 다음과 같이 마무리된다.

억울한 유형살이, 진범이 잡히다

이 장을 시작하면서, 이미 고인이 된 알렉산드르 뻬뜨로비치 고랸치꼬프 씨에 대한 〈기록〉의 발행인은 독자들에게 다음과 같은 사항을 알리는 것이 의무라고 생각한다.

〈죽음의 집의 기록〉의 첫 장에서 귀족 출신의 한 부친 살해범에 대해 몇 마디 이야기를 한 바 있다. 이 이야기는 때때로 죄수들이 자신들이 저지른 범죄에 대해 어떤 감정도 없이 이야기하곤 하는 그런 예로 들 수 있다. 살해범은 법정에서 자신의 범죄를 인정하지는 않았지만, 사건의 상세한 부분까지 모두 알고 있는 사람들의 이야기로 판단해 보면, 범죄는 믿지 않을 수 없을 정도로 명백하다는 것도 이야기했다.

이러한 사람들은 〈기록〉의 작가에게 말하기를, 범인이 완전히 방탕한 생활을 했으며 빚에 쪼들리고 있었고, 그래서 부친 사후의 유산을 탐하여 자신의 아버

▼ 도스토옙스키가 유형살이를 한 옴스크의 '류바' 여인 동상

지를 죽였다고 말했다. 또한 이 부친 살해범이 이전에 근무했던 도시 전체가 이 사건에 대해 한결같은 이야기를 했다. 이 마지막 사실에 관해서 〈기록〉의 발행인도 충분히 믿을 만한 정보를 가지고 있다. 결국 〈기록〉에서 이야기된 것은, 감옥에서 살인자가 항상 가장 즐거운 심적 상태에 있었으며, 결코 바보는 아니지만, 매우 무분별하고 경박하고 사리 분별 없는 자일 뿐, 〈기록〉의 작가는 그에게서 어떤 특별한 잔인성 같은 것도 눈치채지 못했다는 것이다. 여기에 이런 말도 덧붙여 있다. 〈물론 나는 이 범죄를 믿지 않았다.〉

그런데 최근에 〈죽음의 집의 기록〉의 발행인은 시베리아로부터 범인이 정말로 무죄였으며, 헛되이 10년 동안을 징역 속에서 고통받았다는 것과 그의 무죄가 재판을 통해 공식적으로 밝혀졌다는 소식을 입수하였다. 또한 진범이 검거되어 자백하였다는 것과 이 불운한 사람은 이미 감옥으로부터 자유롭게 되었다는 사실도 알게 되었다. 발행인은 이 소식의 신빙성에 대해서는 결코 아무런 의심도 할 수 없다…….

더 이상 덧붙일 필요는 없다. 이 사실이 얼마나 비극적인 일인가에 대해서, 그런 끔찍한 죄명하에서 아직 젊은 나이에 파괴되어 버린 인생에 대해서 더 이야기하고 확대시킬 것은 아무것도 없다. 사실은 너무나 분명하고, 그 자체로도 너무나 충격적인 것이다.

앞에서 이야기했지만, 이 『죽음의 집의 기록』의 나(알렉산드르 고랸치꼬프)도, 작가도, 발행인도 모두 도스토옙스키 자신이다. 이 책의 주인공인 가공의 인물 고랸치꼬프는 유형을 마치고 이주민이 되어 K시에서 홀로 살다가 쓸쓸하게 죽었다. 책 속에 언급된 가상의 도시 K시는 1857년 도스토옙스키가 마리야 이사예바와 결혼식을 올린 시베리아의 쿠즈네츠크로 알려져 있다.

부친 살해 사건의 범인으로 옴스크 감옥에서 도스토옙스키와 함께 억울한 유형살이를 한 사람은 토볼스크 출신의 육군 소위 일린스키였다.

도스토옙스키는 유형소에 있을 때부터 이 사건을 소설화하려고 생각했다고 한다. 여기에 후일 그가 스타라야루사에 살 때인 1875년 인근 지역에서 부친살해 사건이 발생해 노브고로드 신문 등에 대서특필됐다. 이 사건도 소설을 쓰는 데 당연히 참고가 되었을 것이다.

스타라야루사는 『카라마조프 씨네 형제들』의 무대

도스토옙스키의 『카라마조프 씨네 형제들』에서는 맏아들 드미트리가 부친 살해 혐의로 유죄판결을 받고 시베리아 유형길에 오르게 된다. 억울하지만 부친 살해 당일의 행적이 살해범으로 오인받을 수밖에 없는 상황이다. 부인하기에는 앞뒤가 너무 딱딱 들어 맞는다. 소설은 드미트리가 유형가는 도중 탈주해 미국으로 달아나는 계획을 세우는 것으로 마무리된다. 이 소설에서 실제 부친 살해범은 부친 집에서 요리사로 일하는 사생아 스메르쟈코프다. 그는 사건 후 자살한다. 그러나 그의 자살이 판결에 영향을 미치지는 못한다.

『카라마조프 씨네 형제들』은 도스토옙스키가 죽기 석 달 전에 완성되었다. 완성된 부분은 도스토옙스키가 구상한 전체 소설의 절반이며, 그는 셋째아들 알료샤를 본격적인 주인공으로 한 후편을 계획하고 있었지만, 갑작스러운 죽음으로 미완에 그치게 된 것이다.

만약에 후편으로 이어졌다면, 드미트리가 계획대로 탈주에 성공할지, 아니면 그대로 유형소에 끌려갔다가 후에 무죄의 증거가 발견되어 중도에 출옥하게 될지, 알료샤가 어떤 활약을 펼칠지 등이 흥미로웠을 것이다.

도스토옙스키 사후 한 달 후쯤인 그해 3월 1일 발생한 알렉산드르 2세 암살 사건도 반드시 소설에 등장했을 것 같다. 도스토옙스키는 자신을 시베리아에서 풀어준 알렉산드르 2세를 은인으로 생각했으므로 생전에 암살 사건을 접했다면 매우 애통해 했을 것이다.

『카라마조프 씨네 형제들』의 무대가 되는 소도시는 상트페테르부르

▼ 스타라야루사의 〈카라마조프 씨네 형제들 소설 박물관〉 앞에서 저자

크 아래에 있는 온천 휴양 도시 스타라야루사다. 도스토옙스키는 50대에 이곳에 별장을 마련했다. 도스토옙스키가 후기에 쓴 소설에는 이 작은 도시의 풍경이 많이 등장한다. 도스토옙스키는 상트페테르부르크와 스타라야루사를 오가며 『카라마조프 씨네 형제들』을 썼다.

스타라야루사는 도스토옙스키 사후 100년이 되는 1981년 그가 살던 별장을 정식 박물관으로 개관한데 이어 2018년 7월, 인근에 2층 규모의 <카라마조프 씨네 형제들 소설 박물관>을 새로 열었다. 도스토옙스키의 명작 『카라마조프 씨네 형제들』의 무대이며 그가 이곳에 살면서 그 소설을 썼다는 것이 스타라야루사로서는 크나큰 자랑거리이기 때문이다.

제4부

시베리아에서의 첫사랑

금발의 미인, 유부녀 마리야

옴스크 도스토옙스키 박물관 네 번째 전시실에 첫 번째 부인 마리야 드미트리예브나, 두 번째 부인 안나 그리고리예브나와 애인이었던 폴리나 수슬로바의 사진이 걸려있다고 했는데, 도스토옙스키의 평전과 기타 자료들을 살펴보면 그의 인생에 구체적으로 등장하는 여성은 다섯 명이다. 앞의 세 사람 외에 이름이 무척이나 긴 안나 바실리예브나 고르빈-크루코프스카야와 마르타 브라운(파니니)이라는 두 여인이 더 있다.

▼ 세메이의 도스토옙스키 신혼집(오른쪽 목조건물. 현재는 박물관) 앞 도로

정식 결혼을 했던 두 명의 부인 외에 전시실에 수슬로바의 사진을 걸어놓은 것은 도스토옙스키의 인생과 작품에 수슬로바가 끼친 영향이 컸기 때문일 것이다. 도스토옙스키는 첫 부인 마리야가 아직 살아있을 때에 수슬로바와 몇 달간 몰래 유럽 여행을 하기도 했다. 그녀는 뛰어난 미모였으나 헤아리기 어려운 복잡하고 차가운 성격의 소유자였던 것 같다. 수슬로바 이야기는 차차 하기로 한다.

도스토옙스키가 유부녀였던 마리야 이사예바를 만난 것은 그가 수용소에서 4년의 형기를 마치고 나온 후 옴스크에서 동남쪽으로 700킬로미터가량 떨어진 세미팔라틴스크에서 사병으로 강제 군 복무를 할 때인 1854년이었다. 도스토옙스키는 과거 20대 초에 공병학교를 나온 후 이미 장교로 복무했었지만 이번엔 사병으로 3월 2일 세미팔라틴스크 주둔 제7대대에 배속되었다.

▼ 첫 부인 마리야

도스토옙스키는 이곳에서 근무한지 얼마 되지 않아 술을 좋아하는 이사예프라는 하급 세무 관리 부부를 알게된다. 이사예프의 부인이 마리야 드미트리예브나 이사예바다. 도스토옙스키는 마리야를 알게 된 후 그녀에게 정신없이 빠져들었다. 마리야는 1824년

생으로 도스토옙스키보다 3살 아래다.

사회에서 격리된 4년간의 기나긴 수용소 생활 후 갑자기 찾아온 이성에 대한 사랑의 감정을 주체하지 못했던 것 같다.

마리야도 도스토옙스키에게 관심을 보였다. 술주정뱅이 남편만 보다가 비록 유형수 출신이긴 해도 도시 출신의 소설가가 주변에 나타나자 그녀도 감정의 동요를 보였던 것이다.

사랑의 중재자 브란겔 남작

도스토옙스키가 마리야에게 온 마음을 빼앗기고 있던 무렵인 1854년 11월 세미팔라틴스크에 젊은 귀족 브란겔(알렉산드르 이고르비치 브란겔, 1833~1915) 남작이 지방 검사로 그곳에 부임해 왔다.

▼ 강제 군 복무 때의 도스토옙스키(1858년). 이 해 장교대우로 승진했다

도스토옙스키 소설의 독자였던 20대 초반의 브란겔 남작은 도스토옙스키보다 12살이나 아래였다. 그는 세미팔라틴스크 지방 검사로 임명될 때 이 지역에 과거 『가난한 사람들』이란 작품을 쓴 작가 도스토옙스키가 군 복무 중임을 알았다.

도스토옙스키에 대해 호기심을 가졌던 브란겔 남작은 임지로 출발

하기 전 상트페테르부르크에서 도스토옙스키의 형 미하일을 만났고, 미하일로부터 도스토옙스키에게 보낼 책과 여러 가지 물건을 받았다.

그것을 전달해 주기 위해 부임지에 도착하자마자 도스토옙스키를 만났다. 브란겔은 후일 그의 회고록에서 도스토옙스키와의 첫 만남을 이렇게 묘사했다.

내 방으로 들어온 도스토옙스키는 극도로 긴장해 있었다. 그는 쫑긋 세운 빨간 깃과 빨간 견장이 달린 병사용 외투를 입고 있었다. 병적이고 창백하며 시무룩한 표정의 얼굴은 주근깨로 덮여 있고, 밝은 금발은 짧게 깎여 있었다. 키는 보통 사람보다는 컸다. 잿빛의 푸른 눈동자로 나를 뚫어지게 바라보는 모습이 흡사 내 영혼을 꿰뚫어 보는 것 같았다. (『도스토옙스키1』, 콘스탄틴 모출스키, 김현택 옮김, 책세상, 2001.)

▼ 브란겔 남작

브란겔 남작은 도스토옙스키의 키가 보통 사람보다는 컸다고 했는데, 도스토옙스키를 만났던 프랑스 작가 보귀에 등 다른 이들이 쓴 기록에는 대체로 조그만 사람이라고 적혀있다. 두 번째 부인 안나는 회고록에서 도스토옙스키는 중키라고 썼다. 중간 정도의 키에 마른 상태라면 작아 보일 수도 있을 것이다.

2017년 10월 옴스크 박물관에 갔을 때 첫 번 전시실에 정장을 한 도스토옙스키의 실물 크기 사진이 세워져 있었다고 했는데 옆에 서 보니 나와 엇비슷한 것 같았다. 170cm 정도 된다는 이야기이므로 중키라고 한 안나의 기록이 맞는 것 같다.

브란겔 남작은 도스토옙스키와 가깝게 지냈다. 어느 날 사무실에서 집으로 돌아오면 병영에서 일과를 마친 도스토옙스키가 집에 먼저 와 있을 때도 많았다. 브란겔 남작은 자연스럽게 도스토옙스키와 유부녀인 마리야 사이의 일에 대해 알게 되었다.

브란겔 남작은 물심양면으로 도스토옙스키를 돕는다. 결국 그는 도스토옙스키의 첫 결혼에 혁혁한 공헌을 하게 된다. 후일 브란겔은 자신의 회고록에서 마리야에 대해 이렇게 기록했다.

마리야 드미트리예브나는 서른 살이 넘은 여인이었다. 보통 키에 몹시 가냘프고 정열적이며 명랑한 성격의 그녀는 아름다운 금발을 가진 미인이었다. 이미 그때부터 불길한 기운이 그녀의 창백한 얼굴에 어른거리기 시작했다. 그녀는 책을 많이 읽었고, 훌륭한 교양과 탐구하는 태도를 갖추었으며, 친절할 뿐 아니라 유달리 생기발랄하고 예민한 감수성을 지녔었다.

유부녀와의 불같은 사랑

마리야의 아버지는 이민 온 프랑스인의 아들이었다. 아스트라한에서 교사를 했다고도 하고 검역소의 소장으로 근무했다는 이야기도 있다. 그

▲ 1850년대의 세미팔라틴스크

러나 집안 형편은 넉넉하지 않았다.

그녀는 기숙학교를 졸업한 후 알렉산드르 이사예프라는 세미팔라틴스크 세관의 하급관리와 결혼했다. 이사예프는 알콜 중독자에 가까웠으며 가정은 빈곤에 시달렸다. 두 사람 사이에는 후일 두고두고 도스토옙스키를 힘들게 한 아들 파벨이 있었다. 파벨은 1846년생이므로 도스토옙스키가 세미팔라틴스크에 왔을 때 8세였다.

그러던 중 1855년 5월, 이사예프가 세미팔라틴스크에서 동쪽으로 600km(현재 도로상의 거리는 798km)나 떨어진 쿠즈네츠크로 전근을 가게 되었다. 쿠즈네츠크는 러시아와 몽골의 국경을 이루는 알타이 산맥 북쪽에 있다.

그녀와 헤어지게 된 도스토옙스키는 엉엉 울었다고 브란겔 남작은 회

▲ 카자흐스탄 세메이의 세미팔라틴스크 호텔. 취재여행 중 저자가 1박한 곳

고했다. 마리야는 체념한 듯했다고 한다.

브란겔 남작은 이사예프 가족이 쿠즈네츠크로 떠날 때 송별 파티를 주선했다. 실은 도스토옙스키와 마리야를 만나도록 하기 위한 자리였다. 마차는 밤에 출발했다. 도스토옙스키와 브란겔 남작은 이사예프의 가족을 마차로 수 킬로미터나 따라가며 배웅했다. 남작은 술에 취해 잠들어있는 이사예프를 자기의 마차에 태웠다. 도스토옙스키는 다른 마차에 마리야와 함께 있었다. 한참을 그렇게 가다가 두 사람은 마차에서 내려 이별을 고했다. 도스토옙스키는 어둠 속에 멀어져 가는 이사예프 가족의 마차를 말없이 쳐다보며 굵은 눈물을 뚝뚝 흘렸다.

마리야가 떠난 그날 밤 도스토옙스키는 한잠도 자지 못했다. 그 후에도 그는 초조하게 파이프 담배만 빨아대고 음식도 잘 먹지 않아 체중도

줄어들었다.

마리야가 떠난 후 유령처럼 변한 도스토옙스키

브란겔 남작은 마리야가 떠난 후 낙담하여 사람이 신경질적으로 변하고 몸도 쇠약해져 유령처럼 보이는 도스토옙스키가 가엾다는 생각이 들었다. 그래서 도스토옙스키가 마리야를 한번 만나기라도 하면 불행한 상태가 조금이나마 나아질까 하여 두 사람의 만남을 주선하기로 하고 작전을 짰다.

처음에는 도스토옙스키에게 지사와 연대장에게 세미팔라틴스크와 쿠즈네츠크의 중간쯤에 있는 즈미예브(현재의 지명은 즈메이노고르스크)까지 다녀올 수 있도록 탄원을 하도록 했으나 두 번이나 거부되었다. 결국 모험을 하는 수밖에 없었다. 브란겔 남작은 도스토옙스키가 간질 발작을

▼ 알타이 산맥의 포타닌 빙하(몽골 쪽에서 촬영)

몇 번이나 일으켜 아파 누워있다는 소문을 온 마을에 퍼뜨렸다. 당시 세미팔라틴스크의 인구는 2~3천여 명에 불과했으므로 소문은 금방 퍼졌다. 도스토옙스키는 연대장에게 군의관 라못테에게 치료를 받고 있다고 보고하는 한편으로 쿠즈네츠크로 마리야에게 편지를 보내 그녀에게 즈미예브에서 만나자고 했다. 군의관 라못테는 폴란드 출신인데 그도 정치적인 처벌로 세미팔라틴스크에 와 있었다. 즈미예브 상봉 계획도 실은 군의관 라못테의 아이디어였다고 브란겔은 후에 술회했다.

어느 날 해가 진 후 밤 10시쯤 도스토옙스키와 브란겔은 몰래 마차를 타고 세미팔라틴스크를 떠났다. 마부에게 마차를 전속력으로 몰도록 했다. 마차는 최대 속도로 달렸으나 맘이 급했던 도스토옙스키는 줄곧 마부에게 더 빨리 달려달라고 재촉했다. 마침내 즈미예브에 도착했으나 마리야는 나타나지 않았다. 대신 그녀로부터 남편의 병세가 중하고 여비가 없어 오지 못한다는 편지가 도착해 있었다.

도스토옙스키는 크게 실망했다. 브란겔은 실망해 넋을 잃고 있는 도스토옙스키를 위로하기 위해 애를 썼다. 그날 두 사람은 다시 3백 킬로미터를 28시간 만에 달려 세미팔라틴스크로 돌아왔다. 아무도 그들의 행적을 알지 못했다.

사랑하는 유부녀가 미망인이 되었지만

이사예프의 병이 중한 것은 사실이었다. 이사예프는 쿠즈네츠크로 간 지 몇 달 안 된 그해 1855년 8월 사망했다. 술로 인해 얻은 병 같은데 사인은 어떤 자료에는 신장병으로 또 다른 자료에는 폐결핵이라고 되어있다. 마리야는 남편의 장례를 위해 돈을 빌려야 할 처지였다. 도스토옙스키는 브란겔에게 마리야에게 돈을 좀 보내주라고 부탁했고 브란겔은 돈을 부쳐주었다.

이사예프가 병으로 죽자 도스토옙스키는 기다렸다는 듯이 마리야에게 청혼을 했으나 정작 결혼은 쉽게 이뤄지지 않았다.

도스토옙스키는 미망인이 된 마리야가 자신의 청혼을 곧 받아들일 것이라는 희망을 품고 긴 편지를 보냈다. 그러나 그녀는 그에 대해 구체적으로 답을 하지 않았다. 유형수 출신의 가난한 사병을 희망 있는 남편감으로 생각하기는 어려웠을 것이다. 마리야는 인물이 좋았으므로 과부가 되자마자 주변에서 중매쟁이들이 찾아오기 시작했다.

1856년 봄 쯤 마리야는 '관직에 근무하며 조건 좋은 연상의 남자로부터 청혼을 받았는데 어찌하면 좋겠는지'를 묻는 편지를 도스토옙스키에게 보냈다. '나를 포기하라'는 뜻이 아니었을까. 도스토옙스키에게는 청천벽력같은 편지였다. 도스토옙스키는 이 같은 편지를 받은 후 1856년 3월 23일 브란겔에게 보낸 편지에서 이렇게 썼다. 브란겔 남작은 1856년 1월 상트페테르부르크로 돌아가 있었다.

"오, 주님, 이토록 끔찍하고 오싹한 감정을 뭇사람에게 내리지 마소서. 사랑의 기쁨은 위대합니다. 하지만 차라리 사랑하지 않는 편이 낫다고 느낄 정도로 고통 또한 대단합니다. (…) 나는 그녀에게 절망으로 가득 찬 끔찍한 내용의 편지

한 장을 보냈습니다. 불쌍한 나의 천사! 그렇지 않아도 아픈 그녀에게 고통을 더 해 주다니! 편지로 그녀를 죽인 것이나 마찬가집니다. 당신을 잃느니 차라리 죽겠노라고 썼습니다. 협박과 애정 그리고 비열한 변명만 늘어놓았지요. (…) 무슨 일이 있어도 그녀를 절대로 포기할 수 없습니다. 내 나이에 사랑은 변덕이 아닙니다. 내 사랑은 2년이나 지속되었습니다. 열 달 동안 떨어져 있었지만, 내 사랑은 약해지지 않았을 뿐 아니라 오히려 강해졌습니다. 만약에 나의 천사를 잃는다면 나는 죽어버리고 말 것입니다. 미치거나 아니면 이르티시 강에 뛰어들 것입니다."

험난했던 결혼 과정

관직에 있다는 조건 좋은 연상의 남자 외에도 더 신경이 쓰이는 20대 젊은 경쟁자가 있었다. 베르구노프라는 젊은 톰스크 출신의 교사였다. 그는 당시 24세에 불과했다. 이사예프 가족이 쿠즈네츠크에 간 후에 사귀게 되었는데, 마리야는 이 젊은 교사가 마음씨가 좋고 동정심이 많으며 자신에게 관심을 보이고 있다고 도스토옙스키에게 보내는 편지에 써 보내 도스토옙스키를 아연 긴장시켰다.

▼베르구노프

도스토옙스키는 마리야가 그의 청혼을 이리저리 피하며 받아들이지 않자, 형

미하일과 브란겔 남작에게, 마리야에게 자신에 대한 황제의 사면이 머지 않아 있을 것이란 점과, 페테르부르크로 돌아가면 그녀를 부양할 능력이 있다는 점을 보증해 달라고 간청하기도 했다. 마리야에게 자신이 경쟁력이 있는 남편감이라는 것을 말해달라는 것이었다. E. H. 카는 그가 쓴 『도스토옙스키 평전』에서 당시 도스토옙스키는 마리야에 미쳐있었다고 썼다. 지나친 표현은 아닌 것 같다.

1856년 초여름, 초조해진 도스토옙스키는 비교적 가까운 바르나울까지 갈 수 있는 출장 허가를 얻어 몰래 쿠즈네츠크로 마리야를 만나러 갔다. 출장지 이탈이므로 발각되면 처벌을 받을 상황이었다. 그는 쿠즈네츠크에서 마리야를 만났고, 이틀을 머물다가 돌아왔다. 세미팔라틴스크로 돌아온 도스토옙스키는 마리야의 마음이 자신에게로 돌아왔다고 브란겔에게 보내는 편지에 썼다.

도스토옙스키는 자신이 젊은 베르구노프보다 무언가 낫다는 것을 보여줄 필요가 있었다. 도스토옙스키는 마리야가 미망인에게 지급되는 정부의 보조금을 받지 못하고 있다고 호소한 것에 대해서, 브란겔 남작에게 편지를 보내 보조금을 빨리 보내 주도록 힘써 달라고 부탁한다. "그녀가 돈을 기다리지 못해서 그만 결혼해버리지 않을까 하는 생각이 들면 오싹하다"고 마리야가 베르구노프를 선택할까 봐 초조해 하는 심정이 당시 브란겔 남작에게 보낸 편지에 담겨있다.

데카브리스트들에 대한 사면 등으로 분위기 좋아져

그래도 다행히 운은 있었다. 도스토옙스키는 한 해 전인 1855년 가을, 사병에서 하사관으로 승진된 데 이어 결혼 문제로 애를 태우던 그해 1856년 10월에는 장교대우로 승진되었다. 이처럼 상황이 좋아진 이유는 정치범들에게 가혹했던 니콜라이 1세가 1855년에 죽고 아들 알렉산드르 2세가 즉위한 후 시베리아 종신 유배형에 처해졌던 데카브리스트들에게 30년 만에 사면령을 내리는 등 정치범들에게 유화적인 조치를 취했기 때문이다. 이처럼 조건이 한결 좋아지면서 마리야와의 결혼에 성공할 가능성도 차츰 커졌다. 그즈음인 1856년 11월 9일 브란겔에게 보낸 편지에서 도스토옙스키는 마리야에 대해 이렇게 말하고 있다.

▲ 알렉산드르 2세

"그녀는 내 인생의 빛이었습니다. 그녀는 나의 가장 슬픈 때에 나타나서 내 영혼을 소생시켜주었습니다. 그녀는 나의 존재를 되살려주었습니다."

도스토옙스키는 마침내 1857년 2월 쿠즈네츠크에서 마리야와 결혼식을 올리게 되었다. 우여곡절 끝의 승리였다.

'신이 보내준 천사'라고 했던 첫 부인 마리야

도스토옙스키는 마리야와의 결혼 석 달 전인 1856년 11월 형 미하일에게 쓴 편지에도 마리야를 '나의 인생길에 신이 보내준 천사'라고 했다. 그만큼 마리야와의 결혼에 모든 것을 걸었다. 그러나 마리야의 입장은 달랐다.

마리야가 도스토옙스키와 결혼한 것은 사랑 때문이라기보다는 지독한 가난을 면하기 위한 선택이었던 것으로 보인다. 도스토옙스키가 비록 유형수 출신이긴 했으나 그사이 사병에서 장교대우로까지 고속 승진한 것을 보고, 가난한 교사인 베르구노프보다는 조건과 배경이 좋아보였기 때문일 것이다.

도스토옙스키는 그동안 마리야의 죽은 남편의 사후 보조금을 받도록 하기 위해 브란겔 남작 등을 통해 노력했고, 그녀의 아들 파벨을 옴스크의 예비사관학교에 보내기 위해 이리저리 뛰어다녔다. 심지어 연적인 베르

▼ 도스토옙스키가 마리야와 결혼식을 올린 오디기트레옙스크 성당. 1919년 소실되었다

구노프를 좋은 자리로 보내주기 위해서 힘쓰기까지 했으므로 돈도 배경도 아무것도 없는 시베리아 출신의 교사보다는 어느 날 장교대우로 승진한 도스토옙스키가 어딘가 더 능력이 있고 장래가 있어 보였을 것이다.

그럼에도 마리야는 베르구노프와의 관계를 쉽게 끝내지 못했다. 아버지 도스토옙스키에 대한 글을 남긴 딸 류보피 도스토옙스카야는 마리야가 결혼 전날 밤까지 베르구노프를 만났다고 했다. 전기 작가들은 이에 대해서는 반신반의하지만 마리야가 결혼 후에도 그와 연락을 주고받은 것은 사실인 것으로 보고 있다.

결혼 후 2년도 더 지난 1859년 도스토옙스키 부부가 세미팔라틴스크를 떠나 모스크바 인근 트베리로 갈 때 베르구노프가 마차를 타고 부부의 마차를 (멀리서) 뒤쫓아 갔다는 얘기도 있다. 도스토옙스키 딸 류보피의 주장인데 신빙성에 의심을 받고 있다.

신부를 놀라게 한 신랑의 간질 발작

결혼식은 1857년 2월 6일에 있었다. 그런데 쿠즈네츠크에서 결혼식을 올린 후 신혼집이 있는 세미팔라틴스크로 돌아가는 길에 도스토옙스키가 간질 발작을 일으켰다. 쿠즈네츠크와 세미팔라틴스크의 중간쯤에 있는 바르나울에서였다. 마리야는 결혼 전까지는 도스토옙스키가 간질병을 갖고 있다는 사실을 알지 못했다. 신부는 신랑이 갑자기 입에 거품을 물고 쓰러져 신음하는 끔찍한 광경을 보고 큰 충격을 받았다. 자신이 간질 환자와 결혼했음을 비로소 알게 되었던 것이다. 알콜 중독자였던 첫

▲ 노보쿠즈네츠크(옛 쿠즈네츠크)역 플랫폼

남편이 죽어 재혼을 했는데 이번에는 간질 환자라니….

도스토옙스키는 당시 자신이 이따금 겪어 온 이상 현상이 간질 증세라는 것을 그때까지는 분명히 알지 못했다고 한다. 어떤 신경성 질환이라고 생각했다는 것이다. 그는 결혼 후 그해 3월 9일 형 미하일에게 쓴 편지에서 자기의 병이 간질인 줄 알았다면 결혼하지 않았을 것이라고 썼다.

신혼여행에서 돌아오는 길에 나는 바르나울에서 안면이 있는 어느 가정에 잠깐 묵었습니다. 그런데 거기서 재앙을 만났습니다. 예기치 않은 순간에 간질 발작이 일어나 아내를 소스라치게 놀라게 한 것입니다. 우울증과 절망감이 엄습했습니다. 전에 나를 치료하던 의사들의 진단과는 달리, 이번 의사는 내가 진짜 간질 발작을 일으켰으며, 발작 중에 틀림없이 인후부의 경련으로 질식할 것이고, 그로 인해 사망하게 될 것이라는 진단을 내렸습니다……결혼 당시 나는 이런 증상은 생활 방식만 바뀌면 사라질 단순한 신경 발작에 지나지 않는다고 나를 확인시켰던 의사들의 말을 철석같이 믿었습니다. 만일 그때 내가 진짜 간질을 앓고 있다는 것을 알았더라면 나는 결혼하지 않았을 것입니다. (도스토옙스키1, 콘스탄틴 모출스키, 김현택 옮김, 책세상, 2001.)

도스토옙스키의 작품 속에는 간질 환자가 가끔 등장하는데, 『백치』의 주인공 미쉬낀 공작, 『카라마조프 씨네 형제들』의 부친 살해범 스메르쟈코프가 간질 환자다. 『백치』에서 도스토옙스키는 간질 증상에 대해 이렇게 설명한다.

간질병의 발작은 순간적으로 온다. 이 순간에는 갑자기 얼굴, 특히 시선이 유난히 일그러진다. 전신과 모든 안면 근육은 경련을 일으킨다. 그 무엇과도 견줄 수 없는 상상 불가능한 무서운 비명이, 인간적인 모든 것을 일순간에 토해버리려는 듯 한꺼번에 가슴속에서 터져 나온다. 그래서 이 광경을 지켜보고 있는 사람조차 그것이 바로 이 사람의 비명이라는 것을 상상하지 못한다. 이 사람의 내부에 있는 다른 누군가가 비명을 지르는 것 같은 생각을 들게 한다. 많은 사람들은, 간질병 발작을 일으키는 사람들 대부분이 무언가 신비스러운 듯한 지독한 공포감을 일으킨다고 한다. (『백치』, 김근식 옮김, 열린책들.)

마리야가 처음 본 도스토옙스키의 간질 발작이 이런 것이었다면 마리야가 얼마나 놀랬을지 짐작이 가고도 남는다.

그런데 마리야도 폐결핵 환자였다. 그것이 언제부터 시작되었는지는 모르지만 결혼 두 해 후 상트페테르부르크로 간 이후 더 악화되었다. 나중에는 기후가 비교적 온화한 블라지미르로 홀로 요양을 가 있기도 했다.

도스토옙스키는 1858년, 4년간의 강제 군 복무 기간이 지났으므로 페테르부르크나 모스크바로 돌아갈 수 있도록 허락해 달라는 탄원서를 제출했다.

이듬해인 1859년 봄, 그는 황제의 칙령에 의해 3월 18일 자로 제대하게

▼ 노보쿠즈네츠크역 앞 건물들

되었음을 형 미하일의 편지를 받고 알게 되었다.

도스토옙스키는 모스크바로 가기를 희망했으나 이주지로 지정된 곳은 모스크바에서 북쪽으로 150km가량 떨어진 트베리였다. 트베리는 모스크바와 상트페테르부르크를 잇는 철도가 지나는 소도시다.

칙령이 세미팔라틴스크에 도착한 것은 1859년 5월 초였다. 그는 마침내 7월 2일 마리야와 함께 세미팔라틴스크를 떠났다. 가는 도중 페름과 카잔, 니즈니 노브고로드 등의 교회와 수도원, 시장 등을 구경하면서 갔다. 옴스크의 학교에 가있던 의붓아들 파벨은 후에 합류했다.

유럽러시아로의 행운의 귀환

도스토옙스키가 시베리아에서 유럽러시아(*러시아 영토의 서쪽. 우랄산맥을 기준으로 동쪽은 시베리아로 구분한다)로 귀환한 것은 참으로 행운이었다. 당시의 유형법으로는 일단 유형수가 되면 형기를 마친 후에도 시베리아를 떠날 수 없었다. 농민으로 신분이 바뀌어 유형지에 그대로 머물러 살도록 되어있었다. 1825년 12월 데카브리스트 혁명 후 체포돼 이듬해 시베리아 유형에 처해진 지 30년 만에 내려진 황제의 특사로 겨우 유럽러시아로 귀환할 수 있었던 귀족혁명가 집단인 데카브리스트들이 한 예다.

그들은 시베리아 유형에 처해진 후 5년 혹은 10년의 강제노동 형기를 마치고 나서도 그대로 시베리아에서 살 수밖에 없었다. 그런데 새 차르 알렉산드르 2세의 특사 덕에 비로소 시베리아를 떠날 수 있었다. 정치범들에게 관대해진 달라진 분위기 덕을 도스토옙스키가 톡톡히 보게 됐던 것이다.

만약 니콜라이 1세가 오랫동안 살았다면 데카브리스트들은 모두 시베리아에 뼈를 묻었을 것이다. 분위기가 바뀌지 않았을 테니 도스토옙스키는 장교대우로 진급도 못 했을 것이고 따라서 마리야와의 결혼도 어려웠을 것이다. 유럽러시아로의 귀환도 어림없는 일이었을 것이니 니콜라이 1세의 죽음과 아들 알렉산드르 2세의 즉위는 불행 중의 도스토옙스키 인생행로에 또 다른 행운과 기회를 던져주었다고 할 수 있다.

도스토옙스키는 시베리아를 떠나 트베리로 가는 도중에도 두 번이나 간질 발작을 일으켰다. 트베리에서 지낸 시간은 4개월가량이었다. 트베리

▼ 모스크바 레닌그라드역 대합실의 상트페테르부르크-모스크바 간 철도 건설 기념 부조. 니콜라이 1세 때인 1851년에 완공됐다고 적혀있다

에서 그는 다시 페테르부르크로의 귀환을 간절히 요청하는 탄원서를 황제에게 제출했다. 이 탄원서에는 의붓아들 파벨을 페테르부르크의 한 교육시설에 수업료 면제로 입학할 수 있도록 해달라는 내용도 들어있다.

탄원서의 내용은 다음과 같이 황제를 칭송하는 미사여구로 가득 차 있다.

… 황제폐하. 폐하께서는 착한 사람도 악한 사람도 똑같이 우러러보는 태양과도 같은 존재이십니다. 폐하께서는 이미 수백만 민중의 불행을 구원하셨습니다. 슬픈 고아와 그 어머니, 아직 파문에서 해방되지 못한 불행한 병자 위에 성은을 내려주시기를 오로지 탄원합니다. 저는 황제폐하를 위해, 폐하의 국민을 위해 신명을 바칠 각오를 한시도 잊지 않는 사람입니다. (『도스토옙스키1』, 모츨스키)

여기에서 불행한 병자는 도스토옙스키 자신이다. 그는 자신의 병을 치료해야 할 필요성 때문에 반드시 페테르부르크에 거주해야 한다고 호소했다. 수도로의 귀환은 탄원서가 접수되기도 전에 내려졌고 1859년 11월 25일 그에게 전달되었다.

도스토옙스키는 마침내 12월 중순 족쇄를 차고 떠난 지 만 10년 만에 상트페테르부르크로 돌아왔다. 도스토옙스키가 시베리아로 유형 가 있는 동안에 수도 상트페테르부르크와 모스크바 간의 철로가 완공되어 트베리에서 상트페테르부르크로 갈 때는 기차를 탔다. 역에는 형 미하일이 마중 나와 있었다.

불행했던 첫 결혼

도스토옙스키는 마리야와 1857년부터 1864년까지 7년 동안 살았다. 그러나 후반에는 마리야의 병세가 깊어져 요양이 필요했으므로 거의 별거 상태에 있었다. 마리야는 서서히 고통스럽게 죽어갔다. 마리야는 도스토옙스키와 결혼 7년 만인 1864년 4월 15일 모스크바에서 40세로 생을 마감했다.

도스토옙스키는 훗날 스스로 이 결혼이 두 사람에게 모두 불행했다고 했다. 아내가 사망한 다음 해인 1865년 3월 31일 브란겔에게 보낸 편지에 도스토옙스키는 이렇게 썼다.

▼ 상트페테르부르크로 가는 열차가 출발하는 모스크바 레닌그라드역 플랫폼

나는 그녀를 너무나 사랑했지만 우리는 행복하지 못했습니다. … 그녀와 나 두 사람 모두 불행했습니다. 이것은 그녀의 정열적이고 불신에 가득 찬 그리고 병적일 정도로 변덕스러운 기질 탓이었습니다. 하지만 우린 서로에 대한 사랑을 멈출 수 없었습니다. 실제로 우리 사이가 불행하면 할수록, 서로에게 그만큼 더 이끌렸습니다. (『도스토옙스키1』, 모츨스키.)

도스토옙스키는 마리야와의 결혼 후 결혼 생활에 대해 주변 사람들에게 이야기를 하지 않았다고 한다. 지인들과의 편지 등에서도 아내에 대한 언급이 전혀 없기 때문에 나중에 알려진 브란겔에게 보낸 편지 외에는 추측해볼 만한 자료가 별로 없다.

후일 두 번째 부인 안나 그리고리예브나가 도스토옙스키 사후에 쓴 회고록을 보면, 도스토옙스키는 죽은 첫 아내를 떠올리는 것을 내켜하지 않았으며 결혼 생활 중 제네바에서 첫딸 소냐가 죽은 후 비탄에 잠겨있을 때 단 한 번 이야기한 것 외에는 마리야에 대한 이야기를 입 밖에 낸 일이 없었다고 한다.

(…) 그 한없이 비통한 날을 나(안나)는 결코 잊지 못할 것이다. 우리는 한 시간 동안 비석 발치에 앉아 소냐를 생각하면서 울었다. 그리고 자식을 가슴에 묻은 채 그곳을 떠났다. 그 아이의 마지막 안식처를 자꾸만 돌아보면서.

우리가 타야했던 기선은 화물선이어서 승객이 적었다. 날은 따뜻했지만 우리의 마음처럼 음울했다. 소냐의 무덤을 떠나는 것 때문에 표도르 미하일로비치

(도스토옙스키의 이름)는 마음의 동요가 몹시 심한 상태였다. 그때 처음으로 나는, 자신을 괴롭혀 온 전 생애와 자신의 운명을 그가 원망하는 소리를 들었다. (그는 불평하는 일이 드물었다). 그는 자애롭던 어머니가 돌아가신 후 외톨이로 비참하게 보낸 젊은 시절을 회상했고, 처음에는 그의 재능을 인정했으나 나중에는 그에게 잔인한 상처를 주었던 문단 동료들의 조소를 떠올렸다. 유형지를 회상하면서 4년간 그곳에서 자신이 얼마나 많은 고생을 했는지 말해주기도 했다.

마리야 드미뜨리예브나와 결혼하여 그토록 원하던 가정의 행복을 찾으려했던 자신의 꿈도 얘기했다. 그 꿈은 이루어지지 않았다. 마리야 드미뜨리예브나와의 사이에서는 자식을 두지 못했던 것이다. 게다가 그녀의 '의심 많고 병적으로 변덕스러운 이상한 성격'은 그들의 불행한 결혼생활의 원인이 되었다. 그러다 '자식을 갖는 일은 위대하고도 유일한 인간적인 행복'이라는 생각이 그를 찾아왔고, 그 행복이 어떤 것인지 알 기회를 가졌다. 그런데 가혹한 운명은 그를 가엾게 여기지 않고 그에게서 그토록 소중한 존재를 앗아가 버린 것이다! 그전에도, 그 후로도, 그가 살면서 멀고 가까운 사람들에게 입은 쓰디쓴 상처에 대해 그렇게 세세한 일까지 다 들먹이며 이야기를 한 적은 한 번도 없었다.

나는 그를 위로하려 애썼고, 신이 우리에게 내리신 시험을 공손히 받아들이자고 간청했다. 하지만 그의 가슴은 비애로 가득 차 있었다. 온갖 신산을 다 겪은 자신의 운명을 한탄하기라도 해야 그 비애를 덜 수 있을 것이었다. 나는 불행한 내 남편에게 가슴 가득 연민을 느꼈고 그토록 비극적인 그의 인생에 그와 함께 목놓아 울었다. 우리가 함께 겪은 절절한 고통과 마음을 나눈 대화를 통해, 나는 그의 병든 마음속 저 깊은 곳까지 헤아리게 되었고, 우리는 더욱 긴밀하게 결합된 것 같았다. (『도스토옙스키와 함께한 나날들』, 안나 그리고리예브나 도스또예프스까야, 최호정 옮김, 그린비, 2003.)

도스토옙스키는 옴스크 수용소에서 나온 후 세미팔라틴스크에서 강제 군 생활을 시작하면서 처음 3년간은 마리야에게 온 정신을 빼앗기는 바람에 아무런 문학적 작업도 진전시키지 못했다. 그리고 그가 온 마음과 정성을 기울여 마침내 사랑과 행복을 성취한 듯했던 마리야와의 결혼이었지만 실제 결혼생활은 두 사람의 지병 등으로 인해 편안치 않았다. 자식도 얻지 못한 채 첫 결혼은 7년 만에 안타깝게 끝이 나고 말았다.

제5부

카자흐스탄에 있는 도스토옙스키의 신혼집

▲ 알마티에서 세메이(세미팔라틴스크) 도스토옙스키 박물관까지의 이동경로(구글지도). 저자는 알마티에서 외스케멘까지 비행기로 이동했다

도스토옙스키가 5년 반 살았던 시베리아의 벽지

카자흐스탄 북쪽의 러시아와의 국경 인근 도시 세메이는 도스토옙스키가 유형생활을 마친 후 5년 반 동안 강제 군 생활을 한 곳이다. 여기서 군인으로 복무할 때 마리야와 결혼해 신접살림을 차렸다.

과거 제정러시아의 영토였던 이곳은 1991년 구소련이 해체되면서 카자흐스탄 땅이 되었다. 그러나 어느 곳보다 번듯한 도스토옙스키 박물관이 서있다. 7곳의 도스토옙스키 박물관 가운데 유일하게 러시아 밖에 있는 것이다.

▼ 세메이 도스토옙스키 박물관. 통나무 신혼집과 새로 지은 2층 콘크리트 건물이 내부로 연결돼있다

세메이의 옛 이름은 세미팔라틴스크, 시베리아의 벽촌 마을이었다. 카자흐스탄 독립 이후 세메이로 이름이 바뀌었다. 지금의 인구는 27만이지만, 도스토옙스키가 살던 당시의 인구는 약 5천 명가량이었다.(*2~3천여 명 정도였다는 기록도 있다.)

브란겔 남작은 그의 회고록에서 세미팔라틴스크를 이렇게 묘사했다.

그 시절 세미팔라틴스크는 도시도 아니고 시골의 마을도 아니고 통나무 단층집들만 즐비한 곳이었다. 거리에는 단 하나의 가로등도 없었고 경비원도 없었다. 살아있는 것은 보이지 않고 개 짖는 소리만 들릴 뿐이었다. 죽은 도시였다.

조금 과장된 것으로 보이지만 그만큼 적막한 도시였다는 얘기다.

세메이(세미팔라틴스크) 도스토옙스키 박물관을 찾아서

나는 세메이에 가기 위해 2018년 5월 3일 카자흐스탄의 옛 수도이며 이 나라의 가장 큰 도시인 알마티에 도착해 이튿날 북쪽 도시 외스케멘으로 떠나는 국내선 비행기에 몸을 실었다. 세메이에도 공항이 있었으나 두 달 전 폐쇄되었다고 해 항공편이 있는 세메이 인근 도시 외스케멘까지 가서 차량으로 이동하는 경로를 택했다.

5월 초순임에도 눈 덮인 천산산맥의 하얀 설봉들이 공항 저편에 병풍처럼 줄지어 서있는 아름다운 광경이 감탄을 절로 자아내게 했다.

비행기는 오전 9시 조금 지나 이륙했다. 외스케멘까지는 1100km, 비

▲ 알마티공항에서 보이는 천산산맥의 설봉들

행시간은 1시간 20분가량이라고 되어있다. 비행기의 속도는 대략 시속 900km가량이다. 내가 탄 비행기는 의자가 좌우 3석씩으로 큰 비행기는 아니지만, 이보다 작은 비행기는 시간이 조금 더 걸린다고 했다. 비행기는 북쪽으로 향했다. 오른편 창으로 천산산맥의 설봉들이 내려다 보였다. 왼편에는 푸른 평원이 펼쳐져있다. 나는 이 여행에 알마티에 사는 동포 진재정 씨와 동행했다.

외스케멘 공항에 순조롭게 도착해 짐을 찾아 밖으로 나오니 세메이까지 가기 위해 대절한 택시가 기다리고 있었다. 외스케멘에서 세메이는 220km, 자동차로 3시간 거리다. 운전기사는 러시아계 같았는데 무척 나이가 많아 보였다. 얼굴에 주름이 깊게 패어 70대 중반도 더 되어 보였다. 나중에 알고 보니 1963년생 즉 55세라는 이야기를 듣고 놀라지 않을 수 없었다. 그렇게 늙어 보이는 것은 시베리아의 거친 날씨 탓인지 모르겠다.

▲ 외스케멘에서 세메이로 가는 도로

세메이로 가는 길은 넓디넓은 평원 위에 놓여 있었다. 포장이 비교적 잘 되어있다. 이 지역은 서시베리아 대평원의 일부라고 할 수 있다. 가는 도중 집은 거의 보이지 않았다. 멀리서 풀을 뜯고 있는 소나 말이 가끔 눈에 띄었다. 20여 분의 식사 시간을 포함해 약 세 시간 반을 가는 동안 마을은 두 곳쯤 본 것 같다. 음식을 먹고 차도 마실 수 있는 식당이 있는 곳은 도중에 한 군데뿐이었다. 출발한 지 1시간 반쯤 되는 중간 지점에 있었다. 식당으로 들어가 고기가 들어간 우리의 수제비 비슷한 베스바르마라는 음식으로 간단히 점심을 했다. 식당에서 다시 출발한 지 얼마 되지 않아 빗방울이 떨어지기 시작했다. 세메이에 가까워지면서 빗줄기가 제법 굵어졌다.

길 옆 나지막한 언덕에 세메이라는 도시 표지가 보였다. 거의 다 온 모양이다. 조금 더 가니 옴스크까지 757km라는 이정표도 보였다.

도스토옙스키가 유형생활을 한 흔적을 찾아 옴스크에 갔던 적이 있어서인지 표지만으로도 반가운 생각이 들었다. 도시 초입의 또 다른 이정표에는 알마티까지 1109km라고 적혀있다.

도스토옙스키는 군 생활을 지겨워했다. 장교였던 사람이 형벌로 사병근무를 해야 하는 처지이니 늘상 훈련과 검열로 이어지는 군 생활이 오죽 답답하고 힘들었겠는가? 그나마 혹독한 유형생활을 한 다음이었으므로 견딜 수 있었을 것이다.

도스토옙스키 작품 속의 이르티시 강

도시로 들어갈수록 쇠락한 구소련의 도시라는 인상이 들었다. 비가 내리는 날씨 탓도 있겠지만 가동을 멈춘 공장의 뻘겋게 녹슨 철 구조물, 오래된 잿빛 건물들, 울퉁불퉁 패인 도로, 1시간가량 내린 비로 인해 도로 여기저기에 생긴 크고 작은 물웅덩이 등이 어려운 이 도시의 재정형편을 짐작케 했다.

세메이에서 150km가량 떨어진 곳에 구소련의 비밀 핵 실험장이 있었다. 구소련 해체 때까지 주민들은 까맣게 몰랐다고 한다. 핵 실험장은 1949년 건설되어 1991년 카자흐스탄 독립 전까지 유지되었는데, 지하 핵 실험을 포함해 총 750회의 핵실험이 있었다.

핵 실험장 인근의 마을에서는 지금도 기형아 출산율이나 백혈병 등의 발병률이 다른 지역에 비해 훨씬 높다고 하는데 방사능과 관련이 있는

▲ 세메이시를 지나는 이르티시 강

것으로 보고 있다. 그러한 주변 환경이 세메이의 발전에 장애가 되고 있지 않을까 하는 생각도 들었다.

세메이로 들어간 후 조금 지나니 커다란 다리가 나타났다. 이르티시 강 위에 세워진 다리다. 강폭이 제법 넓고 물살도 빨랐다. 이르티시 강은 도스토옙스키가 쓴 유형생활에 대한 수기 형식의 소설 『죽음의 집의 기록』에 자주 등장한다. 옴스크의 이르티시 강변은 그가 자주 노동을 하러 나가는 장소였다. 족쇄를 찬 채였다. 그때마다 그는 강 건너 초원에 사는 유목민들이 누리는 자유를 동경하곤 했다는 것은 앞에서 이미 이야기한 바 있다.

이 강은 또 도스토옙스키가 브란겔 남작에게 보낸 편지에서, '마리야와 결혼하지 못한다면 뛰어들어 죽겠다'고 한 그 강이다. 과연 물살이 세

▼ 이르티시 강을 가로지르는 세메이 새 다리

찼다. 만약에 여기에 뛰어든다면 끝이겠구나 하는 생각이 들었다.

이르티시 강은 전장 4200km에 이르는 긴 강이다. 몽골 알타이에서 발원하여 중국과 카자흐스탄 북부, 러시아 서시베리아의 옴스크, 토볼스크를 지나 오비 강과 합류하여 북극해로 들어간다. 도스토옙스키는 상트페테르부르크에서 유형지인 옴스크로 올 때 토볼스크에서 며칠을 지냈고, 옴스크와 세미팔라틴스크에서 약 10년간 유형과 군 생활을 이어갔다. 모두 이르티시 강이 지나는 곳이다. 이르티시 강과는 참으로 질긴 인연이 있었다.

이르티시 강 위에는 인접하여 두 개의 다리가 놓여 있다. 하나는 옛 다리요, 다른 하나는 새로 놓은 다리라고 했다. 다리를 건너 시내로 들어갔으나 비 오는 날씨 탓인지 도시의 활기는 느껴지지 않았다.

특색 있는 문학박물관

두시 반쯤 예약한 세미팔라틴스크 호텔에 도착했다. 이 호텔은 한때 이 도시의 대표적인 호텔이었다고 하는데, 엘리베이터는 성인 4명 정도

▲ 세메이 도스토옙스키 박물관 입구

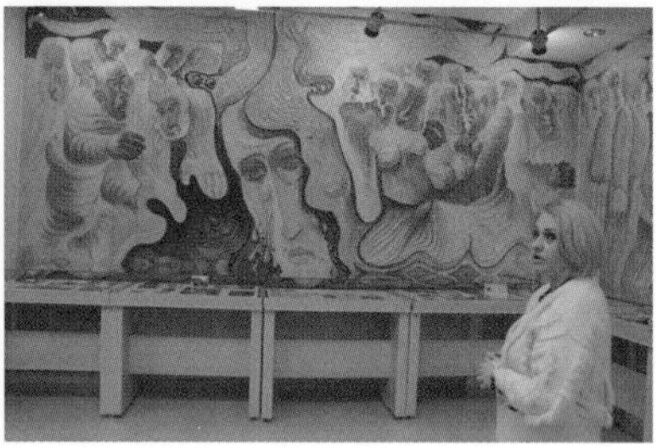

▲ 전시실 내부 ▶ 전시실의 도스토옙스키 사진
▼ 벽화와 전시물에 대해 설명하는 이리나 부관장

가 겨우 탈 수 있는 작은 구형 모델이었다. 객실도 크지 않았다. 모든 게 구소련 시절의 설비 그대로인 듯했다.

짐을 객실에 내려놓고 곧바로 도스토옙스키 문학박물관으로 갔다. 3시쯤 도착할 것이라고 미리 알려 놓았기 때문이다. 나는 모스크바, 상트페테르부르크, 옴스크의 도스토옙스키 박물관 등에 가 봤기 때문에 그중 가장 작은 도시인 세메이의 박물관에 대해 큰 기대는 하지 않았었다. 그런데 예상 외로 세메이 박물관은 규모가 다른 곳에 비해 오히려 더 커 보였고 전시물도 비교적 충실했다.

이리나 솔로비요바 부관장이 나를 안내했다. 전시물은 다른 곳처럼 사진과 서적이 위주였지만, 소설에 들어있던 삽화, 유형수들의 족쇄 등을 전시해 놓은 외에 출구 쪽 벽면에 대형 벽화를 피, 땀, 눈물, 관계 등 테마별로 그려놓은 것이 특이했다. 고난에 찼던 도스토옙스키의 세계를 추상적으로 그린 것이라고 했다. 레닌그라드(현 상트페테르부르크)의 작가 게오르기 꼬즈리찐의 1976년 작품이다.

발리하노프와 함께 앉아 있는 도스토옙스키 동상

그리고 더욱 특징적인 것은 도스토옙스키와 이곳에서 교류했던 젊은 카자흐인 학자 초간 발리하노프(1835~1865)의 흉상과 동상을 박물관 안과 밖에 도스토옙스키의 상과 나란히 세워 놓은 것이다.

발리하노프는 징기스칸의 후손인 카자흐스탄의 민족 영웅 아블라이 칸의 4대 손으로 서방세계에 카자흐스탄 지역을 가장 먼저 알린 역사학

▲ 세메이 도스토옙스키 박물관 마당의 도스토옙스키(오른쪽)와 발리하노프 동상

▲ 도스토옙스키(오른쪽)와 발리하노프(세미팔라틴스크에서 찍은 1850년대 후반 사진)

자요 인문·지리학자였다. 그는 1854년 2월, 옴스크를 방문했을 때 수용소에서 갓 석방된 도스토옙스키를 처음 알게 된 후 세미팔라틴스크에서도 도스토옙스키를 만났다. 두 사람은 열네 살이라는 나이 차이에도 불구하고 문학과 예술, 역사 등에 대해 이야기 상대가 되어 편지도 교환하는 등 가깝게 지냈다. 발리하노프는 아쉽게도 30세의 젊은 나이에 세상을 떠났다.

카자흐스탄 최대 도시 알마티에는 발리하노프의 이름을 딴 도로가 있다. 그는 교과서에도 이름이 등장하는 카자흐스탄의 유명한 역사적 인물이다. 알마티에 러시아 소설가 고골 거리도 있다는 것을 덧붙여둔다. 세메이의 도스토옙스키 문학박물관 앞 도로의 이름은 도스토옙스키길이었다.

당시의 통나무 신혼집도 박물관의 일부

세메이 도스토옙스키 문학박물관은 외형적으로 두 개의 건물로 이뤄져있다. 하나는 도스토옙스키가 신혼시절 살던 통나무집이고, 하나는 1971년에 지어진 2층짜리 콘크리트 건물이다. 두 건물은 서로 연결되어 있다.

콘크리트 건물 2층과 통나무집 2층이 박물관 전시실이다. 먼저 박물관으로 지어진 건물의 2층 전시실을 보고난 후 서재와 응접실, 침실 등이 있는 통나무집 2층으로 이동하는 것이 방문코스 같았다. 새 건물 1층

▼ 세메이 도스토옙스키 박물관 측면의 벽화

에는 사무실이 있고 일부는 소규모 전시를 위한 대여 공간으로 쓰이고 있었다.

통나무집은 박물관 로비에서 계단을 통해 연결된다. 통나무집 뒷 부분 일부를 뜯어서 새로 지은 박물관과 연결해 놓았다.

이리나 부관장의 안내로 박물관 전시실과 통나무집 2층 내부를 찬찬히 둘러보았다.

나는 세메이에서의 둘째 날인 5월 5일, 한국에서는 어린이날이었던 이날 오전 일찍 박물관에 다시 갔다. 전날 날이 흐려 제대로 못 찍은 박물관 외관도 한 번 더 찍고 전시실도 재차 둘러보기 위해서였다.

이날 10시 반경부터 다시 비가 내렸지만 그 이전까지는 비교적 청명했다. 일찍 아침을 먹고 호텔에서 도보로 20여 분 만에 박물관에 도착했다. 차를 타고 갔던 길과 다른 방향으로 박물관에 다다르게 되었다. 다가가며 보니 건물 측면에 커다란 벽화가 보여 처음엔 다른 건물인 줄 알았다. 전날 보지 못한 도스토엡스키를 상징하는 펜 등을 그린 대형 그림이다. 다시 가지 않았다면 건물 옆면에 이런 것이 있는 줄도 모르고 세메이를 떠날 뻔했다.

박물관이 문을 여는 9시 전에 도착했으므로 먼저 박물관 외곽을 카메라로 찍고 있는 사이 문이 열렸다. 안으로 들어가니 구면이 된 이리나 부관장이 반갑게 맞아 주었다.

소 세 마리 값 월세집

나는 이리나 부관장에게서 전날 방문 때 들었던 도스토옙스키 신혼집 월세에 대해 궁금한 점을 물어보았다. 첫째 날 이리나는 도스토옙스키가 세를 살았던 통나무집에 대해 설명하면서 그 집의 주인은 우체부였으며 1층은 주인집에서 쓰고 2층을 도스토옙스키에게 세를 주었다고 했다. 그러면서 당시 월세가 은화 8루블이었는데, 도스토옙스키가 받은 군인(준위) 봉급인 은화 16루블의 절반이라고 했다. 그 당시 소 한 마리 값이 3루블 정도였으므로 이 집은 꽤 비싼 집이었다고 설명했다. 하긴 앞서 브란겔의 회고록에서 보면 당시 세미팔라틴스크에는 통나무 단층집만

▼ 도스토옙스키의 시베리아 신혼집

즐비했었다는데, 그 가운데 2층집은 눈에 띄는 꽤 좋은 집이었다고 할 수 있다.

전날 저녁 식사후 호텔로 돌아와 메모해 온 이리나의 설명을 정리하다 보니 통나무집 2층 월세가 거의 소 세 마리 값이었다는 것이 잘 이해되지 않았다.

요즘 우리나라 한우는 보통 한 마리에 5~6백만 원, 때로는 1천만 원이 넘는 소도 있다. 물론 한국의 최근 한우값과 비교할 수는 없겠지만, 아무리 19세기의 시베리아라고 할지라도 소 세 마리 값을 월세로 낸다는 것은 쉽지 않았을 것이라는 생각이 들었다. 이리나는 그때의 소 값은 지금하고는 많이 달랐을 것이라면서, 당시 이 집은 동네에서 좋은 집에 속했

▼ 통나무집의 침실

다고 했다.

봉급의 반을 집세로 낸다는 것은 어느 시절에나 누구에게나 큰 결단이 필요한 일일 것이다. 그러면 왜 도스토옙스키는 이처럼 자기 분수에 비추어 그렇게 비싼 신혼집을 얻었을까? 유형수였던 그가 첫사랑이요, 첫 부인이 된 마리야 이사예바에게 쏟은 애정과 가슴 졸이던 결혼과정을 살펴보면 그의 형편에 다소 무리가 됐을 그런 집을 얻은 것이 어느 정도 이해도 된다. 도스토옙스키가 다소 과시하기를 좋아하는 성격이기도 했지만……. 그는 결혼 전, 형 미하일에게도 돈을 부쳐달라고 했고 여기저기에서 돈을 빌렸다.

부부는 시베리아를 떠날 때까지 이 집에서 2년 반을 살았다. 하지만 결혼 후 두 사람의 생활에 대해서는 도무지 전해지는 이야기가 없다. 도스토옙스키는 준위(장교 대우 하사관)로서 군 생활을 마지못해 이어가면서 마리야와 결혼 후에는 다시 마음을 다잡고 글쓰기에 힘을 쏟았다. 당초 강제 군복무 기간은 4년이었지만, 실제로는 5년 이상으로 늘어났다. 그는 차르 알렉산드르 2세 즉위 후 정치범들에게 다소 유연해진 분위기 속에 시베리아를 벗어날 수도 있다는 희망을 갖게 되었다. 그가 유럽러시아로의 귀환을 위해 온갖 노력을 다했을 것임은 추측하기 어렵지 않다.

도스토옙스키가 만약 유럽러시아로 귀환하지 못한 채 시베리아에 그대로 살다가 생을 마쳤다면 『죄와 벌』 『백치』 『악령』 『카라마조프 씨네 형제들』 같은 대작들을 남길 수 있었을까?

▲ 통나무집의 서재

그건 알 수 없는 일이지만, 정해진 형기를 마친 이후에도 죽을 때까지 시베리아에서 살아야하는 유형수였음에도 불구하고 시베리아 시절의 후반에 찾아온 정치적 환경의 변화로 시베리아를 떠날 수 있게 된 것은 불행 중 다행이 아닐 수 없었다.

볼셰비키 혁명 후 소련 시절에는 세미팔라틴스크의 그 통나무집에서 네 가구가 살았다고 한다. 말하자면 아파트가 된 것이다. 영화 '닥터 지바고'를 보면 혁명 후 2층으로 된 지바고의 장인의 집에 여러 가구가 들어와 함께 사는 모습이 나오는데, 바로 그 같은 공동 주택으로 사용됐던 것이다.

1960년대에 도시정비계획에 따라 이 목조건물이 철거될 위기에 놓였었다. 지붕을 뜯어낸 상태에서 지역 문인들과 예술인들이 역사적 장소인이 집을 보존해야 한다고 당국에 청원해 철거를 중단했다고 한다. 그 뒤 1971년 이 목조건물에 연결하여 콘크리트로 지어진 2층 규모의 도스토옙스키 문학 박물관을 개관하게 되었다.

제6부

결혼식 올린 알타이 산맥 인근 노보쿠즈네츠크

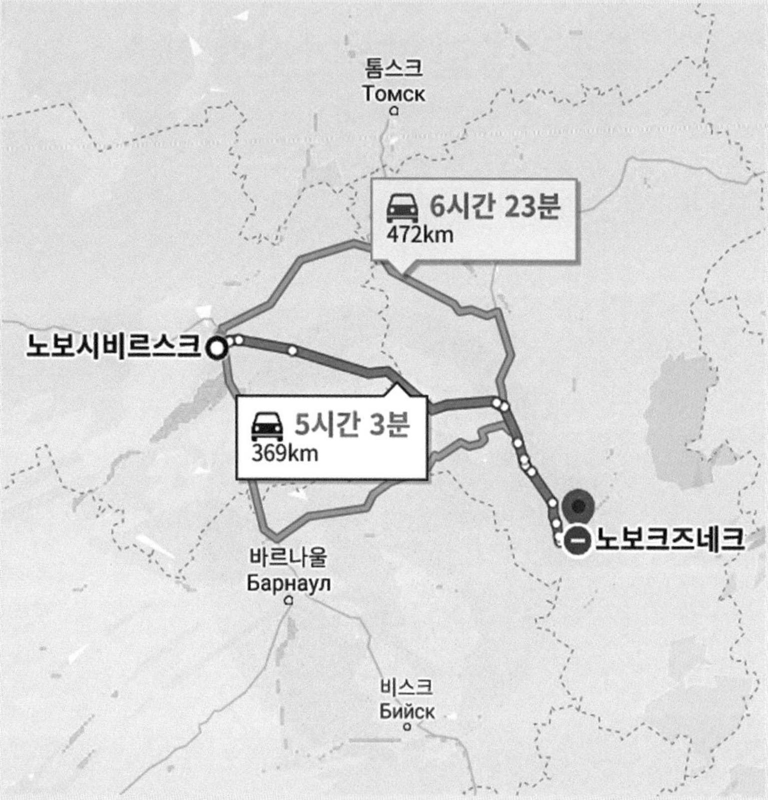

▲ 노보시비르스크에서 노보쿠즈네츠크로 가는 자동차 도로(구글지도에는 노보크즈네크로 표기돼 있다)

마리야와 결혼식을 올린 벽지 마을

시베리아에 있는 세 곳의 도스토옙스키 박물관 중 하나인 노보쿠즈네츠크 박물관을 찾아간 것은 2018년 7월이었다. 여름 휴가 기간을 이용했다. 우리나라가 폭염으로 펄펄 끓고 있을 때였다.

시베리아의 기온은 서울보다 10도가량 낮았다. 아침 기온이 17~18℃, 낮 기온은 23~24℃ 정도였다. 서울의 아침 기온이 수십 년 만에 최고라는 28~29℃, 낮 기온이 36~38℃로 치솟았고, 40℃를 넘긴 지방도 있었다. 한국에서는 111년 만의 폭염이라는 기록을 세운 여름이었다.

▼ 쿠즈네츠크 도스토옙스키 박물관의 도스토옙스키 흉상

알타이 산맥 인근 시베리아의 외딴 도시 노보쿠즈네츠크에 도스토옙스키 박물관이 있는 이유

는 단지 이곳이 도스토옙스키가 미친 듯 사랑했던 마리야를 찾아와 결혼을 한 기념비적 장소이기 때문이다. 그 시절에는 인구 2~3천 명 정도에 불과한 작은 마을이었다. 이름도 쿠즈네츠크였는데 20세기에 스탈린스크로 개명했다가 스탈린이 죽고 나서 다시 노보쿠즈네츠크로 바뀌었다.

노보쿠즈네츠크는 시베리아 중심도시 노보시비르스크에서 동남쪽으로 370km 떨어져있다. 러시아와 몽골의 국경을 이루는 알타이 산맥이 멀지 않다. 일단 노보시비르스크까지 가서 그곳으로 이동해야 하는데 교통이 다소 불편했다. 비행기, 버스, 대절 택시 등을 고려하다가 결국 기차로 다녀오기로 했다.

교통편 예약 등은 2017년 옴스크 도스토옙스키 박물관에 갈 때처럼

▼ 노보쿠즈네츠크역

대학교수와 부랴트 자치공화국 외무장관을 지낸 동포 김준길 교수가 수고해 주었다.

노보시비르스크에서 노보쿠즈네츠크로 오가는 기차도 시간이 영 좋지 않았다. 가는 열차는 내가 도착한 다음 날인 19일 새벽 5시 출발로 되어있었다. 7시간 후인 낮 12시 노보쿠즈네츠크 도착이다. 돌아올 때는 같은 날 밤 8시 반에 노보쿠즈네츠크를 출발해 새벽 3시에 노보시비르스크에 도착한다. 갈 때와 올 때 걸리는 시간이 30분가량 차이가 났다. 기차 타는 시간만 왕복 13시간 30분이다.

이 여행에는 김준길 교수와 그의 대학 후배인 사비르 벨리예프 박사가 동행했다. 학자이며 사업가이기도 한 벨리예프 박사는 노보쿠즈네츠크 출신이란다. 오랜만에 고향도 방문할 겸 이 여행의 안내를 자청했다고 한다. 기차 안에서 나와 러시아 혁명과 스탈린 시대에 대한 이야기를 나눴는데, 그가 스탈린을 지지하는 입장을 보여 나는 속으로 조금 놀랐다. 러시아에서는 스탈린이 소련을 강하게 이끌었다며 그를 옹호하는 사람이 아직도 30% 정도는 된다고 한다.

노보쿠즈네츠크 도스토옙스키 박물관

노보쿠즈네츠크역은 에메랄드빛인 노보시비르스크역이나 옴스크역 등과 달리 노랗고 빨간 기둥에 연분홍 지붕을 가진 아름다운 건축물이었다. 역 바로 옆에는 노보시비르스크의 대표적 상징물 중 하나이기도 한 황금 돔의 미니 성당 차스브냐를 닮은 작은 성당이 있었다. 역에서

▲ 시베리아 노보쿠즈네츠크역 앞의 미니 성당

택시를 타고 박물관으로 직행했다. 박물관에는 김준길 교수가 사전에 우리의 방문 일정을 알려 놓았기 때문에 직원들이 반갑게 일행을 맞아주었다.

박물관은 마리야 가족이 방 하나를 세들어 살던 통나무집을 개조한 것이다. 시베리아에서 흔히 보는 가옥이다. 하급 세무관리였던 마리야의 남편 이사예프는 세미팔라틴스크에서 이곳으로 전근 온 지 석 달 만인 1855년 8월에 빚만 남긴 채 세상을 떴다. 마리야는 이 집에서 어린 아들 파벨을 데리고 1857년 2월 도스토옙스키와 결혼할 때까지 살았다.

집의 내부는 십(十)자 모양의 네 부분으로 나누어진 구조였다. 이 가운데 안쪽의 방 한 칸이 마리야 가족이 살던 공간이다.

안내를 해준 해설사 카테리나 양은 자신이 이곳에서 일한 지 7년이 되는데 한국인을 처음 본다고 했다.

나는 설명을 듣다가, 카테리나 양에게 도스토옙스키가 마리야를 처음에 어떻게 알게 되었는지를 물어보았다. 도스토옙스키가 세미팔라틴스크에서 사병 신분임에도 마리야 아들의 가정교사로 그집에 드나들다가

▲ 러시아 노보쿠즈네츠크의 도스토옙스키 문학박물관

마리야와 애정관계에 빠지게 되었다는 일부 기록이 있기 때문이었다. 그 당시의 상황을 정확하게 알 수는 없지만, 병영생활을 하는 사병이 가정교사를 하러 민간인 집에 드나들었다는 이야기는 정황상 맞지 않는 것 같아서였다. 카테리나 양은 도스토옙스키가 가정교사를 했던 것은 아니며, 벨레호프란 장교의 소개로 이사예프 부부를 알게 된 것이 마리야를 사귀게 된 계기였다고 했다.

노보쿠즈네츠크 박물관의 주인공은 마리야

노보쿠즈네츠크 박물관 본채는 마리야 가족이 세들어 살던 단층 통나무집 전체를 개조해 만든 것인데 집 자체가 크지 않다. 세 개의 방과 거실로 나눠진 이 집의 안쪽 구석방에서 마리야 가족이 살았다.

▲ 노보쿠즈네츠크 도스토옙스키 박물관에 있는 마리야 그림

이 박물관으로 들어서면 첫 번째 전시실에 처음 보이는 것이 오른쪽 벽에 있는 마리야의 전신 그림이다. 1862년에 찍은 마리야의 전신 옆면 사진을 토대로 바샤리나라는 화가가 1996년에 그린 것이다.

기록에 따르면 마리야는 금발의 미인이다. 그런데 사진에서 보이는 옆 얼굴은 바짝 마른 모습이어서 미인의 인상으로 다가오지 않았다. 그림은 지나치게 병색을 강조한 듯했다.

해설사 카테리나 양에게, "마리야는 미인으로 알려져있는데 그림에서는 그렇게 보이지 않는다"고 했더니, 카테리나 양은, 화가가 마리야의 죽기 2년 전 사진을 보고 그린 것인데 마리야가 병이 깊은 상태여서 그럴 것이라고 답했다. 벽면 그림의 원본이 된 마리야의 작은 사진도 옆에 붙어있었는데, 오래된 것이어서 그 자체가 선명하지 않았다.

4개의 전시실과 작은 복도

거실이었을 첫 번째 전시실에는 초입에 있는 마리야의 전신 그림과 함께 도스토옙스키의 대형 얼굴 그림, 도스토옙스키가 브란겔 남작에게 쓴 편지의 사본, 도스토옙스키의 고난을 상징하는 사형장에서 입었던 흰색 수의를 다소 추상적으로 나타낸 모형물 등이 있었다. 또 둥근 탁자 앞에 앉아 도스토옙스키의 편지를 읽고 있는 모습의 마리야의 디오라마(박물관의 입체 모형)가 창문 옆에 있다.

두 번째 방은 도스토옙스키가 시베리아에서 쓴 작품인 『아저씨의 꿈』에 나오는 여주인공 마리야 알렉산드로브나 모스깔료바의 살롱을 소설에서 묘사된 것처럼 소파, 거울, 시계, 사모바르(*러시아의 전통적인 끓는 물 주

▲ 도스토옙스키의 편지를 읽고 있는 마리야(왼쪽) 인형과 도스토옙스키 초상화

전자) 등으로 꾸며놓았다.

작은 도시 모르다소프시의 오지랖 넓고 단수 높은 소설 속의 여인 모스깔료바는 아름다운 딸 지나를 죽을 날이 멀지 않은 돈 많은 늙은 공작에게 시집 보내 부유한 귀족 미망인을 만들려고 계략을 꾸민다. 이 계략

▲『아저씨의 꿈』에 나오는 모스깔료바의 살롱으로 꾸며놓은 방

은 결국 실패를 하고 말지만 여인의 악착같은 근성은 마침내 딸을 어느 도시의 시장 부인으로 만들고야 만다.

도스토옙스키는 시베리아에서 이전에 어떤 문학인도 겪지 못한 엄청난 고난을 겪었지만 유형소에서 출소 후 군인으로 살던 기간의 문학적 축적은 별로 크지 않다. 시베리아에서의 마지막 해인 1859년『아저씨의 꿈』과『스테판치코보 마을 사람들』등 겨우 두 편을 발표했을 뿐이다. 도스토옙스키의 저작에 대한 출판금지가 풀린 것은 1857년이었다. 그해에 세습귀족의 자격도 돌려받았다.『죽음의 집의 기록』은 시베리아에서 상당 부분을 써놓았지만 상트페테르부르크에 돌아와서 완성했다.

술주정꾼이었던 남편 이사예프와 젊은 교사 베르구노프의 부조

『아저씨의 꿈』을 토대로 미니 살롱으로 꾸민 두 번째 방과 마리야 가족이 살던 세 번째 방 사이에는 작은 복도가 있다. 그 한쪽 면에는 두 개의 커다란 정교회 성당이 들어 있는 당시 쿠즈네츠크시의 그림이 걸려있는데 두 성당 중 한 곳이 도스토옙스키가 마리야와 결혼식을 올린 아름다운 오디기트레옙스크 성당이다.

복도의 다른 두 벽면에는 마리야가 쿠즈네츠크에서 살 때 결혼까지 생각했던 도스토옙스키의 경쟁자였던 젊은 교사 베르구노프와 마리야의 남편 이사예프의 부조가 붙어있다. 해설사 카테리나 양은 이사예프가 『죄와 벌』의 술주정꾼 마르멜라도프의 모델이라고 설명했다.

▲『죄와 벌』의 술주정꾼 마르멜라도프의 모델이 된 마리야의 전 남편 이사예프의 부조

소설에 나오는 마르멜라도프의 부인 카테리나의 모델은 이사예바라고 분석된다. 소설에서 카테리나는 마리야처럼 폐병 환자다. 남편은 술주정뱅이고 아내는 폐결핵 환자니 영락없이 이사예프 부부다. 소설 속의 카테리나는 알콜 중독자 남편 때문에 가난하게 살지만, 귀족 여학교에서 교육을 받았고 자존심이 강한 캐릭터로 묘사되고 있다.

『죄와 벌』의 카테리나와 『백치』의 나스타시야

『죄와 벌』 속에서 마르멜라도프는 술집에서 만난 주인공 라스콜리니코프에게 자기의 아내 카테리나에 대해 이렇게 말한다.

"나는 짐승 같은 놈이지만, 내 아내인 카테리나 이바노브나는 영관(領官)의 딸로 태어난 교양 있는 여자입니다. 나는 하찮은 쓰레기라 해도 좋습니다. 하지만 집사람은 숭고한 정신과 고상한 감정을 지니고 있는 교육받은 여자입니다. (…) 그 여잔 어려서부터 깨끗하게 자랐기 때문에 밤낮 빨래를 하거나 걸레질을 하거나 애들 뒤치다꺼리를 해주거든요. 그대로 버려두는 성미가 아닌걸요! 게다가 가슴을 앓고 있어 가끔 피를 토하곤 합니다. (…) 우리 집사람은 유서 깊은 귀족 여학교에서 교육을 받았고, 졸업식 때는 현지사와 내빈들 앞에서 무용으로 금메달과 상장까지 받았답니다. (…) 그렇지만 여편네는 성미가 급하고 오만하여 남에게 굽히기 싫어하는 여자입니다. 비록 자기가 직접 마루를 닦고 검은 빵을 씹을지라도 남이 업신여기는 건 절대로 용납하지 않습니다." (『죄와 벌』, 채수동 옮김, 동서문화사, 2015.)

▲ 마리야 가족이 살던 방의 마네킹(왼쪽 여인이 나스타시야, 오른쪽이 카테리나)

마리야 식구가 살았던 세 번째 방에는 커다란 거울이 있는 화장대 양쪽으로 두 여인의 마네킹이 서있다. 한 사람은 『죄와 벌』의 술주정꾼 마르멜라도프의 아내 카테리나이고 다른 하나는 『백치』의 여주인공 나스타시야라고 했다. 마리야가 두 인물의 모델이라는 의미였다. 『백치』의 나스타시야는 대체로 강한 성격을 가졌던 도스토옙스키의 젊은 애인 수슬로바가 모델이라고 흔히 알려져 있는데 여기서는 그렇게 설명을 했다. 마리야도 만만치 않았다는 얘기다.

마르멜라도프가 소설 속에서 설명하는 아내 카테리나의 성격이 마리야의 그것이라면 도스토옙스키의 애인이었던 수슬로바의 그것과도 비슷한 부분이 있을 것 같다. 하긴 소설 속 인물의 캐릭터가 전적으로 어느 한 사람의 그것만을 표현한다고 볼 수는 없을 것이다.

『백치』 속 여주인공 나스타시야는 어떤 캐릭터인가? 화재로 부모를 잃은 어린 나스타시야를 데려다 키운 지주 토츠키는 미모의 여인으로 성장한 나스타시야를 정부로 만들었다가 큰코다치는데, 그는 소설 속에서 나스타시야를 이렇게 설명한다.

그 여자는 엄포를 놓으면 그걸 직접 실행에 옮기는 여장부였으며, 특히 그 무엇에도 구애받지 않고 그 무엇도 존중하지 않는 성미였기 때문에, 그녀를 금전으로 회유하는 것은 불가능했다.

그녀가 이렇게 된 이면에는 무언가 다른 것이 숨어 있음에 틀림없었다. 그것은 마음속에 응어리진 울화 같은 것으로, 알 수 없는 이유 때문에 누군가에 대해 느끼는 연애 소설 같은 분노와 완전히 상궤를 벗어난 지독한 경멸감과 같은 것이었다. (…) 그는 그녀를 4년 동안이나 보아 왔으나 그녀의 참된 모습을 보지 못했던 것이다. 물론 내면적으로 갑작스레 대변혁이 일어났다는 사실도 많은 것을 의미했다. 하지만 그도 과거 어느 한순간 그녀의 눈을 바라보고 있노라면 이따금 이상한 생각이 떠오른곤 했던 일을 기억하고 있었다. 마치 그 눈 속에 깊고 신비로운 암흑이 예견되었던 듯싶었다. 그녀의 눈빛은 수수께끼를 던져주는 것 같았다. (『백치』, 김근식 옮김, 열린책들, 2016.)

도스토옙스키에게 마리야에서부터 수슬로바로 이어지는 사랑의 번뇌, 고통, 유희, 증오는 어찌되었건 그에게는 귀중한 경험적 자산이 됐음이 틀림없다.

소설 『영원한 남편』에 남긴 첫사랑의 흔적

소설이 전적으로 작가의 경험에 바탕하는 것은 아니지만, 결혼 전 마리야와 불륜이라고 할 수 있는 연인관계에서 있었을 법한 일들은 그 후 그의 작품 『영원한 남편』에 엇비슷하게 등장한다. 『영원한 남편』은 도스토옙스키가 두 번째 결혼 후 유럽에 머물 때인 1869년에 쓴 중편소설이다.

『영원한 남편』의 주인공 벨차니노프는 상류사회 출신으로 좋은 체격과 멋진 외모를 지녔다. 그는 나이 30세 무렵에 T시에서 1년간 지낸 일이 있는데, 그때 이 고장 사람 트루소스키의 아내 나탈리아 바실리예브나와

▼ 박물관 전시물에 대해 설명하는 해설사 카테리나 양

내연관계를 갖게 되었다. 그녀는 독특한 성격의 소유자였다. 외간남자와 관계를 가지면서도 아무런 양심의 가책을 느끼지 않았다. 소설은 그녀의 성격을 이렇게 묘사하고 있다.

둘 더하기 둘은 그녀에게 어떤 의미도 가진 적이 없었다. 무슨 일에나 자신이 옳지 않았다든지 잘못했다는 것을 인정한 적은 지금껏 단 한 번도 없었다. 그녀는 지속적으로, 그리고 셀 수도 없이 남편을 배신했으면서도 전연 아무런 양심의 가책도 느끼지 않았다. (…) 그녀는 애인 괴롭히기를 좋아했고, 그러면서도 그것을 보충해 주는 것도 좋아했다. 그녀는 정열적이고 잔인하며 또한 관능적인 타입의 여인이었다. (『영원한 남편』, 정명자 옮김, 열린책들, 2014.)

이 소설 속 여인의 성격을 마리야의 성격이라고 말할 수는 없다. 하지만 『영원한 남편』 속의 다음과 같은 대목은 도스토옙스키가 세미팔라틴스크 시절 마리야와 밀회 시에 나누었을 듯하다.

T시에 살고 있는 동안 벨차니노프는 몇 번인가 스스로에게 자문해 본 적이 있었다. 도대체 이 남편이라는 자는 자기 아내와의 관계를 조금이라도 의심하고 있을까 하고 몇 차례인가 그는 이 문제에 대하여 나탈리야 바실리예브나에게 진지하게 물어보았는데 그때마다 언제나 그녀는, 남편은 아무것도 모르며 결코 아무것도 눈치챌 수 없다는 것, 그리고 이 모든 일은 전혀 그와는 상관이 없는 일이라는 약간 짜증 섞인 한결같은 대답을 들었을 뿐이다.

현실에서 마리야의 첫 남편 이사예프는 아내와 도스토옙스키와의 관계를 까맣게 모른 채 고통 속에서도 아내와 아들의 앞날을 걱정하며 죽었다. 『영원한 남편』 속의 나탈리야는 소설 속의 주인공인 정부(情夫) 벨차니노프의 딸을 낳았지만 남편 트루소스키의 딸인 것처럼 속여 키우며 살다가 9년 후에 죽는다. 그녀는 벨차니노프에게 그의 딸을 낳았다는 사실을 알리는 편지를 보냈지만, 편지는 그에게 도달하지 않았고 벨차니노프는 그 사실을 나탈리야 사후에 알게 된다.

아내가 죽은 후 남편 트루소스키는 아내의 유품 속에서 숨겨놓았던 편지를 보고 딸의 진짜 아버지가 벨차니노프라는 것을 알게 되며 벨차니노프에게 복수심을 품지만 복수를 실행하지는 않는다. 모친 사망 이후 어린 딸 리자는 친 아버지로 알고 있던 트루소스키의 학대 속에 병들어 죽게 된다. 트루소스키는 돈푼깨나 있어 보이지만 시골티 나는 여자와 재혼을 하는데, 주인공 벨차니노프가 우연히도 열차 안에서 재혼한 트루소스키 부부를 만나게 되고, 두 사람은 그 여자 앞에서 친구인 체한 후 헤어진다는 것이 대체적인 줄거리다.

▼ 〈시베리아의 생활〉 1904년 10월 10일 자 도스토옙스키 관련 기사

소설 속에서 주인공 벨차니노

프는 나탈리야의 남편 트루소스키를 '영원한 남편'이라고 부르는데, '영원한 남편'이란 아내의 부정을 알지 못한 채 오로지 남편으로서만 살아가는 사람이라는 일종의 조롱이다.

박물관보다 큰 연구동

박물관의 네 번째 방은 결혼식을 한 성당의 내부 모습을 보여주고 있나. 결혼식을 집전한 튜멘체프 사제의 사진도 있었다. 한쪽 벽에는 도스토옙스키가 과거 이곳에 와서 결혼식을 올렸다는 1904년 10월에 발행된 〈시베리아 생활〉지의 기사도 전시되어 있다. 이 기사 속에는 1858년에 찍은 장교 군복을 입은 도스토옙스키의 사진과 마리야 가족이 살던 집(현재의 노보쿠즈네츠크 도스토옙스키 박물관)과 결혼식을 올린 성당의 사진이 들어 있다.

마리야가 살던 집을 개조해 만든 박물관 외에 박물관 연구동이 인근에 있었다. 시베리아 스타일의 2층 목조건물이었는데 박물관으로 쓰고 있는 이사예프의 셋집보다 규모가 훨씬 크다. 이 연구동은 박물관 행정실로 불렸다. 이 연구동 앞 마당에는 2001년 세워진 도스토옙스키의 흉상이 사각의 돌기둥 위에서 연구동 건물을 묵묵히 바라보고 있었다. 이곳의 흉상은 노보시비르스크 거리에 있는 도스토옙스키 얼굴상과 높이나 크기 등이 비슷했다.

도스토옙스키 박물관에는 4명의 연구원을 포함해 모두 21명의 직원이 있다고 한다. 작은 규모의 박물관치고 직원의 수가 꽤 많았다. 그만큼

▲ 노보쿠즈네츠크 도스토옙스키 박물관 연구동, 도스토옙스키 흉상이 건물을 바라보고 있다

도스토옙스키에 대한 연구가 활발하다는 반증일 것이다. 때때로 도스토옙스키 학술회의도 열린다고 했다.

[작가노트]

마리야는 경제적 이유로 도스토옙스키와 결혼했을까

도스토옙스키는 결혼을 하기 위해 간 것을 포함해 모두 세 차례 쿠즈네츠크에 갔다. 즈미예브까지 갔다가 마리야를 못 만나고 온 것은 물론 여기에 포함되지 않는다.

처음 간 것은 1856년 7월이다. 쿠즈네츠크로 가는 길목에 있는 바르나울까지 출장을 얻어 갔다가 몰래 쿠즈네츠크까지 가서 마리야를 만나고 이틀 동안 지내다 왔다. 그는 이때 마리야가 자신에게 많이 기울어졌다고 생각했다.

▼ 쿠즈네츠크 도스토옙스키 박물관의 도스토옙스키 얼굴상 앞에서. 좌로부터 필자, 김준길 교수, 에밀리야 쉐스타코바 관장

도스토옙스키의 두 번째 쿠즈네츠크 방문은 준위로 승진한 직후인 1856년 11월이다. 이때는 장교 대우가 되었으므로 공식으로 허가를 받고 쿠즈네츠크에 갔다 왔다. 쿠즈네츠크에서 5일간 지냈는데 마리야 집에서 지내지는 않았다고 한다. 이때 마리야에게 정식으로 청혼을 했고 그녀는 오랜 망

설임 끝에 이를 받아들였다.

그리고 세 번째 방문은 결혼식을 올리기 위해서 간 1857년 2월이었다. 이때는 2주 정도 머물렀다. 두 사람이 결혼식을 올린 오디기트레옙스크 성당은 아름다운 외관을 가진 큰 성당이었다. 1764년에 건립되었는데 1917년 볼셰비키 혁명 후 내전 중이던 1919년 한 볼셰비키 무신론자의 방화로 소실된 후 복원되지 못했다.

▲ 노보쿠즈네츠크 철강 공장 건물 앞의 옛 탱크. 2차 대전 중 탱크를 많이 제조했다

그 당시는 종교는 아편이라며 러시아 정교회를 박해하던 시절이었으므로 다시 지을 엄두를 못 냈을 것이다. 이 성당의 벽돌들은 그 후 이 도시에 철강 공장을 지을 때 자재로 이용됐다고 한다. 노보쿠즈네츠크 도스토옙스키 박물관에는 당시 성당의 사진과 그림이 전시되어 있었다. 이날 도스토옙스키 박물관을 나온 후 옛날 대포들이 놓여있는 언덕 위의 쿠즈네츠크 요새박물관에도 잠시 들렀는데, 이 박물관의 옛 도시 모형 속에도 이 성당이 도시 중심에 한자리를 차지하고 있었다.

노보쿠즈네츠크 도스토옙스키 박물관의 에밀리야 쉐스타코바 관장은 "마리야는 단순히 경제적 빈곤에서 벗어나기 위해 도스토옙스키와 결혼한 것은 아니며 도스토옙스키의 지성에 대한 존경과 애정이 있었다"라고 말했다.

제7부

애인 수슬로바

도스토옙스키는 시베리아에서 돌아온 다음 해인 1860년 가을 상트페테르부르크에서 형 미하일과 함께 〈시대〉라는 문학잡지를 창간했다. 미하일이 편집자였고 도스토옙스키는 주요 기고자였다. 창간호는 1861년 1월에 나왔다. 잡지는 순조롭게 발행되다가 1863년 4월호에 실린 폴란드인의 무장봉기 실패와 관련한 비평가 스트라호프의 글이 반애국적이라는 당국의 비판을 받으면서 1863년 5월 갑자기 강제 폐간되었다. 재정적인 어려움이 닥쳐왔다. 폐결핵에 걸려있던 아내 마리야의 병세는 날로 악화됐다. 그야말로 내우외환이다.

▼ 폴리나 수슬로바(1839~1918) 러시아의 단편소설작가. 도스토옙스키의 정부(情婦). 러시아 최초의 여성 내과 의사인 나데즈다 수슬로바의 언니. 1860년대 사진

그러한 뒤죽박죽인 상황 속에서 도스토옙스키는 1863년 여름 20대 초반의 당돌한 젊은 여성 폴리나 수슬로바와 유럽 여행을 감행한다.

당돌한 미모의 작가 지망생 수슬로바

도스토옙스키가 폴리나 수슬로바(아폴리나리아 프로코피예브나 수슬로바)를 알게된 것은 그녀가 〈시대〉에 단편을 기고하면서부터였다. 수슬로바는 작가를 지망하는 대학생이었는데 뛰어난 미모에 강한 성격의 소유자였다.

수슬로바와 도스토옙스키는 나이가 18살이나 차이가 났지만, 두 사람의 관계는 1863년 함께 프랑스와 이탈리아로 여행을 가기로 할 정도로 깊어졌다. 마리야가 폐결핵으로 블라지미르에 요양 중일 때다.

수슬로바가 파리로 먼저 떠났고 도스토옙스키가 뒤따라갔다. 도스토옙스키는 파리로 가는 도중 독일 비스바덴의 도박장에 들렀다가 운 좋게도 5천 프랑을 따는 행운을 만나기도 했다. 그런데 이게 그가 도박에 계속 빠지는 화근이 된다.

그는 거액을 손에 넣자 득의만만해져 돈의 일부를 처제를 통해 앓고 있는 마리야에게 송금했다. 그리고 파리로 가서 수슬로바를 만났으나 도스토옙스키에 대한 그녀의 감정은 싸늘하게 식어 있었다. 그가 비스바덴의 도박장에서 너무 시간을 보낸 것도 이유였지만, 그를 기다리는 사이에 수슬로바가 한 스페인 남자를 알게 되었던 것이다.

살바도르라는 이름의 이 사람은 의사이거나 의대생이었던 것 같다. 자신감이 충만한 젊은이였다고 한다. 두 사람은 쉽게 깊은 관계까지 갔지만 살바도르는 수슬로바에게 곧 싫증을 느끼고 그녀를 떠난다. 수슬로바가 남자에게 차인 것이다.

▲ 정장을 한 도스토옙스키(1861)

살바도르는 '그만 만나자'는 얘기도 수슬로바에게 직접 하지 않고 인편으로 알렸다. 친구를 시켜 그녀에게 자신이 티푸스에 걸렸다는 편지를 보내게 했다. 여자를 떼어버리기 위해 꾀를 낸 것이었다. 자존심 강한 수슬로바는 그를 쫓아가 총으로 쏘아 죽이려는 생각까지 했다고 한다. 그러는 사이에 8월 14일 도스토옙스키가 나타났던 것이다. 파리에서 도스토옙스키를 기다리던 폴리나는 살바도르와 사귀게 되자 도스토옙스키에게 '파리에 오지 말라'는 편지를 보냈는데, 도스토옙스키는 그 편지를 받지 못한 채 파리에 도착했다. 역사가 E. H. 카가 후일 공개된 수슬로바의 일기를 인용해 그의 『도스토옙스키 평전』에 실은 내용은 다음과 같다.

"당신에게 편지를 보냈기 때문에 오지 않으리라 생각했어요." 내가 말했다.

"무슨 편지를?"

"당신이 파리에 오지 말라고 쓴 것인데……."

"오지 말라니 무슨 말이오?"

"모든 게 너무 늦었기 때문이에요."

그는 머리를 숙였다.

"무슨 일인지 알아야만 되겠어. 어디든 나갑시다. 무슨 일인지 말해줘. 그러지 않으면 죽어 버리고 말 거야."

(그들은 함께 마차를 타고 도스토옙스키의 숙소로 향했다.)

방으로 들어서자 그는 나의 발밑에 쓰러져 무릎을 안고서 흐느끼며 말했다.

"당신을 잃게 되었군. 분명히."

기분을 가라앉힌 그는 누구 때문이냐고 묻기 시작했다.

"아마도 젊고 잘생긴 남자겠지. 말도 잘할 테고……. 그러나 나 같은 마음을 가진 사람은 아무도 없을 거야."

오랫동안 나는 대답하지 않았다.

"그 사람한테 모든 것을 다 바쳤소?"

"묻지 마세요. 당신과는 관계없는 일이에요."

나는 그 사람을 매우 사랑한다고 그에게 말했다.

"당신은 행복하오?"

"그렇지 않아요."

"사랑하면서도 행복하지 않다니! 그럴 수가?"

"그 사람은 나를 사랑하지 않아요."

"당신을 사랑하지 않는다고!"

그는 절망한 듯 머리를 잡고 소리쳤다.

"그렇다면 당신은 그를 노예처럼 사랑하고 있군! 말해 봐. 알아야만 해! 당신은 세상 끝까지 그를 쫓아가겠지?"

"아니예요."

나는 대답했다.

"귀국하고 싶어요."

나는 울어 버렸다.

파리에서 만난 젊은 스페인 남자로부터 버림받아 마음의 상처를 크게 입었을 때 나타난 도스토옙스키에게 그녀는 귀국하고 싶다고 했다.

중간에 도박장에서 돈까지 따서 의기양양 파리까지 온 도스토옙스키는 황당했을 것이다. 그러나 그는 수슬로바에게 '그 일을 큰 일로 생각하지 않는다'고 위로까지 했다고 한다. 도스토옙스키의 속맘이야 쓰리지 않았을 리 없지만 유부남인 그가 스무 살 가까이 어린 여자에게 그 상황에서 무슨 얘기를 할 수 있었을까.

도스토옙스키는 수슬로바의 돌변한 태도를 보고 일단은 여행 자체가 무산되는 상황은 피하려고 했던 모양이다. 결국 두 사람은 도스토옙스키의 제안으로 연인 사이가 아니라 남매 같은 관계로 여행을 하기로 합의한다. 이를테면 함께 다니기는 하지만 호텔 방은 따로 쓰는 그런 여행이었다. 배 안에서는 한방에서 자기도 했지만….

여러 가지 기록과 전후 상황으로 보아 두 사람은 이미 잠자리를 같이 한 적이 있었기 때문에 도스토옙스키의 그런 제안은 일단 수슬로바를 달래기 위한 임기응변책이었을 것이지만 이후 쭉 그런 상태로 여행을 한 것 같다.

E. H. 카는 『도스토옙스키 평전』에서 수슬로바의 파리 사건에 대해 '(스페인 남자에게 차인 것은) 수슬로바의 생애 중에서, 그녀가 남자에 대해서 싫증을 내기 전에 남자가 그녀에게 싫증을 낸 최초의 그리고 아마도 마지막 남자였을 것'이라고 말한다. 후에 이야기하겠지만, 그녀는 한참 연하의 남자와 결혼했다가 6년 만에 헤어졌는데 그를 골탕먹이기 위해 20년 동안이나 이혼해 주지 않았다. 그녀가 얼마나 이기적 성격의 소유자였는지 알 수 있는 이야기다.

▼ 도스토옙스키가 즐겨 썼던 모자, 상트페테르부르크 도스토옙스키 박물관 소장

일단 파리에서 이탈리아로 여행을 가기로 한 두 사람은 도중에 독일의 비스바덴을 경유해 간다. 도박의 유혹을 떨쳐버리지 못한 도스토옙스키 때문이었다. 파리로 가는 도중에 들렀을 때는 돈을 제법 따 러시아로 송금까지 했으나 이번에는 그만 갖고 있던 현금의 전부인 3천 프랑을 몽땅 잃고 말았다.

다급해진 그는 처음에 딴 돈의 일부를 보내 주었던 처제에게 송금을 부탁해 그 돈으로 제네바까지 갔다. 거기서 또다시 돈이 떨어지자 자신의 시계는 물론 수슬로바의 반지까지 저당 잡히며 궁색한 여행을 계속했다. 그렇게 이탈리아의 로마, 나폴리까지 구경했다.

그는 마침내 페테르부르크의 잡지 편집장 보보리킨에게, 잡지에 실을 소설을 쓸 테니 원고료를 선금으로 300루블만 보내 달라고 부탁했고, 그 돈을 받아 겨우 여행을 마치고 10월 말 페테르부르크로 돌아왔다.

수슬로바는 10월 초순 그와 헤어져 파리로 갔다. 두 사람은 그 후 마리야 사망 이듬해인 1865년 비스바덴에서 다시 만났으나 감정은 회복되지 않았다. 보보리킨에게는 결국 소설을 보내지 못해 형 미하일이 동생이 빌린 돈을 갚아 주었다.

수슬로바에 대한 사랑과 증오

도스토옙스키는 수슬로바에 대해 가슴에 불만을 가득 안고 있으면서도 오랫동안 그녀에 대한 미련을 버리지 못한다. 그는 1865년 수슬로바의 여동생 나데즈다 프로코피예브나에게 보낸 편지에서 수슬로바에 대해 이렇게 불평한다.

아폴리나리야는 상당한 이기주의자입니다. 그녀의 이기심과 자존심은 실로 엄청났습니다. 그녀는 사람들로부터 모든 것, 완전무결함을 요구했고, 타인들의 장점을 생각함에 있어서 단 하나의 불완전함도 용서하지 않았습니다. 지금까지 그녀는 내가 자신의 사랑을 받을 만한 가치가 없다고 비난하고 불평하고 욕하곤 했습니다. 하지만 1863년에는 "당신은 너무 늦게 왔어요……."라는 말로 나를 맞이한 적도 있습니다. 다시 말해 자기는 누구와 사랑에 빠졌다는 겁니다. 바로 2주일 전만 해도 나를 사랑한다고 정열적인 편지를 보냈던 그녀가 말입니다……. 나는 여전히 그녀를 사랑하고 몹시 사랑합니다. 하지만 이제는 그녀를 사랑하지 않았더라면 하고 바랄 뿐입니다. 그녀는 나의 그런 사랑을 받을 만한 자격이 없습니다……. 그녀는 항상 즉흥적인 경멸감으로 나를 대합니다……. 그녀는 우리의 관계에서 평등이란 개념을 인정하지 않습니다. 글쎄요. 그녀는 내가 그녀를 사랑한다는 것을 압니다. 그렇다면 도대체 그녀는 왜 지금도 내게 고통을 주고 있을까요? (『도스토옙스키1』, 모츨스키.)

수슬로바 역시 도스토옙스키에 대해 좋은 감정이 아니다. 수슬로바의 일기를 보면, "나는 그저 그를 증오할 뿐이다…. 2년 전의 나를 떠올리면 나도 모르게 도스토옙스키를 증오하게 된다. 그는 나의 신념을 말살시킨 최초의 인물이다."라는 내용이 나온다. 2년 전이라는 것은 함께 유럽여행을 했던 1863년을 말하는 것 같다. 두 사람은 그 여행을 통해 서로를 이해하기는커녕 속으로는 상대에게 진저리를 낸 것 같다.

수슬로바와의 유럽 여행 3년 후 소설 마감 시한에 쫓겨 두 번째 부인이 되는 안나 그리고리예브나가 속기로 받아 쓴 『도박꾼』(『노름꾼』으로 번역하기도 한다)에서는 수슬로바와 이름이 같은 폴리나가 여주인공이다. 이 소설에서는 폴리나 수슬로바가 아니라 폴리나 알렉산드로브나라는 이름으로 나오는데 강하고 이기적인 수슬로바의 성격을 그대로 닮은 여성이다.

『도박꾼』에서 도스토옙스키는 좋아하는 폴리나로부터 이용당하면서도 무시당하는 주인공 알렉세이를 통해 폴리나에 대한 분한 감정을 그대로 토해낸다. 도스토옙스키가 수슬로바에게 갖고 있던 감정이 그랬는지 모른다.

젊은 시절, 선배 작가의 부인에게 관심을 갖기도

도스토옙스키는 첫 부인 마리야와 결혼하기 전에는 여성을 사귄 적이 별로 없는 것 같다. 정치범으로 체포되어 시베리아로 유형을 떠날 때인 28세까지 이성과의 교제의 흔적은 보이지 않는다. 다만 24~25세쯤, 작가 파나예프의 부인 아브도찌야 파나예바를 연모했었다는 기록이 남아있을 뿐이다.

▼ 파나예바

도스토옙스키는 24세 때인 1845년 『가난한 사람들』로 작가로서 첫 성공을 거둔 후 선배 작가 파나예프의 집을 처음 방문했다. 이날 아브도찌야 파나예바를 보고 돌아온 후, "나는 그의 아내에게 매료된 것 같다. 그녀는 지적이고 훌륭하며, 게다가 사랑스럽고 말할 수 없이 우아한 자태를 지니고 있다."는 기록을 남겼다.

아브도찌야 파나예바도 도스토옙스키의 그런 감정을 알아차렸다. 후일 그녀는 자신의 회상기에서 도스토옙스키에 대한 인상을 이렇게 적었다. 별로 호의적이지 않다.

도스토옙스키를 처음 본 순간부터 그가 몹시도 신경 과민적이고 민감한 청년임을 확신할 수 있었다. 바짝 마른 데다 키는 작고, 옅은 머리빛에 병자 같은 안색을 하고 있었다. 크지 않은 회색 눈동자는 어쩐지 불안하게 이쪽저쪽으로 움직이고, 창백한 입술은 신경질적으로 바르르 떨렸다. 젊음과 신경 증세 때문에 그는 자신을 제어할 줄 몰랐고 자신의 자존심 또는 작가적 재능에 대한 고상한 의견을 지나치게 분명히 피력했다. (『도스토옙스키1』, 모츨스키.)

도스토옙스키가 파나예바에게 관심을 가졌던 기간은 길지 않았다. 뒤에 더 이야기하겠지만, 1864년 마리야가 죽고 1867년 안나 그리고리예브나와 재혼하기 전 도스토옙스키는 최소 세 명의 여성과 재혼을 시도했다. 폴리나 수슬로바도 그중 하나다. 그는 마리야가 죽은 다음 해인 1865년 여름, 수슬로바에게 청혼하기 위해 독일까지 달려갔었다.

그사이에 두 사람이 더 등장하는데 안나 고르빈-크루코프스카야와 마르타 브라운이라는 여성이다. 그들은 문학잡지 〈세기〉(*형 미하일과 만든 〈시대〉 폐간 후 복간하면서 바꾼 제호)에 원고를 보냈거나 그의 잡지사에서 일했던 사람이다. 도스토옙스키는 이 두 여성과 교제를 했고 청혼도 했으나 성사되지 않았다.

이 가운데 폴리나 수슬로바는 도스토옙스키에게 두고두고 깊은 애증의 대상이다. 그녀는 도스토옙스키의 작품에 여러모로 지대한 영향을 미쳤다.

소설 『도박꾼』 속 수슬로바의 분신

도스토옙스키는 1866년에 쓴 소설 『도박꾼』에서 폴리나를 여주인공으로 등장시킨다. 여주인공 이름은 폴리나 알렉산드로브나. 허구적인 소설이지만 소설 속 여주인공 폴리나의 성격은 바로 폴리나 수슬로바다. 이름을 그대로 따왔다.

『도박꾼』의 주인공이자 도박꾼 알렉세이 이바노비치가 사랑하는 대상인 폴리나는 속을 알 수 없는 도도하고 변덕스러운 미녀다. 그녀는 자기를 좋아하는 주인공 알렉세이에게 돈을 주면서 룰렛 도박을 해 될 수 있는 대로 많이 따서 자기에게 달라고 시킨다. 소설 속의 폴리나는 알렉세이를 사랑하면서도 경멸한다. 알렉세이 또한 폴리나를 사랑하지만 동시에 증오한다. 서로가 비슷하다. 그런 것도 사랑이라고 하는 건지…. 유럽 여행 중

▼ 수슬로바

도스토옙스키와 폴리나 두 사람이 가졌던 감정이 그런 것이 아니었을까 하는 추측을 해본다. 파리에서 도스토옙스키를 기다리던 사이에 다른 남자와 놀아났던 폴리나와 떠난 여행이었으니까. 이해하는 척했던 도스토옙스키도 속으로는 오만 가지 생각이 다 들었을 것이다.

소설 『도박꾼』에서 알렉세이는 폴리나의 지시를 그대로 따르면서도 그녀의 가슴에 날카로운 칼을 서서히 꽂아 넣고 싶다는 이중적인 감정을 보인다.

(폴리나로부터) 룰렛 도박장으로 가라는 지시를 받고 나니 나는 마치 머리를 얻어맞은 기분이었다. 이상한 일이다. 나는 무엇인가를 골똘히 생각하려고 했지만, 어느 틈엔가 폴리나에 대한 내 감정의 느낌들을 분석하느라 정신이 없었던 것이다. 비록 여행 중에는 정신 나간 사람처럼 우수에 잠기고, 가스에 중독된 사람처럼 몸부림치고, 또 꿈에서마저 쉴 새 없이 그녀를 보긴 했지만, 그래도 이곳을 떠나있던 두 주일 동안 나는 오늘 하루보다, 그러니까 이곳에 돌아온 후의 하루 동안보다 더 마음 편하게 지냈던 것이 사실이다. (…) 이제 나는 다시 한번 스스로에게 물어보았다. 내가 그녀를 사랑하고 있는 것일까? 그러나 역시 대답을 하지 못했다. 아니 차라리 그녀를 미워한다고 대답하는 편이 낫겠다. 그렇다. 난 그녀가 혐오스러웠다. 그녀를 목졸라 죽이기 위해 반생(半生)을 바칠 생각을 한 적도 있었다! 그녀와 얘기를 끝낼 때만 되면 언제나 그랬다. 맹세컨대, 만일 그녀 가슴에 날카로운 칼을 서서히 꽂아 넣을 수만 있다면, 나는 아마도 기쁜 마음으로 그 칼을 손에 움켜쥘 것이다. 그런데 웬일인지, 성스러운 모든 것을 걸고 맹세하건대,

만일 그녀가 슐란겐베르크의 유명한 봉우리에서 정말로 내게 〈밑으로 떨어져요〉라고 말했다면 나는 당장에 몸을 던졌을 것이다. 나는 그걸 알고 있었다. 어떤 식이라도 상관없지만 그 문제는 꼭 해결되어야만 했다. 그녀도 이 모든 사정을 놀라우리만큼 잘 알고 있었다. 그리고 확신하건대, 결코 내가 그녀를 차지할 수 없다는 사실과 내 공상들을 절대 실현시킬 수 없다는 사실을 내 자신이 아주 확실하고 분명하게 깨닫고 있다는 생각, 바로 그 생각이 그녀에게 대단한 쾌감을 가져다 주는 것이다. 그렇지 않고서야 신중하고 영리한 그녀가 그렇게 솔직하고 허물없이 나를 대할 수 있겠는가? 지금까지 그녀는 자신이 마치 고대의 여왕이라도 되는 것처럼 나를 보아 온 것 같다. 여왕은 자신의 노예를 사람으로 보지 않았기 때문에 내가 보는 앞에서 옷을 벗어 젖혔다. 그렇다. 그녀는 몇 번씩이나 나를 사람으로 취급하지 않았던 것이다……. (『노름꾼』, 도스토옙스키, 이재필 옮김, 열린책들, 2014.)

『도박꾼』을 쓴 2년 후인 1868년 도스토옙스키가 두 번째 부인 안나 그리고리예브나와 유럽 체류 중에 쓴 『백치』에서는 뛰어난 미모에 종잡을 수 없이 변덕스러운 성격의 나스타시야 필리포브나가 여주인공으로 등장하는데, 나스타시야의 모델 또한 수슬로바라는 데는 도스토옙스키 분석가들 사이에 별 이의가 없다.

『백치』의 나스타시야 - "저런 미모는 힘이야"

백치에서는 나스타시야의 미모에 대한 묘사가 거듭 나온다.

"이분이 나스타시야 필리포브나인가요?" 그(미쉬낀 공작)는 사진을 호기심에 차서 유심히 바라보며 말했다. "놀랄 만한 미인이군요!" 그는 격앙된 목소리로 덧붙였다. 사진 속에는 정말로 보기 드문 미인의 모습이 들어 있었다. 그녀는 극히 소박하고 우아한 패션의 실크 드레스를 입고 있었다. 짙은 아맛빛으로 보이는 머리는 집 안에 있을 때처럼 수수하게 빗겨져 있고, 두 눈은 깊고 까맸으며, 이마는 사색에 잠겨 있는 듯했다. 열정적인 얼굴 표정은 오만해 보이기까지 했다. 얼굴은 여윈 편이었으며 창백한 기가 있었다……. (『백치』, 53쪽, 김근식 옮김, 열린책들, 2016.)

"이 여자가 마음에 듭니까, (미쉬낀) 공작?" 그(가브릴라, 예판친 장군의 비서)는 불쑥 이런 질문을 하며 공작을 뚫어지게 쳐다보았다. 이 말 속에는 심상치 않은 의도가 숨어있는 것 같았다.

"기가 막힌 미모군요!" 공작이 대답했다. "이 여자의 운명이 평탄하지는 않을 거라는 생각이 드는군요. 얼굴은 명랑한데, 매우 고생을 했던 것 같지 않아요? 두 눈이 그렇게 말해 주고 있어요. 여기 눈 아래의 뺨에 있는 광대뼈만 보아도 그래요. 자존심이 강해 보이는 얼굴이에요. 아주 자존심이 강해 보여요. 선한 여자인지 아닌지는 모르겠어요. 선하기만 하다면 얼마나 좋겠어요. 그렇다면 모든 게 잘될 텐데요!" (『백치』, 61~62쪽)

보기 드문 미모와 다른 무엇으로 인해 그녀의 얼굴은 한층 더 강한 힘으로 그를 놀라게 했다. 그 얼굴에는 거만한 기품과 거의 증오에 가까운 경멸의 빛이 서려 있는 동시에, 남을 쉽게 믿을 듯한, 놀랄 정도의 순박한 무언가가 배어 있었다. 이 대조적인 모습은 보는 사람으로 하여금 연민의 정까지 불러일으키게 했다. 그 현란한 아름다움은 참을 수 없을 정도였다. 창백한 얼굴, 푹 파인 듯한 두 뺨, 불타는 눈동자에서 우러나오는 아름다움은 특별한 아름다움이었다. 공작은 1분 동안 그녀의 얼굴을 들여다보다가 갑자기 정신이 드는 듯 주위를 둘러보고는 사진을 황급히 입술에 대고 키스했다. (『백치』, 128쪽.)

▲ 수슬로바

"저런 미모는 힘이야!" (예판친 장군의 딸)아젤라이다가 열띤 소리로 말했다. "저런 미모라면 이 세상을 전복시킬 수 있어!" (『백치』,130쪽)

동양식으로 말하면 경국지색(傾國之色: 군주가 혹하여 나라가 기울어져도 모를 정도의 미인이라는 뜻)이란 얘기다.

소설 속의 나스타시야는 인물은 빼어나지만, '지독하게 신경질을 잘 내고, 의심을 잘 하는 데다 자존심이 강한' 여자다. 그 무엇에도 구애받지 않고, 그 무엇도 존중하지 않는 성미다. 불같은 성격의 소유자로 나온다.

"그저 계집한테는 그냥 채찍밖에 없어요. 안 그러면 그런 인간은 다스릴 방법이 없다고요!"그(예브게니의 친구인 장교)는 거의 큰 소리로 말했다. (그는 전부터 예브게니의 심복이었던 것 같았다.)

나스타시야는 일순간 그에게로 몸을 돌렸다. 그녀의 눈에서 불꽃이 튀었다. 그녀는 두 발자국가량 떨어져 있는, 전혀 생면부지의 젊은이에게 달려갔다. 그는 손에 가늘게 땋은 채찍을 쥐고 있었다. 나스타시야는 그의 손에서 그 채찍을 낚아채어 그녀를 모욕한 자의 얼굴을 힘껏 내리쳤다. 이 모든 것이 한순간에 벌어졌다." (『백치』, 540~541쪽.)

성격이야 어떻든 미모의 여성에게 뭇 남성들이 추파를 던지는 것은 동서고금을 막론하고 마찬가지다. 소설 속의 남성 군상들은 모두가 돈을 미끼로 그녀를 유혹한다. 나스타시야에게 오랫동안 집착해 온 젊은 상인 로고진은 마침내 나스타시야에게 결혼 조건으로 거액인 10만 루블을 제시한다.

처음에는 1만 8천 루블로 흥정을 시작했다. 그 뒤 4만 루블로 올렸다가 최종 10만 루블까지 간 것이다.

측은지심이 흑심(黑心)으로

소설 속 나스타시야의 운명: 나스타시야는 소지주의 딸로 7살 때 세습 영지에 난 화재로 어머니를 잃은 데 이어 곧바로 아버지마저 병으로 여의면서 고아가 된다. 부모가 남겨 놓은 재산도 없었고 돌보아 줄 사람도 없었다. 그러던 차에 이웃에 살던 토츠키라는 대지주가 측은한 마음에 나스타시야를 자신의 집사에게 그의 자녀들과 함께 양육하도록 한다.

그런데 몇 년 후 나스타시야가 눈에 띄게 예쁘고 총명하게 성장한 것을 보고는 생각이 달라진다. 여자 가정교사를 붙여 교육을 시킨 다음 나스타시야를 멀리 떨어진 한적한 다른 영지로 옮겨 놓고 일 년에 몇 개월씩 머물렀다. 나스타시야를 정부(情婦)로 만든 것이다.

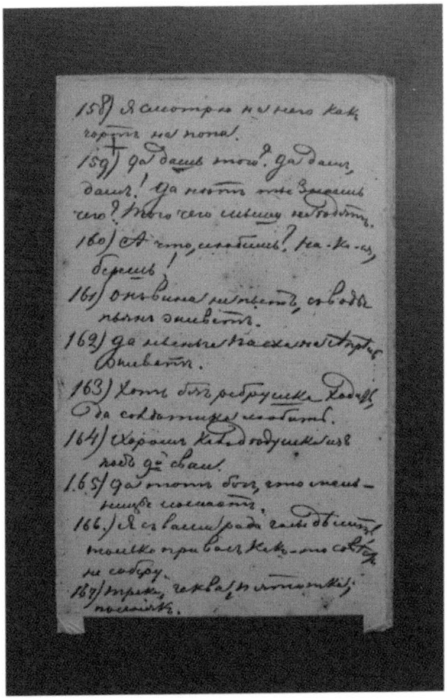

▲ 도스토옙스키의 유형 시절 친필 메모 (옴스크 박물관)

그러던 중 토츠키가 부유한 상류층의 미인과 결혼한다는 소문이 나돈다. 나스타시야는 느닷없이 시골에서 홀로 페테르부르크로 토츠키를 찾아 간다.

그녀는 자신이 그를 찾아 온 것은 지금의 혼사를 훼방 놓기 위해서라고 선언한다. 나스타시야는 맨 처음 토츠키를 봤을 때부터 그에 대해 심한 경멸과 구역질 날 만큼의 혐오 이외에는 아무런 감정도 가슴속에 품어 본 적이 없다고 밝힌다. 토츠키는 나스타시야의 예상치 않던 방문과 돌변한 모습에 소스라치게 놀란다.

약간 겁쟁이였던 토츠키는 나스타시야를 금전적으로 회유하는 것은 불가능하다고 보고 의중에만 있던 결혼을 포기한다. 그러고는 방향을

180도 바꿔 나스타시야를 페테르부르크로 이주시켜 아예 상류사회로 진입시킨다. 뭔가 이용 가치가 있을 것이란 생각에서였다. 토츠키는 자신이 나스타시야에게 청혼할 생각도 했으나 그녀가 청혼을 받아들이지 않을 것으로 생각하고 단념한다.

그러고는 나스타시야를 예판친 장군의 비서인 젊은 가브릴라(가냐)와 결혼하도록 주선해 그녀와의 관계에서 벗어나고 싶어한다. 그래서 나스타시야에게 가브릴라와 결혼할 경우 7만 5천 루블을 주겠다고 제안한다. 이에 대해 나스타시야는 자신의 영명축일(러시아 정교회에서 세례명을 받은 날) 파티 때 그에 대한 답을 주겠다고 대답한다. 그동안 예판친 장군도 나스타시야에게 흑심을 품고 그녀에게 줄 값비싼 진주목걸이를 부인 몰래 영명축일의 선물로 준비한다. 오랫동안 그녀에게 열렬하게 구애해온 청 년 갑부 로고진도 거금 10만 루블을 들고 이 파티에 온다.

벽난로의 불속에 던져진 돈다발

마침내 그날이 왔다. 나스타시야가 영명축일에 오랫동안 자신에게 열렬하게 구애를 해 온 청년 갑부 로고진이 신문지에 싸서 들고 온 거금 10만 루블을 벽난로의 불속에 던져 넣는 장면은 『백치』의 하이라이트다.

손님들은 대부분 나스타시야에게 유혹의 눈길을 보내온 남자들이다. 돈 또는 진주목걸이 등을 그녀에게 미끼로 던졌던 사람들인 것이다. 나스타시야는 이들 앞에서 그 같은 기상천외한 일을 벌인다. 그러고는 구혼자 중 한 사람이며 토츠키가 결혼을 주선하고 있는 가브릴라에게 "당신의 마

▼ 나스타시야가 돈뭉치를 벽난로에 던져넣고 가브릴라에게 들어가서 꺼내라고 이야기하는 장면의 벽화 일부 (모스크바 도스토옙스키 지하철역 플랫폼)

음을 보고 싶다"며 "벽난로 속에 들어가 돈을 꺼내 가지라"고 말한다.

좋아요. 그럼 가브릴라, 잘 들어봐요. 마지막으로 당신의 마음을 시험해 보고 싶군요. 당신은 3개월 내내 나를 괴롭혀 왔어요. 이제 내 차례에요. 이 보따리가 보이지요? 여기에 10만 루블이 들어있어요! 내가 이걸 모든 사람들이 보는 데서 지금 벽난로의 불구덩이 속으로 던져버리겠어요. 모두가 증인이에요! 이 돈 보따리가 화염에 싸이는 순간 벽난로 속으로 기어들어가는 거예요. 그러나 장갑을 끼면 안 돼요. 맨손이어야 해요. 소매를 걷고 불속에서 돈뭉치를 끄집어내는 거예요! 손가락에 화상을 좀 입는 대신 10만 루블을 얻을 수 있는 기회니 잘 생각해 봐요!"(『백치』, 269쪽)

"모두들 물러나세요! 가브릴라, 뭘 그렇게 서 있는 거예요? 창피해하지 말고, 기어 들어가요! 당신의 행복이 저기 있어요."

(…)

"이봐요, 돈이 다 타버려요. 모두 당신을 비웃을 거예요." 나스타시야가 그에게 소리쳤다. "나중에 억울해서 목매달아 죽겠죠. 난 농담하는 게 아니에요."

사위어 가는 두 개의 장작개비 사이에서 피어 올랐던 불꽃이 나스타시야가 던진 돈다발에 눌려 맨 처음에는 꺼져 가는 듯했다. 그러나 아래쪽에 깔린 장작개비 한 귀퉁이에서 파란 불길이 조그맣게 불거져 나오기 시작했다. 그러다 마침내는 가늘고 긴 불길이 돈다발을 핥으며 찰싹 달라붙더니 종이 다발의 네 귀퉁이 위로 확 퍼져서 갑자기 벽난로 속을 환하게 밝혔다, 불길이 위쪽을 향해 넘실거렸다. 모두들 안타까워 어쩔 줄 모르는 신음을 내뱉었다. (『백치』, 271~272쪽)

불길을 바라보던 가브릴라는 끝내 자존심을 지키다가 기절하고 만다. 소설 속에서 가브릴라는 돈에 대해서는 지극히 치사하고 비굴한 인물로 그려져있다. 그럼에도 그는 고문을 참아내듯 벽난로 속으로 기어들어가지는 않았던 것이다. 그처럼 자존심을 지킨 데 대한 보상으로 나스타시야는 부젓가락으로 벽난로 속의 돈을 꺼내 그에게 준다. 돈은 신문지로 둘둘 싸인 채 던져져 다행히도 천 루블 정도밖에는 타지 않았다.

나스타시야는 이날 돈을 들고 온 로고진의 청혼을 받아들이기로 하지만 약속을 지키지 않고 도망다니다가 점잖은 미쉬낀 공작과 결혼하기로 한다. 미쉬낀 공작은 지나치게 순박하여 백치로 불렸지만, 실은 유로지비(*백치성자[白癡聖者]: 러시아인 가운데 있다는, 어리석은 것처럼 보이나 강자의 지혜를 꺾는 단순한 사람. 백치이면서 예언능력을 가지고 있는 것으로 믿어졌다.)로 여겨지기도 한다.

미쉬낀 공작은 불행한 운명의 나스타시야에게 연민과 사랑을 느끼며 정신적으로 불행한 그녀를 자신이 결혼을 통해 구해내야 한다고 생각해 그녀에게 청혼했고 나스타시야도 이를 받아들였다.

그러나 막상 미쉬낀 공작과의 결혼식 날, 나스타시야는 결혼식장인 교회당 앞에서 자신을 죽자사자 쫓아다니며 결혼을 강요하던 10만 루블의 제공자 로고진을 발견하고는 별안간 태도를 바꿔 웨딩드레스를 입은 채로 그와 함께 달아난다. (미쉬낀 공작이 말하는 사랑은 연민일 뿐 진정한 사랑이 아니라고 갑자기 깨달았다면서…) 영화에서는 간혹 보는 장면이지만, 결혼식장에서 줄행랑을 친 신부 이야기가 한 세기 반 전 그 당시 러시아에서도 더러 있었던 일인지, 아니면 도스토옙스키가 창작해 낸 것인지는 잘 모르겠다. 그러나 로고진을 따라 갔던 그녀는 결국 로고진의 집에서 그에 의해 살해당하고 만다. 잠든 사이에 칼에 찔려 조용히….

로고진은 그를 찾아 온 미쉬낀 공작에게 그가 나스타시야를 살해했

▲ 상트페테르부르크 거리

음을 고백하며 "난 누구에게도 저 여자를 내주기 않기로 결심했네"라고 말한다. 로고진은 공작에게 살해 장면을 이렇게 설명한다.

"오늘 새벽 잠가 놓은 서랍에서 칼을 꺼냈지. 사건이 새벽 3시에서 4시 사이에 벌어졌으니까. 칼은 책갈피 속에 끼워져 있었고 …… 그런데 신기하게도 칼이 왼쪽 젖가슴 아래로 7센티미터 …… 아니 9센티미터 가량이나 들어갔는데도 피는 기껏 반 숟가락 정도만 옷으로 흘러내린 거야. 그 이상 흐르지 않았다고 …… "

작가가 앞서 『도박꾼』에서 폴리나에게 꽂아 넣고 싶어 했던 칼이 마침내 나스타시야에게 꽂힌 것 같이 보인다. 폴리나와 나스타시야 둘 다 도스토옙스키가 만들어 낸 수슬로바의 분신이다. 도스토옙스키가 애증의 대상이었던 수슬로바에게 가졌을 것 같은 감정의 일단이 소설을 통해 느껴진다.

소설 『백치』는 엽기적 사랑의 비참한 종말을 보여준다. 더구나 연적이었던 두 남자가 그 여성의 시체 곁에서 함께 밤을 지새우는 장면은 아무리 소설이라 할지라도 상상하기 어려운 대목이다. 살인자 로고진은 뇌염을 앓았다는 정상이 참작되어 15년의 시베리아 유형에 처해진다.

미모를 무기로 남자를 자기 손아귀에 넣어 쥐고 흔들려는 여주인공은 도스토옙스키 소설 속에 자주 등장한다. 1871년에 낸 『영원한 남편』에서도 주인공은 남성편력이 심했던 여주인공에 대해 이렇게 술회한다.

> 그 여인에게는 무엇인가 아주 특별한 것, 남자를 끌어당겨 노예로 만들고 그 위에 군림하는 천부적인 재능이 있었던 것이 아닐까?

순탄치 않았던 수슬로바의 인생

수슬로바는 당시로서는 비교적 오래 살았으나 인생은 순탄치 않았다. 마흔 살 때 16살이나 연하인 로자노프(*결혼 당시엔 기자였으며 후일 도스토옙스키 작품의 유명한 비평가가 된다.)와 결혼했으나 젊은 유태인 청년 골도프스키와 사랑에 빠져 6년 만에 그를 걷어찼다. 그녀는 돌아오라는 로자노프의 말에 “당신 같은 처지에 놓인 사람이 수천 명이지만 당신처럼 짖어대지는 않아요. 사람은 개가 아니잖아요?”라고 대답했다고 콘스탄틴 모츨스키는 그의 책 『도스토옙스키』에 썼다. 이 책에는 로자노프가 쓴 수슬

▼ 사람들과 노는 마못. 인도 북부 히말라야 라다크 지역에서 촬영(2014.8.)

로바에 대한 기록도 함께 실려있다. 그는 수슬로바의 이름도 제대로 부르기 싫어 시베리아와 중앙아시아에 주로 사는 설치류과 동물인 마못의 암컷인 '수슬리하'라고 부르고 있다. 증오심의 반증이다.

내가 맨 먼저 수슬리하를 만난 것은 나의 학생 A. M. 세글로바의 집에서였다…… 칼라와 소맷부리가 없는 검은 의상에(오빠의 장례식 때문에), 젊었을 적에(눈부시게) 아름다웠을 듯한 그녀는 '러시아 정통주의자'였다. 능숙한 교태의 눈짓 한 번으로 그녀는 자신이 '나'를 사로잡았다는 사실을 깨달았다. 그녀는 냉담하고 차분하게 말했다. 한마디로 말해서 완전히…… '메디치가(家)의 캐더린'(*1519~1589, 이탈리아 메디치가 출신으로 프랑스의 왕비가 된 여인. 오랫동안 섭정을 했으며 정적들을 독살했다는 의혹을 받았다)이었다. 실제로 그녀는 메디치가의 캐더린을

닮았다. 그녀는 정말이지 대수롭지 않게 범죄를 저지를 수 있는 여자다. 또한 대수롭지 않게 사람을 죽일 수도 있었을 거다. 성 바르톨로메오의 밤에 집념에 불타올라 창문에서 위그노 교도들을 향해 신나게 총을 쏠 수 있는 사람이다. 대체로 말해, 수슬리하는 대단한 미모를 가졌다. 나는 사람들이 그녀에게 완전히 정복당하고 사로잡혀있다는 것을 안다. 나는 그녀와 같은 러시아 여자를 본 적이 없다. 그녀는 정신적 기품에 있어서 완벽한 러시아인이다. 하지만 러시아인이라 한다면 그녀는 러시아 북부에 거주하는 구교도의 이단자, 아니 더 정확히 말해 '자기 몸을 채찍질하는 성모'쯤 될 것이다.

도스토옙스키 연구가인 모츨스키는 도스토옙스키를 일방적으로 편들지 않았다. 수슬로바와 도스토옙스키는 막상막하였다는 판정을 내린다.

"수슬로바는 순진한 사람이 아니었다. 그녀는 싸움과 위험을 한껏 즐겼다. 그녀는 계산적이고 교활한 사랑 싸움을 벌였다. 이 두 연인은 막상막하의 적수였다."

제8부

재혼을 위해 이리 뛰고 저리 뛰다

수슬로바는 도스토옙스키 문학 속 강한 여성의 원형

『도스토옙스키 평전』의 저자 E. H. 카는 도스토옙스키는 충동성이 강하고 어린아이 같고 우스꽝스러운 인물로, 수슬로바는 능수능란한 말괄량이로 표현하고 있다. 그런데 수슬로바에게 말괄량이란 표현은 너무 애교스럽고 너그러운 표현 같다. 어린 시절에는 그런 표현이 가능할지 모르지만…. 아무튼 수슬로바는 도스토옙스키 소설 속의 강한 여성의 원형이 되었으니 도스토옙스키의 문학에 상당한 기여를 한 셈이다.

▼ 옴스크 도스토옙스키 박물관의 도스토옙스키 사진(파노프 작)

도스토옙스키 연구가 모츨스키에 따르면 수슬로바는 1839년 농노의 딸로 태어났다. 농노해방령이 내려진 1861년, 그녀는 22세였다. 수슬로바는 당시 사회적 변화에 관심이 많았던 전형적인 60년대(1860년대) 신여성이었다.(*당시 러시아에서는 그러한 신여성을 60년대 여성이라고 불렀다.) 수슬로바는 많은 책을 읽었고 여성해방을 옹호했다. 단편 소설도 여러 편 썼다. 그래서 그녀는 단편작가로 불린다.

고바야시 히데오의 『도스토옙스키의 생활』을 보면, 수슬로바에 대한 도스토옙스키의 딸 류보피의 이런 기록도 있다.

에메(류보피)에 따르면, 폴리나는 지방의 부자 친척한테 학비를 받아 쓰며, 페테르부르크에서 제멋대로 생활하고 있었다. 대학에 적을 두고 있으나, 수업을 듣지도 않았고 시험을 친 적도 없었다. 그러나 대학에는 늘 와서 학생들과 시시덕거리거나, 다른 학생들 집에 찾아가서 일을 방해하거나, 학생을 선동하여 소동을 일으키거나, 항의문에 서명을 하게 하거나 했다. 정치적인 시위운동 등이 있을 때에는, 언제나 행렬의 선두에 서서 붉은 깃발을 세우고 마르세이유의 노래(La Marseillaise 프랑스 국가)를 크게 불렀고, 코사크 병사에게 욕을 하다가 싸우거나, 헌병을 조롱하다가 얻어 맞거나 유치장에서 밤을 지냈을 때에는 〈혐오스런 짜리즘(제정 러시아)〉의 빛나는 희생자로서, 학생들로부터 헹가래를 받기도 하였다. 무도회와 문학집회라면 어느 곳이든 얼굴을 비추고, 학생들과 함께 춤을 추거나 박수를 치곤 했다.

▲ 영화 〈카라마조프 형제들〉의 한 장면. 남녀 주인공 드미트리(율 브린너)와 그루센카(마리야 쉘) 1958년 작

도스토옙스키와 수슬로바는 1863년 유럽 여행 후 모두 떨떠름한 기분으로 헤어졌으나 서로에 대해 약간의 미련은 갖고 있었다.

도스토옙스키가 안나와 재혼한 후에도 수슬로바는 도스토옙스키에게 편지를 보냈다. 안나는 이 편지를 보고 비로소 자기가 속기를 했던 『도박꾼』 속의 여주인공 폴리나와 같은 이름의 여인이 실재함을 알게 되었다.

1863년 10월 말 수슬로바와의 유럽 여행에서 돌아온 도스토옙스키는 요양차 블라지미르에 가있던 마리야를 모스크바로 옮기고 이듬해인 1864년 4월 마리야가 숨을 거둘 때까지 그녀의 곁을 지킨다. 마음속에 죄책감도 있었을 것이다.

첫 부인과 사별 후 만난 두 명의 여인

마리야와 형 미하일이 잇달아 죽은 1864년은 도스토옙스키에게 매우 힘든 한 해였다. 도스토옙스키는 1864년 후반부터 다음 해 초에 걸쳐 두 사람의 여성을 상대로 재혼을 시도하지만 실패한다. 두 여성의 이름은 안나 바실리예브나 고르빈-크루코프스카야와 마르타 브라운이다. 그 중 안나 고르빈-크루코프스카야는 두 번째 부인이 된 안나 그리고리예브나의 회고록에도 자세히 기록될 만큼 도스토옙스키와 우정의 관계를 오래 유지한 특이한 케이스다.

안나 고르빈-크루코프스카야는 도스토옙스키가 운영하던 〈세기〉 잡지에 원고를 보냈던 문학소녀였다. 단편소설이었다고 하는데 이 원고가 채택되고 원고료가 그녀의 집으로 배달되면서 부모가 이를 딸의 탈선으로 오해해 한동안 난리가 났었다고 한다. 얼마 후 이해가 되었지만…. 아무튼 그러한 인연으로 도스토옙스키는 안나 고르빈-크루코프스카야를 알게 되었고 청혼까지 하기에 이른다.

안나 고르빈-크루코프스카야

도스토옙스키의 두 번째 부인 안나 그리고리예브나(*혼동을 피하기 위해 안나 그리고리예브나를 이 챕터에서는 이후 '안나 부인'으로 부른다)는 그녀의 회상기 『도스토옙스키와 함께한 나날들』에 수슬로바의 이름은 한 번도 직접 거명하지 않았다. 도스토옙스키가 폴리나에 대해 어떻게 설명했는지는 알 수 없지만, 안나 부인은 폴리나에 대해 좋은 감정을 갖고 있지 않았다. 그에 비하면 안나 고르빈-크루코프스카야에 대해서는 비교적 호의적인 생각을 갖고 있었던 것 같다. 그녀의 회상기 속에 몇 차례 언급하고 있다.

▲ 도스토옙스키가 재혼 상대로 생각했던 안나 고르빈-크루코프스카야

도스토옙스키는 안나 고르빈-크루코프스카야에 대해 안나 부인이 속기사로 자기 집에 드나들 때부터 자세히 이야기를 해주었다.

안나 부인은 회상기에서 "언젠가 표도르 미하일로비치(도스토옙스키)는 안나 바실리예브나 고르빈-크루코프스카야에게 청혼했던 이야기를 상세히 해주었다. 이 똑똑하고 착한, 재주 많은 아가씨의 승낙을 얻고 얼마나 기뻤던지, 하지만 상반된 신념 때문에 그들이 함께하는 행복이란 불가능하다는 것을 인식한 후 그녀와의 약혼을 파기했을 때는 얼마나 우울했던지를 그는 내게 다 말해 주었다"라고 썼다.

도스토옙스키가 그녀와 실제로 약혼을 했다거나 신념의 차이로 약혼을 파기했다는 증거는 없는 것으로 알려져 있다. 훗날 러시아의 저명한 수학자가 된 그녀의 여동생 소피야 코발레프스카야는 "도스토옙스키가 언니에게 청혼했지만 거절당했다"는 기록을 남겼다고 한다. 그리고 도스토옙스키를 사랑한 것은 당시 14세였던 자신이었다고 밝혔다.

도스토옙스키 부부와 오랫동안 우정 유지

안나 부인은 도스토옙스키와 결혼한 지 6년 후에 안나 고르빈-크루코프스카야를 대면하게 되었다. 두 사람은 이후 친하게 지냈다. 안나 부인은 안나 고르빈-크루코프스카야가 탁월한 지성과 착한 심성, 높은 도덕성의 소유자라고 한 도스토옙스키의 말은 정당했다고 회고록에 적었다. 도스토옙스키가 그녀에게 고르빈-크루코프스카야 이야기를 하면서, 다음과 같이 말했기 때문이다.

안나 바실리예브나는 살면서 내가 만난 훌륭한 여성들 중 하나지. 그녀는 굉장히 똑똑하고 훌륭한 심성을 지녔고, 높은 도덕성을 갖춘 아가씨였지. 하지만 그녀의 신념은 나와는 정반대였고, 그녀는 그것을 버릴 수가 없었소. 게다가 지나치게 직선적이었거든. 이 때문에 우리의 결혼은 도저히 행복할 수가 없었던 거요. 나는 그녀에게 했던 약속을 거두었고, 그녀가 사상이 같은 사람을 만나 행복하게 살기를 바랐소! (『도스토옙스키와 함께한 나날들』, 최호정 옮김, 그린비, 2003.)

안나 부인은, 두 사람이 결혼을 했다면 결코 행복할 수 없었으리라는 도스토옙스키의 믿음 또한 정당한 것이었다고 말했다.

안나 부인은 회상기에서 "안나 고르빈-크루코프스카야에게는 양보라는 것이 없었다. 한데 좋은 부부관계에서, 특히 표도르 미하일로비치처럼 지병으로 인해 병약하고 쉽게 흥분하는 사람과의 결혼생활에서는 더욱 필요한 것이 양보다. 게다가 당시 그녀는 정치 투쟁에 너무도 몰입해 있어서 가족에게 많은 관심을 나눠주기가 어려웠다. 해가 지나면서 그녀도 변해갔다. 그래서 나는 훌륭한 아내이자 상냥한 어머니였던 그녀를 기억한다."라고 썼다.

▲ 안나 고르빈-크루코프스카야의 다른 사진

그러나 고르빈-크루코프스카야의 운명은 비참하게 마감되었다고 안나 부인은 말했다. 안나 고르빈-크루코프스카야는 도스토옙스키와 헤어진 후 바로 해외로 떠났고 그곳에서 자신과 같은 정치적 신념을 가진 프랑스인 자끌라르를 만났다. 자끌라르는 파리 코뮌(*1871년 프랑스 파리에 민중들이 처음 세운 사회주의 자치정부) 시기에 체포되어 사형선고를 받고 수감됐다가 장인의 도움으로 도주하여 가족들과 상트페테르부르크에 살았으나 상속받은 많은 돈을 어딘가에 투자했다가 날리면서 파산 상태가 되었다. 고르빈-크루코프스카야는 이에 충격을 받아 앓아눕게 되었고, 귀국 허가를 받게된 자끌라르가 그녀를 파리로 데려갔으나 파리에서 1887년 세상을 떠났다.

이것이 도스토옙스키의 두 번째 애인 안나 고르빈-크루코프스카야에 대한 이야기다. 안나 고르빈-크루코프스카야 역시 도스토옙스키 소설 『백치』에 등장하는 예판친 장군의 딸 아글라야의 원형으로 분석된다. 소설 속에서 아글라야는 나스타시야 못지않은 미모에 자존심이 강하고 성격이 급한 여성으로 등장한다.

환상적 방랑자 마르타 브라운

세 번째로 등장하는 마르타 브라운에 대해서는 알려진 것이 많지 않은데 E. H. 카가 쓴 『도스토옙스키 평전』에서 비교적 많이 다루고 있다.

마르타 브라운과의 엇갈린 애정도 안나 고르빈-크루코프스카야와 교제하기 시작하던 비슷한 시기인 1864년 말부터 1865년 초의 일로 알려져 있다. 첫 부인 마리야가 죽고 나서 대략 반년이 조금 더 지났을 때다.

마르타 브라운은 여성으로서는 보기 드문 환상적 방랑자였던 것 같다. 그녀는 "인생이란 추억을 만들기 위한 것이라고 나는 항상 믿어왔다."라고 뒷날 술회했다고 E. H. 카는 기록해 놓았다. 그녀는 무일푼에 단신으로 말도 잘 안 통하는 유럽 여러 나라를 여행했다. 오스트리아, 프러시아, 이탈리아, 스페인, 프랑스, 벨기에 등을 그때 그때 보호자를 바꿔가며 방랑했다. 어떤 때는 헝가리인, 어떤 때는 영국인이나 프랑스인이 동반자였다. 때로는 도보로 때로는 말을 타고 여행했다.

그녀는 프랑스의 파리에서 한 프랑스 남자의 도움으로 벨기에로 갔다. 후일 도스토옙스키에게 보낸 편지에서 '바보 중의 바보'라고 표현한 사람이다. 그러나 벨기에에서 추방되어 네덜란드로 갔다. 여기서도 머무를 수 없게 되자 그녀는 혼자 영국으로 건너간다. 역시 무일푼 상태였고 당시엔 영어를 한마디도 못했다.

마르타 브라운은 영국에서는 템즈 강변의 아름다운 거리인 임뱅크먼트에서 잠을 잤고, 자살을 기도하다가 이틀간 감옥에 들어간 일도 있다. 그녀는 화폐 위조범들과 만나 잘못된 길로 갔다가 한 인정 많은 프로테스탄트 목사의 소개로 미국 볼티모어 출신의 뱃사람하고 결혼을 하게 되었다. 브라운이란 이름은 그 남자로부터 얻은 것이었다고 한다. 그녀는 영국에서 4년간 살았다. 그러다 어떤 사건 때문에 터키로 도망치던 중 비엔나에서 검거되었다가 1862년 말 페테르부르크로 돌아왔다. 도무지 이해할 수 없는 과거를 가진 여인이었다.

러시아로 돌아온 후에는 고르스키라는 술주정꾼 언론인의 정부가 되었다. 고르스키는 도스토옙스키와도 알고 지내는 사이였다.

마르타 브라운에게도 청혼

마르타 브라운은 1864년 말 고르스키의 소개로 도스토옙스키의 새로운 잡지 〈세기〉의 영어 번역자로 취직했다. 도스토옙스키와 마르타 브라운과의 관계는 그녀가 병이 나서 도스토옙스키가 문병을 가면서부터 시작됐다. 도스토옙스키는 그녀에게도 청혼했던 것이 확실하다고 E. H. 카는 말하고 있는데, 도스토옙스키에 대한 그녀의 감정은 주로 감사의 마음이었다고 분석한다. 두 사람은 이후 편지를 주고 받았다. 도스토옙스키가 쓴 편지는 남아있지 않고 마르타 브라운이 1865년 1월 하순 도스토옙스키에게 보낸 편지는 다음과 같이 전해진다.

내가 육체적으로 당신을 만족시켰는지, 우리들의 우정을 지속시킬 만큼 정신적인 조화가 우리들 사이에 이뤄졌는지, 그것은 어찌 되었든 비록 짧은 순간 짧은 시간이었지만 나를 당신의 우정과 사랑에 가치 있는 여자로 생각해 준 데 대해서 나는 항상 감사할 것을 의심치 않습니다.

흔쾌하게 당신과 하나가 되려고 마음먹은 적이 있었음은 확실합니다. 나의 이기적인 정열에 대해 용서를 빕니다. 그러나 러시아로 돌아온 뒤의 비참했던 2년간, 그렇게나 슬프고 혐오스럽고 절망밖에 없었던 내 마음속에서 그렇게나 초연하고 관용스럽고 상식과 훌륭함을 지닌 사람을 만났다는 것은 기쁘고 행복한 일이었습니다. 내게 대한 당신의 감정이 길거나 짧은 기간으로 계속되든 어쨌든 간에 그것은 지금의 내게 있어서는 전혀 관심 밖의 일입니다. 그렇지만 진실로 내게 어떠한 물질적 이익보다도 훨씬 높게 생각되는 것은, 당신이 나라는 인간의 타락한 일면을 멀리하지 않았고 나 자신이 생각하는 것보다도 훨씬 높은 평가를 당신이 내게 내려 준 것입니다. (『도스토옙스키 평전』, E. H. 카, 김병익·권영빈 옮김, 열린책들, 2011.)

마르타 브라운은 자기에게 문병을 오고 돈까지 준 도스토옙스키를 고맙게 생각했다. 그녀는 퇴원 후 고르스키를 떠나 한동안 도스토옙스키와 동거하다가 헤어진 것으로 추측된다. 그 이후의 기록은 남아있는 것이 없다.

그가 재혼에 매달린 이유

첫 부인 마리야가 죽고 난 후 안나 고르빈-크루코프스카야와 마르타 브라운을 상대로 한 재혼 시도에서 잇달아 고배를 맛본 후 도스토옙스키는 또다른 재혼 대상으로 유럽에 있는 수슬로바를 떠올리고는 그녀를 찾아가기로 마음먹는다.

그러면 도스토옙스키가 이처럼 재혼에 매달린 이유는 무엇일까? 아마도 첫 부인 마리야와 유일한 의지처였던 형 미하일을 잇달아 잃은 후의 상실감과 외로움이 너무 컸기 때문일 것이다. 시베리아 옴스크에서 혹독한 유형생활을 마친 후 세미팔라틴스크 군 복무 시절 느꼈던 여성에 대한 사랑의 뜨거운 갈망이 다시 세차게 솟아올랐던 것 같다.

▼ 상트페테르부르크 도스토옙스키 박물관 인근의 도스토옙스키 동상

형 미하일은 마리야가 죽고난 지 석 달 후인 1864년 7월, 며칠 시름시름 앓다가 갑자기 죽었다. 전년도에 강제 폐간된 〈시대〉를 〈세기〉로 이름을 바꿔 복간한 뒤 몇 달 지나지 않아서였다. 백방으로 뛰어다녀 제호를 바꿔 겨우 복간을 했는데, 형 미하일이 갑자기 세상을 뜬 것이다.

형까지 죽고 난 후 도스토옙스키가 얼마나 절망했는가는 그 이듬해인 1865년 3월 31일 그가 브란겔 남작에게 보낸 편지에 잘 나타나 있다.

아내의 장례식을 치르고, 나는 서둘러 페테르부르크에 있는 형에게로 갔습니다. 남은 것은 형뿐이었으니까요. 석 달이 지나자 형도 이미 이 세상에 없게 되었습니다. 병상에 누운지 겨우 한 달, 그것도 대단한 병이 아니었습니다. '이건 좀 위험한데'라고 했던 것이 겨우 삼일, 그 삼일의 고비는 너무 갑작스럽게 찾아 왔습니다.

덜컥 혼자가 된 것은 갑작스러운 일이었습니다. 두렵다고 생각하면 참을 수 없이 무서워졌습니다. 삶이 두 쪽으로 나뉘어진 것 같았습니다. 한쪽에는 살아온 과거 전체가, 다른 한쪽에는 죽은 두 사람을 대신할 아무도 없는 미지의 세계로, 말 그대로 나는 살아갈 이유를 잃어버렸습니다. 새로운 관계를 만들 것인가, 새로운 삶을 찾을 것인가, 이런 생각을 하는 것만으로도 나는 공포에 사로잡혔습니다. 매우 소중한 두 사람이었고, 내가 사랑했던 이도 그 두 사람뿐이었습니다. 새로운 사랑은 필시 앞으로 더 이상 생기지 않을 것이라고, 다시 생겨서도 안 된다고, 나는 태어나서 처음으로 간절히 생각했습니다.

형이 죽은 후에도 도스토옙스키는 〈세기〉를 어떻게든 혼자 꾸려가려고 애를 썼다. 그러나 형편은 점점 더 어려워졌다. 〈세기〉는 결국 1865년 4월, 1년여 만에 문을 닫고 말았다. 그런데 그것으로 끝이 아니었다. 형 대신 갚아야 할 빚이 2만 루블이나 되었다.(*이 돈은 그 후 이자가 붙어 도스토옙스키가 유럽에서 돌아왔을 때는 2만 5천 루블로 늘어났다.) 채권자들은 도스토옙스키를 채무자 감옥에 집어 넣겠다고 위협했다. 당장 3천 루블가량이 필요했다.

쪼들리던 도스토옙스키는 그때까지 나온 자신의 모든 작품의 판권을 3천 루블에 사줄 잡지사나 출판사를 찾았으나 선뜻 받아들이는 곳이 없었다. 그러던 차에 스첼로프스키라는 악명 높은 출판 투기꾼이 그에게 다가왔다.

스첼로프스키는 도스토옙스키의 기존의 모든 작품은 물론 이듬해인 1866년 11월 1일까지 전집에 들어갈 새로운 장편 소설을 한 편 더 쓴다는 전제로 도스토옙스키와 3천 루블에 출판권 계약을 했다.

그런데 여기에는 또 다른 추가적인 조건이 있었다. 정해진 기일 내에 새 소설을 쓰지 못할 경우 위약금을 물어야 하며, 한 달 후인 그해 12월 1일까지도 완성 못 하면 이미 나온 작품들과 앞으로 나올 도스토옙스키의 모든 작품에 대해서도 스첼로프스키가 독점 출판권을 갖는다는 것이었다. 자칫 약속을 이행하지 못하면 평생 노예계약이 될 내용이었다. 그러나 찬밥 더운밥 가릴 처지가 아니었던 도스토옙스키는 이 같은 위험한 계약서에 1865년 7월 2일 덜렁 서명을 하고 말았다.

막대한 빚, 형의 유족과 의붓 아들에 대한 생계 책임 등 복잡한 주변 환경으로부터 일시라도 벗어나고 싶었던 도스토옙스키는 다시 유럽행을 계획한다. 단순한 현실 도피만은 아니었다. 미우면서도 그리운 폴리나 수슬로바를 다시 만나 청혼을 해보리라는 야무진 꿈도 가슴에 품고 있었다. 여행의 또 다른 이유를 댄다면 유럽의 날씨가 간질 발작 치료에 도움이 된다는 것과 한판 도박으로 형세를 만회할 수 있는 일확천금을 움켜쥘 수 있었으면 하는 희망도 곁들여있었다.

도스토옙스키는 오랫동안 도박중독자였다. 도박에 대한 도스토옙스키의 생각은 과연 어떤 것이었을까? 수슬로바와 유럽 여행 중이던 1863년 9월 8일, 도박장에서 돈을 다 잃고 그는 형 미하일에게 돈을 좀 부쳐달라고 다음과 같은 편지를 썼다. 자신이 도박을 하는 이유는 '가족 모두를 돕기 위해서'라고 강변하는 내용이다.

애인과 함께 여행을 한다고 마지막 한 푼까지 다 쓸 줄은 몰랐다라고 말했지요. 그런데 형, 나는 비스바덴에서 시스템을 연구해서 그것을 시험해 봤는데, 금세 1만 프랑을 벌은 거예요. 아침이 되어 조금 흥분한 김에 시스템을 벗어났더니, 순식간에 잃어 버렸지요. 저녁에 나는 다시 시스템으로 돌아가서, 그것을 엄수한 덕분에, 점점 승리하기 시작했고, 금세 3천 프랑을 손에 넣었어요. 자, 어떤가요? 이런 경험 뒤에, 맘먹고 시스템에 덤벼들면 분명 기회를 잡을 것이라고 믿는 것이 자연스럽지 않겠어요? 믿을 수밖에 없지 않을까요? 그럼에도 불구하고 나는 돈이 필요해요. 무슨 일이 있어도 필요해요. 나를 위해서도 형을 위해서도 제처를 위해서도 소설을 위해서도. 여기 사람들은 어렵지 않게 룰렛으로 1만 플로린이나 따고 있어요. 나는 형과 모두를 도우려고, 형과 함께 뭐든 마무리하고 싶어서 그런 마음으로 여기에 온 것입니다. 괜찮아요. 제 시스템에는 자신이 있습니다. (『도스토옙스키의 생활』, 고바야시 히데오, 이은선 번역)

도스토옙스키는 스첼로프스키로부터 받은 3천 루블로 급한 빚 등을 갚고 수중에 남은 175루블을 달랑 들고 유럽으로 출발했다. 이 여행에서 기적의 빛을 만나기를 기대하면서….

다시 수슬로바를 만나다

도스토옙스키는 2년 전 1863년 10월 베를린에서 수슬로바와 헤어진 후 그녀를 본 일이 없다. 그러나 편지 왕래는 있었다. 양쪽 모두 여행을 하면서 정나미는 떨어졌어도 미련은 있었던 것 같다.

▼ 도스토예스키가 『죄와 벌』을 쓴 상트페테르부르크의 알론킨 하우스

도스토옙스키는 1865년 8월 10일 비스바덴에 도착했다. 수슬로바도 파리에서 곧 그곳으로 왔다. 며칠 함께 있었다. 도스토옙스키는 8월 15일 도박장에서 갖고 있던 돈을 몽땅 룰렛으로 날려버렸다. 날려버린 돈 속에는 수슬로바의 것도 들어있었던 것 같다.

오도가도 못 하게된 도스토옙스키는 알고 있던 게르첸(1812~1870, 러시아의 사상가 겸 작가)과 투르게네프 등에게 돈을 빌려달라는 부탁편지를 보낸다. 게르첸은 거절하는 답장을 보냈고, 바덴[*1945년까지 존재했던 독일 제국의 한 주(州)]에 있던 투르게네프는 부탁한 1백 탈러(*Thaler: 1872년까지 프로이센 등 유럽에서 널리 통용되던 옛 독일 화폐)의 절반인 50탈러를 송금해 주었다. 그는 이 돈을 수슬로바에게 여비로 주었다. 그녀는 8월 20일쯤 파리로 떠났다.

도스토옙스키는 이때 수슬로바에게 청혼은 못했던 것 같다. 수슬로바의 돈까지 도박으로 몽땅 날렸으니 정작 결혼 이야기는 못 꺼냈을지도 모른다.

수슬로바가 떠나고도 도스토옙스키는 한 달 이상 비스바덴에 홀로 남아 궁핍한 생활을 계속했다. 다음은 그 당시 도스토옙스키가 수슬로바에게 보낸 편지의 일부다.

"당신이 떠나기 무섭게, 그다음 날 이른 아침부터 호텔 측은 나에게 식사와 차, 커피를 가져다 주지 말라는 지시를 내렸다오. 내가 해명을 하러 갔더니 투실투실 살찐 독일인 지배인이 글쎄, 나는 식사를 제공받을 자격이 없으니, 차만을 제공하겠다고 하는 거 아니겠소? 그래서 어제부터 나는 식사는 꿈도 못 꾸고 차만 홀짝이고 있다오. 그들이 가져다주는 차 역시 지긋지긋하다오. 옷가지나 신발도 빨아주지 않는다오. 종을 울려봐도 누구 하나 거들떠보지 않고, 급사들 전부가 독일인 특유의 몹시 고약한 멸시로 나를 대하고 있고, 독일인들에게 돈이 없어서 계산서를 지불하지 못하는 것보다 더 큰 죄는 없다오." (『도스토옙스키2』, 콘스탄틴 모출스키, 김현택 옮김, 책세상 2001.)

도스토옙스키는, "움직이면 식욕을 자극하기 때문에 하루 종일 앉아서 책만 본다"라고 수슬로바에게 보낸 편지에 썼다. 도스토옙스키는 수슬로바에게도 돈을 좀 보내 달라고 했지만 그녀는 아무런 답장도 보내지 않았다. 그녀는 그 무렵 파리에서 다른 남자와 신나게 연애 중이었다. 후에 그녀의 일기에서 밝혀진 것이다.

『죄와 벌』을 쓰기 시작하다

돈이 없어 꼼짝달싹할 수 없었던 도스토옙스키는 잡지사, 친구 등 돈을 빌릴 만한 모든 곳에 편지를 보냈다. 모스크바에서 발행되는 〈러시아 통보〉의 편집자 까뜨꼬프에게는 소설을 제공할 테니 300루블을 선불로 보내달라고 부탁했다. 이때 제공하겠다고 했던 소설이 훗날의 『죄와 벌』이다. 『죄와 벌』은 이처럼 도스토옙스키가 비스바덴에서 최고로 궁핍한 상태에 있을 때 쓰이기 시작했다. 홀로 외롭고 배고픈 상태에서 구상되었다. 당시 몇 푼의 돈을 빌리기 위해 전당포에 드나들면서 전당포 주인에

▲ 도스토옙스키가 『죄와 벌』을 쓴 알론킨 하우스 벽면에 '표도르 미하일로비치 도스토옙스키가 1864~1867년까지 이 집에서 살면서 소설 『죄와 벌』을 썼다'는 표지가 붙어있다

게 수모도 많이 당했을 것이다.

도스토옙스키는 친구 밀류코프와 브란겔 남작에게도 돈을 빌려달라는 편지를 썼다. 애걸했다고 하는 편이 낫겠다.

〈러시아 통보〉의 까뜨꼬프가 의외로 돈을 보내겠다고 알려왔다. 몇 년 전 도스토옙스키가 까뜨꼬프에게 소설을 보내겠다고 약속하고는 보내지 못한 전력이 있기 때문에 큰 기대는 할 수 없었는데, 의외로 답변이 온 것이다. 그런데 <러시아 통보>의 선불 2백 루블은 도스토옙스키가 페테르부르크로 돌아온 후에야 송금이 되어왔다.

이 같은 절망적 상황 속에서도 구원의 손길은 있었다. 비스바덴에 와 있던 러시아 정교회 사제 I. A. 야니셰프였다. 그는 도스토옙스키가 위기

▲『죄와 벌』에 나오는 라스콜리니코프 집 인근의 K다리

를 탈출할 수 있도록 얼마의 돈을 주었다. 여기에다 휴가를 마치고 근무지 코펜하겐으로 돌아온 도스토옙스키의 옛 친구 브란겔 남작도 도스토옙스키의 편지를 보고 돈을 보내주었다. 게다가 페테르부르크로 돌아가는 길에 코펜하겐을 꼭 들러서 가라고 제안했다.

그는 귀국길에 코펜하겐에 들러 브란겔 남작의 집에서 열흘을 보내고 페테르부르크로 두 달 반 만인 10월 15일 돌아왔다. 배삯은 브란겔 남작이 내 주었다.

수슬로바에게도 청혼했으나

수슬로바도 도스토옙스키와 비슷한 시기에 페테르부르크로 돌아왔다. 그녀의 일기에는 1865년 11월 2일 두 사람이 만났다고 기록되어 있다. E. H. 카는 이때 도스토옙스키가 수슬로바에게 청혼을 했다며 『도스토옙스키 평전』에 이렇게 썼다.

도스토옙스키는 처음도 아니지만 그녀에게 구혼을 했다. (…) 수슬로바의 거절은 처음부터 분명한 것이었다. 그는 앞서 인용했던 말을 되풀이해서, 〈당신은 자신을 한 번 내게 바쳤다는 사실 때문에 나를 용서할 수 없을 것이다. 그 때문에 당신은 복수를 하려는 것이다〉라고 말했다. 그들은 이 해석을 둘러싸고 잠시 동안 다투었다. 도리어 그녀는 〈그것이 내게 무슨 문제가 되었어요?〉라고 말하면서 〈나는 그것을 인정하지도 거부하지도 않겠어요. 당신이야 머리가 잘 움직이는 사람이니까 그렇게 생각하도록 하세요〉라고 대답했다.

▼ 수슬로바(1860년대)

(…) 겨울 동안 몇 차례의 만남이 있었다. 다음 해 3월 그녀는 페테르부르크를 떠나 시골로 내려갔다. 아마 이후 두 사람은 다시 만나지 못했을 것이다. 그들은 계속해서 이따금

편지 왕래를 했고 도스토옙스키가 재혼하던 첫해에도 편지를 해서 당연하게도 안나 그리고리에브나의 질투를 사기도 했다. 이후 편지나 또는 다른 정보 자료도 끝나게 된다. (『도스토옙스키 평전』, E. H. 카.)

유럽에서 돌아와 홀로 외롭게 페테르부르크의 또 다른 겨울을 맞으면서 도스토옙스키는 『죄와 벌』 집필을 계속한다.

제9부

위기 상황에서 만난 운명의 처녀 속기사

『죄와벌』을 쓰다가 문득 생각난 계약서

그렇게 해는 바뀌어 1866년이 되었다. 그가 비스바덴에서 쓰기 시작한 『죄와 벌』은 그해 1월부터 〈러시아 통보〉에 실리기 시작했다. 그 뒤로 2월호, 4월호 등에 계속해 실렸다.

이때 러시아 통보에는 톨스토이의 『전쟁과 평화』제1부와 제2부도 실리고 있었다. 『전쟁과 평화』는 후에 붙여진 이름이며 처음의 제목은 『1805년』이었다. 두 작가의 대작이 이렇게 같은 출판물에 실렸으나 두 사

▼ 도스토옙스키의 사진과 그가 쓰던 촛대 (상트페테르부르크 도스토옙스키 박물관)

람이 생전에 직접 대면할 기회는 없었다.

두 사람이 단 한 번 만날 뻔한 일은 있었다. 도스토옙스키가 세상 떠나기 3년 전인 1878년 당대의 유명한 철학자 솔로비요프의 철학 강의장에 두 사람이 함께 참석했으나 얼굴을 서로 몰랐기 때문에 스쳐지나갔다. 두 사람을 잘 아는 스트라호프가 톨스토이를 안내했는데, 톨스토이가 아무에게도 소개하지 말아달라고 당부해 스트라호프는 도스토옙스키를 보고도 애매한 태도로 그냥 지나쳤다. 도스토옙스키는 생전에 톨스토이를 만나지 못한 것을 아쉬워했다. 이에 관한 기록은 두 번째 부인 안나 그리고리예브나가 그녀의 회고록에 남겨놓았다. 뒤에 이야기하겠지만 안나 그리고리예브나는 남편 사후 톨스토이를 직접 만난 일이 있다.

도스토옙스키가 『죄와 벌』 쓰기에 몰두하고 있던 그해 9월 어느 날 문득 스첼로프스키와의 계약서가 생각났다.

스첼로프스키에게 11월 1일까지 보내기로 약속했던 새 소설을 쓸 수 있는 날짜가 한 달여밖에 남지 않았다는 것을 깨닫고는 당황할 수밖에 없었다. 그는 스첼로프스키에게 보낼 소설로 3년 전 수슬로바와 유럽 여행 중 착상했던 『도박꾼』을 생각하고 있었지만 오랫동안 머릿속에서만 있었을 뿐이었다.

원고 마감에 쫓겨 처음 고용한 속기사

당황한 도스토옙스키는 이 문제를 친구들과 의논했다. 밀류코프, 마

▲ 상트페테르부르크 서점의 도스토옙스키 부부 관련 서적(왼쪽이 안나의 회고록)

이코프, 돌고모스찌예프 등 세 친구는 도스토옙스키에게 자신들이 도스토옙스키의 구상에 따라 한 부분씩을 쓰고 이것을 그가 정리해서 마무리하면 어떻겠느냐고 제안했다. 도스토옙스키는 이 제안은 실현 불가능한 것이고 불명예스러운 것이라며 거부했다.

그러자 밀류코프가 다른 방법을 생각해 냈다. 자기가 아는 속기 선생이 있는데, 속기사의 도움을 받아 구술을 해서라도 소설을 기한 내에 완성하는 게 어떻겠느냐고 도스토옙스키를 설득했다. 도스토옙스키는 마지못해 이를 받아들였다.

그래서 1866년 10월 4일 올힌 선생에게 속기를 배우고 있던 20세의 여학생 안나 그리고리예브나 스니트키나가 도스토옙스키의 아파트인 알론킨 하우스를 찾아가게 된다. 이때 도스토옙스키는 45세였다.

도스토옙스키의 열렬한 독자이기도 했던 안나 그리고리예브나는 훗날 그녀의 회고록에서 도스토옙스키를 그의 집에서 처음 만났을 때의 인상을 이렇게 기록했다.

처음 언뜻 보았을 때 도스토옙스키는 아주 늙어 보였다. 하지만 말을 하기 시작하자 금방 젊은 사람처럼 느껴졌다. 그래서 나는 그가 서른 다섯에서 일곱 사이이지 그 이상일 리가 없다고 생각했다. 그는 중간 정도의 키에 몸을 곧추 세우고 있었고, 약간 성긴 곳도 있는 밝은 밤색 머리칼은 포마드를 잔뜩 발라 세심하게 정돈해놓고 있었다. 그럼에도 내가 소스라치게 놀란 것은 그의 눈 때문이었다. 두 눈이 서로 달랐던 것이다. 한쪽 눈은 갈색인데, 다른 쪽은 눈동자가 눈 전체로 확대되어 홍채가 보이지 않았다. 이 이중적인 눈 때문에 도스토옙스키는 어딘지 수수께끼 같은 느낌이 풍겼다. 도스토옙스키의 얼굴은 창백하고 병적이었다. 그 얼굴이 내게는 너무나 친숙하게 느껴졌는데, 아마도 내가 예전에 그의 초상화들을 보았기 때문이었을 것이다.

(…)

도스토옙스키는 책상에 앉았다가 방 안을 왔다 갔다 하면서 담배를 피웠다. 그는 궐련을 자주 끄고 새것으로 갈아 피우곤 했다. 그는 내게도 담배를 권했지만, 나는 거절했다.

"예의상 안 피우시는 거겠죠?" 그가 말했다.

나는 담배를 피우지 않을뿐더러 여성들이 담배를 피우는 것 역시 좋아하지 않는다고 서둘러 말했다.

대화는 중간중간 끊어졌다. 게다가 도스토옙스키는 끊임없이 새로운 주제로 넘어갔다. 그의 모습은 생기가 없었고 마치 병자 같았다. 그는 입을 떼자마자 자기가 간질을 앓고 있으며 최근에 발작을 했다고 말했는데, 이런 솔직함에 나는 무척 놀랐다. (『도스토예프스끼와 함께한 나날들』, 안나 그리고리예브나 도스토옙스카야, 최호정 옮김, 그린비, 2003.)

위의 인용문 중 '홍채가 보이지 않았다'는 대목과 관련해 이 책에서는 다음과 같이 주석을 달아놓았다.

"그것은 그가 간질 발작을 일으켰을 때 넘어지면서 어떤 날카로운 물체에 부딪혀 오른쪽 눈을 크게 다쳤기 때문이었다. 그는 융게 교수에게 치료를 받고, 경련 완화제인 아트로핀 한 방울을 눈에 넣으라는 처방을 받았다. 이 때문에 동공이 그렇게 확대된 것이었다."

얼마나 살고 싶었던지-사형장의 추억

안나는 도스토옙스키가 자기와 처음 만난 날 그가 죽음 직전까지 갔던 과거 사형장에서의 쓰라린 기억까지 들려주었다(*제2부 참조)며, 회고록에 이렇게 술회했다.

"내가 너무 놀랐던 것은 바로 그가 내 앞에서, 오늘 난생 처음 만난 여자아이 앞에서 그렇게 솔직한 모습을 보였다는 점이었다. 겉보기에는 내성적이고 엄숙해 보이는 이 사람이 내게 자신의 전 생애를 그처럼 세세하게, 그처럼 솔직하게

▲ 1849년 도스토옙스키가 시베리아 유형 가기 전 8개월간 수감됐던 상트페테르부르크 페트로파블롭스크 요새의 네바 강 쪽 문

마음에서 우러나는 태도로 이야기를 해주었다는 사실에 나는 놀라움을 금할 수 없었다."

이미 제2부에서 안나의 회고록 중 관련 대목을 인용했지만 도스토옙스키는 초면의 안나에게 "얼마나 살고 싶었던지, 생명이 얼마나 귀하게 여겨지던지" "모든 것을 새로 경험하고 오래도록 살 수만 있다면… 하고 간절히 원했다"고 말했다.

도스토옙스키의 꿈

도스토옙스키는 11월 1일까지 대형 판본 인쇄 용지로 7장 이상 분량의 소설을 써야 했다. 당시 대형 판본 인쇄용지 1장은 책의 쪽수로는 약 15.5

쪽에 해당되는 것이었다고 한다. 그것이 스첼로프스키와의 계약 조건이었다.

안나는 속기 일을 시작한 둘째 날 도스토옙스키로부터 아직 새 소설의 플롯을 제대로 세우지 못한 상태라는 얘기를 들었고, 그가 스첼로프스키라는 출판업자가 파놓은 함정에 빠져있다는 사실을 알게 되었다.

구술은 대개 낮 12시부터 오후 4시까지 진행되었다. 도스토옙스키는 30여 분씩 세 차례 정도 구술을 했고, 중간중간 차를 마시며 이야기를 나눴다. 도스토옙스키는 안나에게 자신이 구술하고 있는 『도박꾼』의 주인공 알렉세이 이바노비치의 여러 감정과 인상들은 자신이 경험했던 것이라고 말했다.

그는, 1849년 페트라셰프스키 독서 모임 사건으로 체포되어 페트로파블롭스크 요새에 8개월간 수감돼 있을 때 벽을 사이에 두고 다른 수감자들과 어떻게 수신호로 소식을 나눴는지도 설명했고, 시베리아 유형지에서 만난 범죄자들에 대한 이야기도 안나에게 해주었다. 어느 날엔 죽은 첫 부인 마리야의 사진을 보여주기도 했다. 도스토옙스키는 솔직하게 많은 이야기를 안나에게 했는데 모두가 슬프고 불행한 이야기들이었다. 도스토옙스키는 그

▼ 소녀시절의 안나

러면서 "나를 덮친 모든 불운에도 불구하고 나는 여전히 행복한 새 삶을 시작하는 꿈을 꾸고 있다"라고 했다. 안나는 도스토옙스키의 이야기를 들으면서 깊은 연민을 느꼈다.

안나는 일을 마치면 속기한 것을 집으로 가져가 글로 정리해서 이튿날 가져왔다. 날이 갈수록 일에 익숙해지면서 스피드가 붙었다. 도스토옙스키는 안나가 작성한 원고가 판본 몇장 분량인지를 계산해보면서 기뻐했다.

안나 또한 진행 속도로 보아 소설을 기한 내에 써 낼 수 있을 것 같아 기뻤고, 좋아하는 작가의 집필을 돕고 있다는 것을 무척 자랑스럽게 생각했다. 10월 4일 시작된 구술은 10월 29일 끝났다. 25일 만에 대형 판본 인쇄용지 7장에 이르는 약 4만 단어의 소설을 쓴 것이다. 소설의 원고는 30일과 31일 정서되었고, 약속된 마감일인 11월 1일 원고를 넘기기만 하면

▼ 『죄와 벌』에 나오는 S골목(상트페테르부르크).

모든 게 잘 마무리될 상황이었다.

끝까지 야비한 술수를 부린 출판업자

그런데 소설의 원고를 보내기로 약속한 날이 다가오자 도스토옙스키의 마음 한 켠에 왠지 모를 불안감이 슬며시 고개를 쳐들었다. 스첼로프스키가 위약금을 뜯어내기 위해 무슨 핑계를 대면서 원고의 수령을 거부하지 않을까 하는 걱정을 하기 시작한 것이다.

안나는 그가 걱정하는 이야기를 듣고 집에 돌아와 그녀의 어머니에게 사정을 설명하고 아는 변호사에게 그럴 경우 어떻게 하면 좋을지를 물어봐 달라고 부탁했다.

안나의 어머니가 아는 그 변호사는 원고를 공증인에게 넘기든지, 아니면 스첼로프스키가 사는 지역의 경찰서장 등에게 맡기고 그의 인수증을 받아놓으라고 조언했다.

도스토옙스키도 나름대로 그의 초등학교 동창생의 형인 세계적인 판사 프레이만에게 조언을 구했는데, 그도 똑같은 조언을 해주었다.

마침내 약속한 날이 다가왔다. 우려했던 대로 스첼로프스키는 술수를 썼다. 이 교활한 자는 그날 원고를 받지 않기위해 자리를 피했다. 날짜를 넘기도록 하기 위한 얄팍한 술책이었다.

도스토옙스키가 그의 집으로 원고를 주러 갔을 때 하인은 그가 지방으로 떠났으며 언제 돌아올지 모른다고 말했다. 도스토옙스키는 그의 출판사 사무실로 찾아가 원고를 사무실 책임자에게 주려했지만, 그는 그에 관해 사장으로부터 위임 받은 바가 없다면서 접수를 단호히 거부했다. 그러는 사이 공증인에게 갈 시간도 놓치고 말았다. 온종일 불안감에 휩싸여있던 도스토옙스키는 결국 밤 10시가 되어서야 원고를 스첼로프스키가 살던 N지구의 경찰서에 맡기고 인수증을 받을 수 있었다. 가까스로 위기를 넘긴 것이다.

뒤늦게 안 출판업자의 간계

출판업자 스첼로프스키는 당시 문인들과 음악가들이 곤경에 처할 때를 기다렸다가 이들의 작품들을 후려쳐 헐값에 사들이는 방법으로 이득을 취해온 악랄한 자였다. 도스토옙스키는 그가 1865년 저작권료로 받은 3천 루블도 대부분 스첼로프스키의 수중으로 되돌아갔다는 사실을 나중에 알게 되었다.

수법은 이러했다. 스첼로프스키는 당시 도스토옙스키의 채권자들로부터 그의 어음을 헐값에 매입한 후 앞잡이를 두 사람 내세워 도스토옙스키에게 '채무자 감옥으로 보내겠다'고 으름장을 놓으면서 빚 독촉을 하도록 했다. 그러고는 궁지에 몰린 도스토옙스키에게 접근해 3천 루블의 저작출판권 계약을 체결하고 돈을 공증인에게 맡겼다. 공증인은 그 돈을 다음 날 도스토옙스키의 채권자들에게 대부분 지불했는데, 그 채권자들이란 다름아닌 스첼로프스키가 매수한 유령 채권자였던 것이다. 결국 돈은 다시 스첼로프스키에게 회수된 셈이다. 싼 값에 사들인 어음을 도스토옙스키에게 액면가로 받아 이익을 챙긴 것이다.

도스토옙스키는 『도박꾼』의 구술을 다 마친 다음 날인 1866년 10월 30일, 안나에게 약속한 50루블을 주면서 그녀의 손을 꽉잡고 "도와줘서 진심으로 고맙다"고 말했다. 이날은 도스토옙스키의 생일이었다.(*제정 러시아에서 사용하던 율리우스력의 날짜, 현재의 그레고리력으로는 11월 11일)

11월 1일 『도박꾼』의 원고를 무사히 넘긴 후 도스토옙스키는 안나에게 〈러시아 통보〉에 연재하고 있던 『죄와 벌』의 마지막 부분의 집필을 도와달라고 했다.

"나는 당신과 작업하는 게 너무 수월했소. 앞으로도 일을 속기로 하고 싶은데, 내 동료가 되는 걸 거부하지 않았으면 좋겠소."

안나는 기꺼이 돕겠다고 답했다.

『죄와 벌』 속기 작업의 계약을 하러 간 11월 8일 도스토옙스키는 왠지 들떠있었다. 그는 안나를 보자 거의 감격한 듯한 표정을 지었다.

도스토옙스키, 안나에게 소설처럼 청혼하다

이날 도스토옙스키는 자신이 구상하고 있는 새 소설에 대해 이야기를 시작했다. 젊은 여성의 심리를 알아야 결말을 맺을 수 있는데, 모스크바에 있을 때라면 조카딸 소냐에게 물어보겠지만, 지금은 안나에게 도움을 구해야겠다고 했다.

새 소설의 주인공은 나이가 도스토옙스키와 비슷한(45세쯤 되는) 화가다. 이 화가는 어린 시절, 사랑하는 아버지를 일찍 여의고 그 후 중병이 들어 10년 동안이나 예술에서 떠나있어야 했다. 병이 들어 있는 동안 정

▲『죄와 벌』에 나오는 K다리와 운하

상적인 생활이 불가능했던 것은 물론이다. 그러다가 다행히도 10년 만에 병을 고치고 다시 사회로 나왔다. 사회에 나와 사랑하는 여인을 만나 우여곡절 끝에 결혼을 했으나 그녀가 죽어 화가는 홀아비가 되었다. 또 자신과 가까운 누이들도 세상을 떴으며, 경제적으로는 가난과 빚에 짓눌리는 상태가 되었다. (안나가 듣다 보니 도스토옙스키 자신의 이야기를 각색한 것이란 생각이 들었다.)

화가는 어느 날 화가들 모임에서 아냐(안나의 애칭)라는 젊은 여성을 만났는데, 볼수록 점점 그녀가 마음에 들었다. (도스토옙스키는 여자 주인공 아냐가 안나보다 두 살쯤 많은 나이 즉 22살쯤 된다고 했다. 이 아냐라는 여자에 대해 안나 그리고리예브나는 자신이 안나라는 생각을 까맣게 잊고 그 여주인공의 모델이 도스토옙스키가 언젠가 결혼할 생각을 했었다고 이야기한 젊은 작가 지망생 안나 바실리예브나 고르빈-크루코프스카야라고 추측했다.

화가는 그녀와 함께라면 행복을 꿈꿀 수도 있을 것 같아 그녀에게 청혼하고 싶었지만 그런 꿈은 거의 불가능해 보였다. 젊은 아냐가 그처럼 나이 많고, 병들고 빚에 시달리고 있는 화가를 사랑할 수 있을지, 그런 지독한 희생이 가능할 것이라고 생각하는지 등이 도스토옙스키가 안나에게 던진 질문이었다. 작가로서 젊은 여성의 심리를 알고 싶다는 것이었다.

안나는 이렇게 대답했다.

"그게 왜 불가능하죠? 당신이 말한 것처럼, 정말 당신의 아냐가 머리는 텅 비고 치장만 요란한 여자가 아니라 인정이 있고 착한 마음을 지녔다면, 당신의 화가를 사랑하지 않을 이유가 어디 있겠어요? 그가 병들고 가난하니까? 외적인 것, 뭐 부귀라든가 하는 것만으로 사랑할 수가 있는 건가요? 그리고 뭐가 그녀의 입장에서 희생이라는 거죠? 그녀가 그를 사랑한다면, 스스로도 행복할 것이고 결코 후회할 리가 없을 거예요!"

안나는 열변을 토했다. 도스토옙스키는 흥분된 표정으로 그녀를 바라보았다.

"그러니까 당신은 그녀가 그를 평생토록 진심으로 사랑할 수 있을 거라고 진짜 믿는단 말이오?"

"그 화가가 나라고 상상해 보오. 내가 당신에게 사랑을 고백하고 내 아내가 되어달라고 부탁한다고 상상해 보오. 당신은 내게 뭐라고 답하겠소?"

안나는 그제서야 이것이 단순히 작품에 관한 이야기가 아니라는 것을 깨닫고는 이렇게 말했다.

"나라면 당신에게, 당신을 사랑하고 일생을 다해 사랑할 거라고 답할 거예요!"

위의 이야기는 앞에서도 인용했던 안나 그리고리예브나의 회고록 『도스토옙스키와 함께 한 나날들』에 나오는 이야기를 요약한 것이다. 도스토옙스키의 청혼과 안나의 수락은 이렇게 소설처럼 이뤄졌다.

안나는 도스토옙스키의 청혼을 받고 "어마어마한 행복에 감격하여 숨이 막히는 것 같았다"고 했다.

도스토옙스키는 전날 밤 꿈 속에서 나무서류상자 속에서 밝게 빛나는 작은 다이아몬드를 발견한 이야기도 이날 안나에게 해주었다. 그 나무상자는 카자흐 학자 초칸 발리하노프가 도스토옙스키에게 선물한 것이었다. 발리하노프는 도스토옙스키가 시베리아 옴스크에서 유형 생활을 마친 직후 알게 된 카자흐 유력 가문의 젊은 학자로 세메이 도스토옙스키 박물관에 두 사람이 같이 앉아있는 동상이 있다는 이야기를 앞에서 한 바 있다.

도스토옙스키는 안나에게 청혼한 후 "그 다이아몬드가 바로 안나라는 것을 알았다"고 말했다.

"나는 마침내 그 다이아몬드를 찾았고, 평생토록 간직할 것이오."

안나는 웃으며, "당신이 찾은 건 다이아몬드가 아니라 그냥 돌멩이라

▲ 『죄와 벌』에 나오는 19세기 센나야 광장의 모습(그림)

구요."라고 답했다.

안나는 이날 도스토옙스키가 자기에게 청혼을 했다는 사실을 어머니에게 말했다. 어머니는 딸의 남편이 될 사람의 나이와 간질이라는 무서운 질병, 앞으로 딸에게 닥칠 생활고 등을 걱정하지 않을 수 없었으나 결혼에 반대하지는 않았다. 당시는 안나의 아버지가 세상을 떠난 지 반년 조금 더 지난 때였다. 그녀의 아버지는 병으로 그해 1866년 4월 사망했다.

도스토옙스키의 열렬한 독자였던 안나

안나의 아버지는 독서광이었다. 안나는 아버지 덕에 도스토옙스키를 어릴 적부터 알고 있었다. 안나는 회고록에서 아버지는 문학 이야기가 나오면 "오늘날 작가란 도대체 어떤 사람들인가? 우리시대엔 푸시킨과 고골, 주콥스키가 있었지 않은가! 젊은 작가 중에선 장편소설가 도스토옙스키가 있었고, 『가난한 사람들』의 저자 말이야. 이 사람은 진짜 천재야. 불행하게도 정치적 사건에 휘말려 시베리아로 끌려가서 소식이 묘연해졌지만 말이야!" 안나는 아버지가 도스토옙스키 형제가 새 잡지 〈시대〉를 출판하려 한다는 것을 알고 매우 기뻐했었다고 적었다.

안나는 아버지의 영향으로 도스토옙스키의 열렬한 독자였다. 그녀는 1862년에 나온 도스토옙스키의 『죽음의 집의 기록』을 읽으며 많은 눈물을 흘렸다. 그녀는 시베리아 강제 노역의 끔찍한 생활을 견뎌낸 도스토옙스키에 대해 깊은 동정과 연민의 감정을 갖고 있었다. 그런데 우연히도 어느 날 그녀에게 도스토옙스키를 위해 속기사로서 일할 기회가 왔던 것이다. 그녀는 "내가 크나큰 감동을 받은 작품을 써낸 사람의 삶의 무게를 조금이라도 가볍게 하는 데 도움을 주고 싶었다"라고 후일 말했다.

이러한 이야기들은 안나가 도스토옙스키의 청혼을 그처럼 쉽게 받아들인 데 대한 설명이 될 만한 것이다. 도스토옙스키에 대해 평소 존경하거나 숭배하는 마음이 없었다면 자기보다 25살이나 나이가 많은 사람을 배우자로 받아들이기는 어려웠을 것이다.

도스토옙스키는 안나와 작업을 하면서 이 똑똑한 여성이야말로 위기에 빠진 그에게 신이 보내준 수호천사일 것이라고 확신했다.

도스토옙스키는 안나에게 청혼한 다음 날인 11월 9일 안나의 집으로 찾아가 안나의 모친에게 정식으로 안나와의 혼인 의사를 밝혔다. 안나의 모친은 푸근한 미소로 늙은 사위를 받아들였다.

도스토옙스키 친척들의 결혼 반대

안나의 집에서도 물론 식구들이 모두 찬성 분위기는 아니었으나 반대 기류가 심각한 정도는 아니었다. 문제는 오히려 도스토옙스키 집안 쪽이었다. 미망인이 된 형수 에밀리야 페도로브나와 의붓아들 파벨 알렉산드로비치가 내놓고 재혼을 반대했다. 두 사람은 안나에게 노골적으로 적의를 드러냈다.

에밀리야는 도스토옙스키가 형수인 그녀와 그녀의 가족의 생계를 떠맡는 것이 당연한 의무라고 생각하고 있었는데, 늙은 시동생이 다시 결

▼『죄와 벌』에 나오는 센나야 광장의 현재 모습

혼을 한다고 하니까 재정적인 지원에 문제가 생기지 않을까 하고 깜짝 놀라 재혼에 반대를 했던 것으로 보인다. 파벨이 반대한 이유도 비슷했을 것이다.

평생 형을 의지하고 형의 도움을 받았던 도스토옙스키는 자신이 형의 미망인과 조카들의 생계를 책임지는 것이 죽은 형에 대한 도리라고 생각했다. (형은 본부인 외에 첩과 그 사이에 낳은 혼외자도 있었다.) 첫 부인 마리야가 남겨 놓은 의붓 아들 파벨에 대해서도 같은 생각이었다.

언제나 골칫덩어리였던 파벨은 도스토옙스키의 재혼 소식을 듣고는, 나이로 보나 기력으로 보나 재혼은 정신 나간 짓이라고 도스토옙스키에게 훈계하듯 말했다. 도스토옙스키는 파벨의 이 말에 분개하여 고함을 쳐 그를 서재에서 쫓아냈다. 파벨은 1846년생으로 안나와 나이가 같았다.(안나가 넉 달 빠르다) 안나는 그녀의 회고록 속에서 파벨을 막돼먹은 사람이라고 표현하고 있다. 도스토옙스키가 세상을 떠나고 수십 년 후에 나온 회고록임에도 불구하고 안나에게 파벨은 끝끝내 불쾌한 존재로 기억 속에 남아있었다.

결혼 직후의 심각했던 간질 발작

도스토옙스키는 안나와 1867년 2월 15일 이즈마일로프 대성당에서 결혼식을 올렸다.

결혼식 후 두 사람은 친척과 친지들의 집으로 결혼 인사를 다녔다. 그 당시는 친척과 친지들이 결혼 한 새 부부를 점심이나 저녁 식사에 초대하는 것이 관습처럼 되어 있었다.

그런데 결혼 초기 어느 날 두 사람이 친척집에서 점심을 먹고 안나의 언니 집으로 갔을 때였다. 도스토옙스키가 안나의 언니와 즐겁게 이야기 하던 도중 갑자기 간질 발작을 일으켰다. 당시의 이야기를 안나는 그녀의 회고록에 이렇게 기록했다.

표도르 미하일로비치 (도스토옙스키)는 극도로 생기가 넘쳐서 무언가 재미있는 이야기를 언니에게 들려주고 있었다. 그러다 갑자기 더듬거리며 말을 멈추더니 창백해진 얼굴로 소파에서 일어나 내 쪽으로 몸을 돌리기 시작했다. 나는 너무 놀라 그의 변해버린 얼굴을 바라보고 있었다. 순간 사람의 소리라 할 수 없는 끔찍한 비명이, 아니 울부짖음이 터져 나왔고, 표도르 미하일로비치의 몸이 앞으로 고꾸라졌다. 그와 동시에, 남편 옆에 앉아 있던 언니의 비명소리가 울려 퍼졌다. 언니는 의자에서 벌떡 일어나 신경질적으로 흐느끼며 방을 뛰쳐나갔고, 형부가 그 뒤를 쫓아갔다.

후에 나는 간질 환자들이 일반적으로 발작이 시작되면 내지르는 이 '사람의 소리라 할 수 없는' 울부짖음을 수십 번이나 들어야 했다. 그리고 그 소리만 들으면 언제나 몸서리치도록 무서웠다. 하지만 놀랍게도 바로 그때, 그 순간에는 난생 처음으로 간질 발작을 보았음에도 하나도 무섭지 않았다. 나는 표도르 미하일로비치의 어깨를 끌어안고 있는 힘을 다해 그를 소파에 앉혔다. 감각을 잃은 남편의 몸이 소파에서 미끄러지는 것을 보았을 때 얼마나 끔찍했던지. 그러나 내게는 그를 받쳐줄 힘이 없었다. 나는 불이 켜진 램프가 놓인 작은 탁자를 치워,

표도르 미하일로비치가 마루로 내려오게끔 했다. 그리고 나 또한 내려앉아 경련이 계속되는 동안 그의 머리를 내 무릎에 받치고 있었다. 나를 도와줄 사람은 아무도 없었다.

(…) 경련은 차츰차츰 잦아들었고, 표도르 미하일로비치는 정신을 차렸다. 하지만 처음에 그는 자신이 어디에 있는지 알지 못했고, 제대로 말도 하지 못했다. 그는 내내 무언가 말하고 싶어 했지만, 말이 아닌 소리를 낼 뿐이어서 무슨 말을 하는지 알 수가 없었다. 30분쯤 지난 다음에야 우리는 미하일로비치를 일으켜 겨우 소파에 눕힐 수 있었고, 우리는 집으로 가기 전에 그가 안정을 취하도록 해야겠다고 생각했다.

그러나 정말 고통스럽게도 첫 번째 발작이 있은 지 한 시간 뒤에 또다시 발작이 일어났다. 이번에는 표도르 미하일로비치가 정신을 차리고도 2시간 이상 아파서 고함을 지를 정도로 심했다. 그건 정말 소름 끼치도록 지독한 그 무엇이었다! 그 후에도 이중 발작이 있긴 했지만 비교적 드문 편이었다.

안나는 남편의 이러한 간질 발작 모습을 보고 그가 미쳐가고 있는 것은 아닐까 하는 생각을 했고 "그런 생각이 들자 이루 말할 수 없이 섬뜩한 기분이 나를 휘감았다!"고 했다.

포도주를 끊다

안나와의 결혼 후 최초의 간질 발작, 그것도 연달아 일어난 이중 발작은 도스토옙스키가 친척집에 다니면서 마신 샴페인이 원인이었다. 그것

▲ 모스크바 도스토옙스키역 플랫폼의 『죄와 벌』 벽화

이 극도의 흥분을 일으켰던 것임을 나중에 알게 되었다. 도스토옙스키는 이후 포도주를 절대로 마시지 않았다. 그 뒤에도 간질 발작 증세는 때때로 계속 됐지만, 이날의 이중 발작은 매우 격렬했던 것 같다. 안나가 처음 겪은 일이기도 했지만…. 안나는 회고록에 "그날의 이중 발작은 내게는 영원히 괴로운 기억으로 남아 있다."라고 기록했다.

신혼 초기, 친척들이 괴로웠던 안나

도스토옙스키의 신혼집은 미망인이 된 도스토옙스키 형수 에밀리야 페도로브나가 조카들과 살고 있는 집과 5분 정도의 거리에 있었다. 이 때문에 형수와 조카들이 노상 그 집에 드나들었다. 남동생 니콜라이, 여동생 알렉산드라도 자주 찾아왔다. 이들은 점심을 먹은 후 밤 10시 11시까지도 돌아가지 않는 날이 많았다. 또한 문인 손님들의 방문도 잦았다.

그런 가운데 에밀리야 페도로브나는 처음보다 안나에 대한 태도가 누그러지기는 했지만, 살림살이에 대한 충고를 한다면서 늘 안나를 가르치려고 했을 뿐 아니라 번번이 도스토옙스키 첫 부인 마리야의 예를 들먹여 안나를 불쾌하게 했다. 첫 부인 이야기를 꺼내는 것은 사려없는 짓이었다. 안나는 회고록에 "에밀리야는 착하긴 하지만 생각이 얕은 여자였다"라고 썼다.

결혼 초기 안나는 매일같이 찾아오는 친척과 어린 조카들과 손님들을 접대하는 데 하루 하루를 보내는 것이 너무 힘들었다. 함께 사는 의붓아들 파벨은 거친 언행으로 안나를 괴롭혔다. 파벨은 모친인 마리야가 사망한 후 이런저런 집안일들을 처리해 왔는데, 도스토옙스키가 재혼을 하자 자기가 해 오던 일을 안나에게 빼앗긴 것으로 생각하고 자주 안나를 골탕먹이려고 했다. 파벨은 도스토옙스키의 면전에서는 안나에게 공손한 태도를 취했으나 도스토옙스키가 없을 때는 안나를 거친 말과 태도로 대했다. 파벨은 안나에게 도스토옙스키가 그녀와 결혼한 것은 '대단히 멍청한 짓'이었으며, 안나가 '엉터리 주부'이고, '우리 모두의 돈'을 헤프게 쓰고 있다면서 결혼 후 도스토옙스키의 발작이 심해졌는데 이는 안나의 책임이라고 폭언을 해대기도 했다.

그런데다가 어느 날 도스토옙스키는 파벨에게 무슨 말을 들었는지 "파벨에게 상처를 주지 말라"고 안나에게 말하기도 했다. 안나는 파벨이 자신을 중상모략한다고 생각했다. 도스토옙스키는 파벨의 행태를 알지 못하거나 모르는 척하는 것 같았다. 자기에게 적대감을 보이는 의붓아들을 보호하려는 도스토옙스키의 태도를 안나는 이해할 수 없었다. 안나는 "그 사이 도스토옙스키의 사랑이 식었나" "이러다가 결혼 생활이 비극적으로 끝나는 것은 아닐까"하는 우려를 하기 시작했다.

안나의 결단으로 유럽으로 떠나다

어느 날 집으로 돌아 온 도스토옙스키는 설움에 복받쳐 엉엉 우는 안나를 보게 되었다. 파벨로부터 폭언을 들은 날이었다. 도스토옙스키는 비로소 의붓 아들의 폭언과 친척들의 일로 안나가 몹시 힘들어한다는 것을 알게 되었다. 그는 안나에게 잡지사로부터 선금을 받아 해외에 몇 달 다녀오자고 제의한다. 도스토옙스키는 〈러시아 통보〉와 장차 보낼 자신의 작품의 선금을 교섭했다. 〈러시아 통보〉는 도스토옙스키에게 1천 루블을 지급하기로 했다.

도스토옙스키가 해외로 나갈 것이라고 선언하자, 친척들은 모두 반대한다면서 몇 달치 살림 비용을 미리 달라고 요구했다.

친척들의 살림 비용, 급히 갚아야 할 빚 등을 계산해 보니 1천4백 루블이 당장 필요했다. 선금 1천 루블로는 도저히 여행을 떠날 비용을 마련할 수 없었다. 최소한 2천 루블은 있어야 해결될 상황이었다.

도스토옙스키는 여행 계획이 무산되게 된 데 대해 안타까워했다. 그는 안나에게 미안해하며 가을까지 몇 달 더 기다려 보자고 했다.

희망이 한순간에 물거품이 되는 듯했던 그때 문득 안나의 머릿속에 "내 지참금과 물건들을 모두 여행을 위해 내어 놓으면 되지 않을까. 그렇게 해서 나의 행복을 구하면 되지 않을까?"하는 생각이 떠올랐다.

안나는 친정으로 가 어머니를 설득했다. 어머니는 딸의 행복을 위해 그녀의 청을 받아들였다. 결혼할 때 가져온 패물과 가구, 모피옷 등을 팔거나 전당포에 저당잡히고 돈을 마련하기로 했다.

집으로 돌아 온 안나는 남편의 동의를 구하기 위해 밖으로 나가는 남편을 따라 나와 강변도로를 함께 걸으며 자신의 생각을 이야기했다. 그러나 도스토옙스키는 안나의 제의를 일언지하에 거절했다. 안나의 물건들을 희생하면서까지 해외여행을 갈 수는 없다는 이유에서였다.

친척들과 빚쟁이로부터 벗어나다

안나는 남편에게 "살기 힘들다"고 고백하면서 "두세 달이라도 평온하고 행복한 생활을 할 수 있게 해달라"고 간청했다. 또한 "지금 상황으로는 예전에 꿈꿨던 것처럼 우리가 친구가 될 수 없을뿐더러 어쩌면 영원히 갈라서게 될지도 모른다"라고 말했다. 안나는 남편에게 "우리의 사랑과 행복을 지켜달라"고 간청하다가 자제력을 잃고 울기 시작했다.

안나가 울기 시작하자 도스토옙스키는 어찌할 바를 몰랐다. 그는 안나를 달래기 위해 황급히 모든 것을 안나의 뜻대로 하자고 했다. 안나는 너무나 기쁜 나머지 행인들의 시선도 개의치 않고 도스토옙스키를 끌어안고 키스를 퍼부었다.

도스토옙스키는 형수와 의붓아들이 요구하는 돈을 일부 주고 나머지 부족분은 물건들을 처분한 뒤 장모를 통해 주기로 하고 남은 물건들은 여기저기에 맡겼다.

▲ 독일 드레스덴 미술관에 있는 라파엘로의 '시스티나의 성모'. 도스토옙스키가 가장 좋아한 그림이었다.

그리고 마침내 상트페테르부르크를 떠나 유럽으로 향하는 기차에 몸을 실었다. 결혼 약 두 달 후인 4월 14일이었다. 당초엔 신혼여행을 빙자해 석 달 예정으로 떠났지만, 그들은 4년 후에야 러시아로 돌아왔다. 안나가 남편의 친척들과 의붓아들 때문에 러시아로 돌아가기 싫어한 것도 해외 체류가 길어진 이유였다. 물론 빚쟁이들로부터의 도피도 또 다른 중요한 이유이다.

당시 도스토옙스키가 갚아야 할 빚은 2만 루블에 달했는데, 모피코트가 25루블, 교사의 1년 연봉이 1천 루블쯤 할 때다. 해외로 나가 두 사람은 비로소 마음의 안정을 찾았다.

고단했던 유럽 생활에도 그림을 좋아했던 도스토옙스키

유럽 생활은 고단했다. 베를린에서 시작해 드레스덴, 바젤, 제네바, 바덴바덴, 베베, 밀라노, 피렌체, 베네치아, 볼로냐, 빈, 프라하 등을 전전했다.

그림을 좋아했던 도스토옙스키는 가는 곳마다 미술관을 찾았다. 이런 곳에 갈 때는 물론 안나와 함께였다. 도스토옙스키는 특히 드레스덴 미술관에 있는 라파엘로의 작품 '시스티나의 성모'를 좋아했다. 그는 이 작품이야말로 인간의 천재성이 가장 잘 발휘된 작품이라며 언제나 경탄해 마지 않았다.

지금은 도스토옙스키 박물관이 되어있는, 그가 숨을 거둔 상트페테르부르크의 아파트 서재에는 이 작품의 복제품이 걸려있다. 생전에 누군가로부터 선물받은 것이다. 전체 그림을 온전히 복제한 것이 아니라 마리야가 아기예수를 안고 있는 윗 부분만을 복제한 것이다. 2018년 5월 필자가 카자흐스탄 세메이의 도스토옙스키 문학박물관에 갔을 때도 이 복제 그림이 도스토옙스키와 안나의 사진과 함께 전시되어 있었다.

▼ 바젤 미술관에 있는 한스 홀바인의 '그리스도의 시신'

또 그가 깊은 인상을 받은 그림은 바젤 미술관에 있는 한스 홀바인의 종교화 '그리스도의 시신'이다. 안나는 바젤 미술관에 함께 갔을 때 이 그림을 보았다.

십자가에서 숨진 뒤 끌려 내려와 썩도록 방치된 참혹한 예수의 모습을 상상하여 그린 것이다. 안나는 마침 임신 중이어서 이 그림을 오래 보지 않으려고 다른 전시실로 갔는데, 15분인가 20분쯤 후에 돌아와 보니 도스토옙스키가 여전히 그곳에 붙박힌 듯 서있었다.

도스토옙스키는 흥분된 얼굴에 겁에 질린 듯한 표정을 하고 있었다. 도스토옙스키의 간질 발작이 시작되는 순간 안나가 여러 번 본 표정이었다. 그녀는 조용히 남편의 팔을 잡고 그를 다른 전시실로 데리고 가 의자에 앉혔다. 이날 다행히도 우려했던 일은 일어나지 않았다.

현재 상트페테르부르크 도스토옙스키 박물관 별실에는 '그리스도의 시신' 복제화가 걸려있다.

첫딸을 잃고 실의에 빠지다

도스토옙스키 부부의 유럽 생활은 늘 돈에 쪼들리는 나날의 연속이었다. 〈러시아 통보〉 등에서 부쳐주는 원고료로 겨우겨우 생계를 이어갔다.

그러는 사이에 첫아이가 생겼다. 1868년 2월, 부부는 제네바에서 첫딸 소냐(소피야)를 얻고 뛸 듯이 기뻐했다. 도스토옙스키의 나이 47세에 얻은 첫아이였다.

▲ 도스토옙스키 서재에 걸려있는 '시스티나의 성모' 부분 복제품(상트페테르부르크 도스토옙스키 박물관)

길눈이 어두웠던 도스토옙스키는 소냐가 태어나기 전 산파가 사는 집이 산비탈에 모양이 비슷비슷한 거리들 가운데 있다는 것을 알고는 산파 집으로 가는 길을 익히기 위해 3주간이나 그 동네로 산책을 다녔다. 밤중에 갑자기 부르러 갈 일이 있을 수 있기 때문에 집을 잘 찾지 못해 우왕좌왕하지 않기 위해서였다. 그처럼 간절히 기다리던 아이였으나 소냐는 백일을 넘기지 못하고 그해 5월 감기로 죽고 말았다.

유모차를 끌고 산책 도중 갑자기 날씨가 변해 비바람이 몰아치기 시작했는데, 이 때문에 소냐가 감기에 걸렸다. 유명한 소아과 의사를 불렀고, 의사는 아이가 죽기 세 시간 전까지도 상태가 훨씬 좋아졌다고 했으나 소냐는 갑자기 숨을 거뒀다.

첫 부인 마리야와의 사이에 자식을 두지 못했던 도스토옙스키는 자식을 갖는 일이야 말로 인생의 가장 큰 행복이라는 생각을 늘 갖고 있었다. 그런데 첫아이를 이처럼 잃었으니 슬픔이 이만저만이 아니었다.

소냐를 묻은 후 낙담한 부부는 제네바에서 더 이상 살 수가 없었다.

더욱이 소냐가 죽었을 때 주위의 스위스 사람들이 보여 준 박정한 태도도 이곳에 정나미가 떨어지게 만들었다. 이웃들은 소냐가 죽은 후 안나가 소리내어 울자, '신경에 거슬리니 큰 소리로 울지 않도록 해달라'고 사람을 보냈다. 부부는 제네바를 떠나 스위스의 호반도시 베베로 이주해 슬픈 여름을 보낸 후 9월 초에 이탈리아의 밀라노로 옮겨간다. 밀라노에서는 두 달가량 있었다. 부부는 그 후 도스토옙스키가 미술품들에 대해 좋은 인상을 갖고 있던 피렌체로 갔다. 소냐가 죽은 후 도스토옙스키는 『백치』의 집필에 몰두한다. 그렇게 이탈리아에서 사는 동안 1869년 다시 아이가 생겼다. 안나는 이탈리아어를 조금 할 줄 알았으나 도스토옙스키는 이탈리아어를 몰랐다. 안나의 출산을 위해 도스토옙스키가 산파나 의사 등과 이야기 할 수 있는 불어나 독일어가 통하는 곳으로 이주해야 할 필요가 생겼다.

부부는 1869년 8월 이탈리아에서 다시 익숙한 도시인 드레스덴으로 이주했다. 1869년 9월 둘째 딸 류보피가 태어났다. 부부는 두 번째도 딸이 태어나길 간절히 바랬다. 그래서 이름도 '사랑'이라는 뜻인 '류보피'로 정해두었었다.

『전쟁과 평화』를 감추다

안나가 류보피를 임신하고 있을 때 이런 일도 있었다.

스트라호프가 러시아에서 레프 톨스토이가 『전쟁과 평화』를 출판했다며 이 소설 한 질을 보내주었다.

▲ 세메이 도스토옙스키 박물관에 있는 도스토옙스키와 안나 그리고 두 자녀(딸 류보피와 아들 표도르) 사진

도스토옙스키가 소설을 읽다보니 그 내용 중에 주인공 안드레이 발콘스키의 아내가 아기를 낳다가 죽는 장면이 나왔다.

안나도 도스토옙스키가 먼저 읽은 이 소설을 따라 읽고 있었는데, 도스토옙스키는 임신 중인 안나가 이 부분을 읽는 것이 심적으로 좋지 않으리라고 생각하고 그 대목이 들어있는 한 권을 감췄다.

안나가 소설을 읽다 보니 한 권이 없었다. 없어진 한 권을 찾기 위해 집안을 다 뒤졌지만 찾을 수가 없었다. 아까운 한 권을 잃어버렸다고 생각했다. 도스토옙스키는 안나가 류보피를 무사히 낳은 후 그 책을 내주었다.

류보피가 태어난 후 도스토옙스키는 아직 결혼을 하지 않은 스트라호프에게 이렇게 기쁨에 넘친 편지를 썼다고 안나는 회고록에서 밝혔다.

아, 존경하는 니콜라이 니콜라이비치 (스트라호프). 자네는 왜 결혼을 하지 않았나. 왜 아기가 없단 말인가. 자네에게 맹세컨대, 인생의 행복 중 4분의 3이 거기에 있다네. 나머지 다른 것들엔 겨우 4분의 1이 있을 뿐이지.

류보피는 건강하게 잘 자랐다.

제10부

안나, 도스토옙스키의 도박벽을 고치다

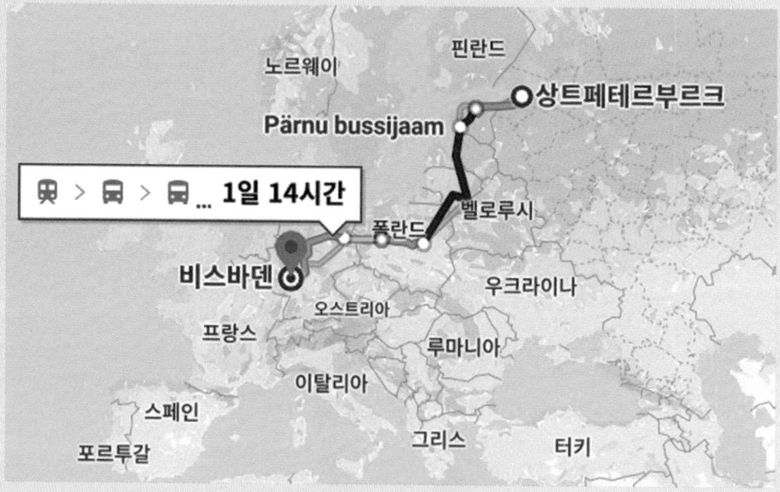

▲ 도스토옙스키가 유럽체류 중 자주 드나들었던 도박장 쿠어하우스가 있는 독일의 비스바덴 위치도 (구글지도)

도박의 추억

안나는 결혼하기 전부터 도스토옙스키가 도박을 좋아한다는 사실을 알았다. 도스토옙스키가 결혼 전 안나에게 『도박꾼』을 구술하면서 이 소설 속의 도박 이야기는 자기가 경험한 것이라고 말했기 때문이다. 『도박꾼』은 이렇게 마무리 된다. 이 소설의 끝 장면이다.

▼ 도스토옙스키가 소설 『도박꾼』을 25일 만에 완성한 알론킨 하우스 (소묘), 보통은 『죄와 벌』을 쓴 집으로 불린다

난 그때 몽땅 잃고 말았다. 몽땅 다……. 역에서 나와 뒤져 보니 내 조끼 주머니 속에는 1굴덴(*옛 네덜란드의 화폐 단위)만이 굴러다니고 있었다. 〈그러면 결국 이 돈으로는 밥을 먹어야 하겠구먼!〉 나는 이런 생각을 했다. 하지만 1백 걸음쯤 지나왔을 때 나는 생각을 고쳐먹고 되돌아갔다. 그 1굴덴을 망크(그때는 망크가 잘 나오고 있었다)에 걸었다. 그런데 무언가 색다른 느낌이 들었다. 홀로 타향에 와서 친척들과 친구들로부터 멀리 떨어져 있는 사람이 오늘은 뭘 좀 먹을 수 있을지 없을지도 잘 모르는 판에 마지막 남은, 정말로 마지막 남은 굴덴을 걸 때 드는 그런 느낌 말이다. 나는 돈을 땄다. 그리고 20분 후에 역에서 나왔다. 내 호주머니에는 1백 70굴덴이 있었다. 이것은 사실이다! 만일 그때 내가 낙심한 채로 과감한 결정을 내리지 못했다면 어떻게 되었을까? 내일이면 모든 것이 끝난다! (『노름꾼』, 이재필 옮김, 열린책들, 2014.)

여기에서 '역에서 나왔다'는 것은 도박장이 역 안에 있었다는 얘기다. 굶기를 각오한 최후의 베팅, 그리고 성공의 추억으로 이 소설은 끝난다. 최후의 동전 한 닢마저 던져버리는 것이 진정한 도박꾼이란 얘기를 그는 하고 싶은 것이다. 도스토옙스키가 도박에 대한 미련을 버리지 못하고 있을 때 쓴 소설이다.

도박에 관한 소설인 『도박꾼』은 속기사 안나의 도움으로 1866년 10월에 25일 만에 초고속으로 쓰였지만, 작품은 3년 전에 처음 구상됐다. 도스토옙스키는 1863년 9월 로마에서 비평가 스트라호프에게 자신이 "단편 소설에 대한 상당히 좋은 구상을 완성했다"라며 그것은 룰렛 도박에 관한 것이라는 내용의 편지를 쓴 적이 있다.

도스토옙스키는 이 편지에서 "『죽음의 집의 기록』이 그때까지 누구도 명료하게 묘사하지 못했던 죄수들을 묘사함으로써 세인들의 관심을 끌었다면 이 이야기는 룰렛 도박을 한눈에 알아볼 수 있도록 아주 상세하게 묘사함으로써 주목을 끌게 될 것"이라고 자신감을 보였었다.

병든 아내(마리야)를 요양지에 보내놓고 18세 연하의 수슬로바와 온갖 갈등을 느끼며 이탈리아 등지를 여행할 때다. 『도박꾼』 여주인공의 이름을 수슬로바(폴리나 수슬로바)의 이름과 같은 폴리나로 한 것은 여행의 추억과 무관치 않다. 수슬로바에 대해 갖고 있는 애증의 기억과 상처들은 『도박꾼』뿐 아니라 이후 많은 작품들에 그 흔적을 남기고 있다.

고개 든 도박벽

젊은 안나의 도움으로 『도박꾼』을 완성해 절대절명의 위기를 넘기고 그 후 두 번째 결혼의 행운도 얻었지만 도박에 대한 미련이 없어진 것은 아니었다.

유럽에 오자 그 도박벽이 고개를 들었다. 그러나 안나는 그가 도박하는 것을 책망하지 않았다. 게다가 안나는 도스토옙스키가 침울한 상태에 빠질 때면 운을 시험하러 룰렛 도박장에 다녀오라고 했다.

물론 안나가 처음부터 도스토옙스키에게 도박장에 다녀오라고 한 것은 아니다. 유럽에 온 몇 주 후 도스토옙스키는 안나에게 "만일 드레스덴에 혼자 있다면 지체 없이 룰렛을 하러 갔을 것"이라고 말했다. 남편으로

▼ 생각에 잠겨있는 도스토옙스키(그림)

부터 두 번이나 더 그런 이야기를 들은 후 안나는 "며칠이라도 (도박장이 있는) 함부르크에 다녀오라"고 말했다.

신이 난 도스토옙스키는 안나를 드레스덴에 둔 채 함부르크로 달려갔다. 그러나 2, 3일 뒤 남편으로부터 편지가 왔다. 돈을 다 잃었으니 돈을 조금 부쳐달라는 내용이었다. 안나는 돈을 부쳤다. 그러나 그 돈을 다 잃고 다시 돈을 보내달라고 했다. 도스토옙스키는 결국 모든 돈을 다 잃고 8일 뒤 드레스덴으로 돌아왔다. 안나는 회고록에서 "내가 그를 책망하거나 잃은 돈을 아까워하지 않을뿐더러, 오히려 실망하지 말라고 위로하자 그는 죽도록 기뻐했다"라고 썼다.

안나는 갖고 있는 돈이 없으면, 귀걸이 등 패물 등을 저당 잡혀 돈을 주었다. 가끔 돈을 지갑 가득 따올 때도 있었지만, 곧바로 다시 그 돈을 가지고 나가 몽땅 잃고 돌아왔다.

도박은 병

그녀는 도박은 병이라고 보고, 거기서 도망가는 것밖에는 방법이 없다고 생각했다.

처음에는 살아오면서 그토록 다양한 고통(요새 수감, 교수대, 유형, 사랑하는 형과 아내의 죽음)을 견뎌낸 표도르 미하일로비치가 어떻게 자신을 절제하는 의지력이 그토록 없는지 의아하게 생각되었다. 심지어 그가 그러는 것은 그의 고상한 성격에 걸맞지 않는 일종의 자기비하로 여겨지기까지 했다. 내 사랑하는 남편에게 이런 단점이 있다는 것을 인정하는 것이 괴롭고도 화가 났다. 하지만 나는 곧 깨달았다. 이것은 단순한 '의지 박약'의 문제가 아니라, 인간을 완전히 삼켜버리는 욕망이며 통제 불가능한 어떤 것이어서 아무리 강한 성격의 소유자라 할지라도 그에 맞서 싸울 수는 없다는 것을 말이다. 도박은 복종하지 않을 수 없는 그 무엇이다. 도박에 빠지는 것은 병으로 보아야 하며 그것을 막을 방법은 없다. 유일한 투쟁 방법은 도망치는 것이다.

(…)

당시 나는 남편이 돈을 잃었다고 책망한 적도 결코 없었고, 그 문제로 말다툼을 벌인 적도 없었다. 저당 잡힌 내 물건들을 기간 내에 되찾지 않으면 팔리고 만다는 것을 알면서도(실제 그런 일도 있었다), 그리고 집주인과 소소한 빚쟁이들에게 불쾌한 일을 당하면서도 나는 아무런 불평 없이 우리의 마지막 돈까지 그에게 내주었다. 그렇지만 표도르 미하일로비치 스스로가 괴로워하는 것을 보자니 마음이 너무 아팠다. 그는 창백한 얼굴로, 겨우 두 발을 지탱하고 서 있을 정도로 녹초가 되어 도박장에서 돌아와서는(도박장은 반듯한 젊은 여성이 갈 곳이 아니라면서, 그는 한 번도 나를 데려간 적이 없었다), 내게 돈을 달라고 부탁했다(그는 돈을 전부 내게 맡겨두고 있었다). 그리고 이런 일은 우리에게 있던 돈을 다 잃을 때까지 되풀이 되었다.

룰렛을 하러 갈 돈이 바닥나고 어디서도 돈을 구할 수가 없게 되자 표도르 미하일로비치는 비탄에 빠져 울부짖기 시작했다 그는 내 앞에 무릎을 꿇고 자신의 행동으로 나를 고통스럽게 한 것을 용서해 달라고 빌었다. (『도스토옙스키와 함께한 나날들』)

도스토옙스키는 돈을 다 잃고 도박장에서 돌아온 후 안나 앞에 무릎을 꿇고 용서를 빌기도 했지만 도박을 더 이상 하지 않겠다는 말은 하지 않았다.

안나는 남편이 도박으로부터 벗어나는 길은 도박장이 있는 곳으로부터 멀리 달아나는 방법밖에 없다고 보고, 도박장이 곁에 있는 바덴바덴을 하루 빨리 떠나야겠다고 생각했다. 결국 제네바로 거처를 옮겼지만 남편은 여전히 도박에 대한 미련을 떨치지 못했다.

안나, 남편에게 도박장에 가서 운을 시험해 보라고 권하기도

안나는 남편의 도박벽은 '일종의 병'이라고 생각했으므로 도박과 관련해서는 한 번도 말다툼을 벌이지 않았다. 도스토옙스키가 글이 잘 써지지 않는다며 괴로워할 때면 오히려 그의 기분을 풀어주는 방법으로 "도박장에 가서 운을 시험해 보라"고 권하기도 했다. 러시아로 돌아가기 석 달 전인 1871년 4월 드레스덴에서 살 때의 일이다.

표도르 미하일로비치(도스토옙스키)는 걸핏하면 자신의 재능이 '죽은' 것이 분명하다고 말하면서, 점점 늘어나는 소중한 가족을 어떻게 부양해야 할지 막막하다며 괴로워했다. 이런 말을 들을 때면 나는 이따금 절망에 빠지곤 했다. 그의 걱정스런 마음을 달래주고 그의 집필을 방해하는 암울한 생각들을 몰아내기 위해, 나는 언제나 그의 기분을 풀어주고 시름을 잊게 하는 방법을 썼다. 룰렛 도박에 관한 말을 꺼낸 것이다. 마침 약간의 돈(300탈러 정도)이 있었다. 나는 다시 한 번 운을 시험하지 못할 이유가 무엇이겠냐, 돈을 딸 때도 되었다. 이번에는 성공하리라고 왜 기대하지 못하겠냐 등등의 말을 했다.

▲ 안나 그리고리예브나

물론 나는 한 순간도 돈을 따는 것을 기대한 적은 없다. 희생해야만 할 100탈러가 너무 아까웠지만 나는 이전의 경험을 통해 알고 있었다. 새로이 격렬한 감정을 체험하고 도박과 모험을 향한 자기 마음을 충족시키고 나면 표도르 미하일로비치는 안정된 마음으로 돌아올 것이고, 돈을 따겠다는 희망이 얼마나 공허한지 확신하면서 새로운 힘을 창작에 매진하고 2~3주 안에 잃은 돈을 모두 되찾을 것이라는 사실을. (『도스토옙스키와 함께한 나날들』)

도박장에서 마음이 풀릴 만큼 도박을 하고 돌아와 2~3주 동안 다시 글을 쓰면 도박으로 잃은 만큼의 돈은 다시 벌어들일 수 있지 않겠느냐는 이야기다. 결혼 후 가정살림은 안나의 몫이었다. 자연히 경제권도 안나가 갖게 되었다. 과연 바가지 긁는 대신 돈을 주면서 '도박장에 가서 기분 좀 풀고 오라'고 한 안나의 작전(?)은 성공을 거둘까?

마침내 도박을 끊다

도박장에 가서 다시 한번 운을 시험해 보고 오라는 안나의 제안을 도스토옙스키는 기분좋게 받아들였다. 그의 마음 한구석에는 도박장에 한번 가보고픈 마음이 있었을 테지만, 돈을 관리하고 있던 젊은 아내 안나

▼ 독일 비스바덴의 도스토옙스키가 다녔던 도박장 쿠어하우스 야경(쿠어하우스 홈페이지)

에게 "도박장에 갔다 오게 돈 좀 달라"는 말은 차마 입에서 떨어지지 않았을 것이다. 안나의 회고는 다음과 같이 이어진다.

내 제안을 남편은 너무도 마음에 들어하며 거부하지 않았다. 그는 120탈러를 들고 돈을 잃는 경우 내가 집에 돌아오는 비용을 보내준다는 단서 하에 비스바덴으로 떠났다. 거기서 그는 일주일간 머물렀다. 내가 예상했던 대로 결과는 비참했다. 여행 비용을 포함하여 표도르 미하일로비치는 180탈러를 써버렸다. 그것은 당시의 우리에게는 매우 큰 액수였다. 표도르 미하일로비치는 나와 아기, 우리 가족에게서 돈을 앗아간 자신을 질책했다. 이 일주일 동안 그가 겪은 극심한 괴로움은 그로 하여금 다시는 룰렛 도박을 하지 않겠다고 결심하도록 만들었다. 남편이 1871년 4월 28일 내게 보낸 편지엔 이런 내용이 있었다. "이제 나는 결심했소. 거의 10년 동안 (아니, 형이 죽은 후 내가 빚에 짓눌리게 되면서부터 라고 하는 게 낫겠군.) 나를 괴롭혀 온 혐오스러운 환상이 사라졌소. 나는 그동안 돈을 따는 걸 꿈꾸어 왔소. 심각하고도 무섭도록 말이오. 그런데 이제 모든게 끝났소! 이번이 정말 마지막이었소. 내가 (도박에서) 손을 끊었다면 믿겠소, 아냐?(아냐는 부인 안나의 애칭) 나는 도박에 묶여있었소. 이제 나는 종종 그랬듯이 도박하는 상상을 하느라 밤을 새는 일 없이 일을 생각할 것이오.

도스토옙스키는 빚과 가난에서 벗어나기 위해 도박장에서 일확천금을 노렸지만, 도박장에서 그런 기적은 결코 일어나지 않는다는 것을 깨달았던 것이다.

'도박에서 손을 끊겠다'는 남편의 편지를 받고도 안나는 그 말을 믿지 않았다. 이전에도 몇 번이나 그런 약속을 하고도 지키지 않았기 때문이다. 그런데 기적은 마침내 일어났다. 도스토옙스키는 이후 도박장에 가지 않았다.

안나가 쓴 회고록만 보면 안나가 언제나 도박에 매우 관대했던 것처럼 보이지만, 다른 자료들을 보면 안나 역시 때대로 남편에게 도박장에 가지 말도록 말리기도 했고, 애원도 했다. 그러나 어떤 경우에도 남편과 그 문제를 놓고 정면으로 대립하지는 않았던 것 같다.

안나는 언제나 반대하는 것이 좋은 방법은 아니라고 생각해 오히려 이따금 정반대의 방법을 사용했고 그것이 결국 도스토옙스키로 하여금 도박에서 손을 떼게 만들었던 것이다.

그가 마지막으로 도박장에 간 것은 1871년 봄이었다. 그러니까 귀국하기 몇 달 전까지 유럽 체류 4년 동안 때때로 도박장에 드나들었던 것이다. 도스토옙스키는 그해 여름(7월) 귀국 후 몇 차례 유럽에 갔지만 도박장에는 다시 들르지 않았다.

사실 도스토옙스키가 귀국한 다음 해인 1872년, 독일 연방 당국의 칙령에 의해 독일 영토 내의 모든 도박장이 폐쇄되었다. 도박장은 결국 모나코 왕국으로 옮겨갔다. 도스토옙스키가 도박에 생각이 있었다면 모나코까지 갈 수도 있었겠지만, 그렇게 하지 않았다는 것이다.

도스토옙스키는 비스바덴에서 마지막으로 도박을 하고 돌아온 후 활기차고 안정된 모습을 보였다.

▲ 룰렛 테이블 (하이원리조트 인터넷 이미지사진)

도스토옙스키가 마지막으로 도박을 한 비스바덴의 도박장은 오늘날까지도 이 도시의 명물인 쿠어아우스(Kurhaus)다. 그의 소설 『도박꾼』(1866년)의 무대이기도 하다.

온천 휴양 시설로 지어진 이 건물에는 카지노와 대형 공연장이 들어 있다. 휴식과 온천욕 치료를 위해 이곳에 온 부자들이 여가 시간을 보낼 수 있도록 하기 위해 카지노를 개장했다. 1810년 처음 문을 열었는데 바그너와 괴테, 브람스 등 독일의 유명 예술가들도 많이 드나들었다고 한다.

현재의 건물은 1854년에 신 고전주의 스타일로 지어졌는데, 아름다운 외관으로 유명하다. 이 건물이 지금까지 온전히 보존될 수 있었던 것은 2차 대전 당시 비스바덴이 독일의 다른 도시들과 달리 연합군의 폭격을 거의 받지 않았기 때문이다.

이 건물 안에는 도스토옙스키를 기념하는 도스토옙스키홀이 있고 건물 밖 잔디광장에는 아담한 도스토옙스키의 흉상이 서있다.

도박에서 완전히 손을 뗀 후 도스토옙스키는 소설 『악령』의 집필에 더욱 매진한다.

소설 『악령』

도스토옙스키의 4대 장편 중 하나인 『악령』은 1869년 11월 21일 러시아에서 일어났던 네차예프 사건을 계기로 쓴 소설이었다. 네차예프 사건이란 무정부주의자 네차예프가 조직한 비밀혁명 조직 '인민의 재판'에 들어있던 모스크바 표트르 농업 아카데미 학생 이바노프가 네차예프와 다른 조직원들에 의해 살해된 사건이다. 밀고할 가능성이 있는 배신자란 이유에서였다.

▼ 소설 『악령』의 모티브가 된 네차예프 사건의 주범 네차예프

범인들은 이바노프를 죽인 후 시신에 돌을 매달아 이바노프가 다니던 학교 연못에 던졌다. 그러나 사건은 곧 발각되었고, 경찰이 범인들의 검거에 들어갔다. 관련자들은 대부분 체포됐으나 주범 네차예프는 스위스로 도피했다. 그 후 1872년 현지 경찰에 체포되

어 러시아로 송환된 후 재판에서 20년 형을 받는다. 그는 10년 뒤 옥사했다.

그런데 네차예프 사건이 일어나기 한 달 전 안나의 남동생 이반이 도스토옙스키가 살고 있던 드레스덴으로 왔다. 도스토옙스키가 외국 신문에 난 러시아 상황에 관한 기사들을 보고 처남이 다니는 모스크바 표트르 농업 아카데미에 시위가 일어날 것을 우려해 마침 딸 집에 와 있던 장모에게 처남을 그곳으로 불러들이도록 했다. 처남이 분위기에 휩쓸려 시위에 가담할까 봐 그런 조치를 취한 것이다.

도스토옙스키는 처남으로부터 러시아에서의 학생운동에 대해 많은 이야기를 들었다.

네차예프 사건이 신문에 보도된 후 처남 이반은 자기가 좋아하고 따랐던 이바노프가 살해된 데 대해 큰 충격을 받았다. 이반은 이바노프가 매우 똑똑했으며 자기의 소견이 뚜렷한 학생이었다고 했다. 도스토옙스키는 이반의 말에 따라 이바노프가 살해당한 표트르 농업 아카데미의 동굴과 연못 등을 메모했고 이를 그 뒤 『악령』에 사용했다.

사건의 주범 네차예프는 이바노프 살해사건을 일으키기 전 이미 학생운동으로 투옥되었다가 탈옥한 전력이 있다. 탈옥 후 스위스로 달아났던 그는 그곳에서 무정부주의자 바쿠닌 등과 교류했고, 1869년 러시아로 잠입해 '인민의 재판'이라는 비밀혁명결사를 조직했다. 이듬해 2월 19일 농노해방 9주년에 맞춰 대규모 대중봉기를 일으키기 위해서였다. 이 조직

▲ 도스토옙스키가 『악령』을 쓰기 시작했던 독일 드레스덴의 공동주택. 그는 여기서 1870년 4월부터 10월까지 살았다

의 강령에는 '혁명의 목적을 위해서는 일신의 이해도, 육친의 정(情)도 버리고 돌보지 않는다'는 내용 등이 들어있었다.

이바노프는 이러한 문제들에 대해 항의를 했다. 그는 네차예프에 대한 복종을 거부하고 그들과의 관계를 끊었다. 그래서 네차예프 조직에서 이바노프가 밀고할 가능성이 있다고 보고, 그를 꾀어내어 살해한 후 시신을 연못에 유기했던 것이다.

살해에는 네차예프를 비롯, 조직원 몇 명이 가담했는데, 이는 관계자 여럿을 공범으로 만들어 밀고를 막기위한 것이었다. 당시 과격 사회운동

권 세력의 조직원의 이탈을 방지하기 위한 수법이기도 했다.

소설 악령에서도 이 부분은 실제 사건과 거의 비슷하게 묘사된다. 소설 속에서 네차예프에 해당되는 표트르를 비롯한 5인조는 밀고의 우려가 있던 소설 속의 이바노프인 샤토프를 죽여 몸에 돌을 매달아 연못에 던져 넣는다.

사건에 관련된 많은 사람들이 거의 죽거나 체포되며 표트로는 해외로 달아난다. 이 소설의 주인공이라고 할 수 있는 악마적 허무주의자 스타브로긴은 결국 자살로 생을 마감한다.

『악령』에 대한 대조적 반응

『악령』은 네차예프 사건이 모티브가 됐지만, 전적으로 그 사건을 묘사한 소설은 아니다. 도스토옙스키는 『악령』을 사건 두 달 후인 1870년 초부터 쓰기 시작해 1871년 7월쯤 일차 마무리한다.

도스토옙스키의 유럽 거주 마지막 18개월 동안 도스토옙스키는 대부분의 시간을 『악령』을 쓰는 데 썼다. 그는 그 후에도 이 소설을 몇 번이나 고쳐썼다. 『악령』은 〈러시아 통보〉에 1871년부터 연재되기 시작해 1872년 12월 호에서 완결된다.

『악령』의 마지막 부분은 상트페테르부르크 남쪽에 있는 온천휴양지 스타라야루사에서 썼다. 도스토옙스키는 1872년 여름부터 집필과 휴식을 위해 스타라야루사에 별장을 계약해 상트페테르부르크와 스타라야루사를 오가며 소설을 썼다.

『악령』이 연재될 때 무신론적 과격 사회주의 혁명 세력과 그 동조자들은 도스토옙스키를 강력히 비난했다. 반면에 보수진영에서는 크게 환영하는 등 대조적인 반응을 보였다. 『악령』이 한창 연재중이던 1872년에는 네차예프가 스위스에서 체포되어 송환된다는 소식으로 이 소설이 한층 관심을 끌었다.

『악령』에서 주인공 스타브로긴의 가정교사였던 시인 스테판 트로피모비치 베르호벤스키는 죽기 전에 신약성경 누가복음에 나오는 '예수가 귀신들린 사람을 고치는' 대목을 인용해 자신의 입장을 이야기한다. 이는 도스토옙스키가 하고 싶은 이야기다.

소설에서는 누가복음 8장 32절부터 36절까지를 인용하고 있는데 내용 전체, 즉 26절부터 38절까지를 모두 보는 것이 이해에 도움이 될 것 같다.

26 그들은 갈릴레아 호수 건너편에 있는 게르게사 지방에 다달았다.

27 예수께서 뭍에 오르셨을 때에 그 동네에서 나온 마귀 들린 사람 하나와 마주치시게 되었다. 그는 오래전부터 옷을 걸치지 않고 집 없이 무덤들 사이에서 살고 있었다

28 그는 예수를 보자 그 앞에 엎드려 "지극히 높으신 하느님의 아들 예수님, 왜 저를 간섭하십니까? 제발 저를 괴롭히지 마십시오" 하고 크게 소리 질렀다.

29. 그것은 예수께서 이미 그 더러운 악령더러 그 사람에게서 나가라고 명령하셨기 때문이다. 그 사람은 여러 번 악령에게 붙잡혀 발작을 일으키곤 하였기 때문에 쇠사슬과 쇠고랑으로 단단히 묶인 채 감시를 받았으나 번번히 그것을 부

수어 버리고 마귀에게 몰려 광야로 뛰쳐나가곤 하였던 것이다.

30. 예수께서 "네 이름이 무엇이냐?" 하시자 그는 "군대라고 합니다" 하고 대답하였다. 그에게 많은 마귀가 들어 가 있었기 때문이다.

31 마귀들은 자기들을 지옥에 쳐넣지는 말아 달라고 예수께 애원하였다.

32 마침 그곳 산기슭에는 놓아 기르는 돼지 떼가 우글거리고 있었는데 마귀들은 자기들을 그 돼지들 속으로나 들어가게 해 달라고 간청하였다.

33 예수께서 허락하시자 마귀들은 그 사람에게서 나와 돼지들 속으로 들어갔다. 그러자 돼지 떼는 비탈을 내리달려 모두 호수에 빠져 죽고 말았다.

34 돼지 치던 사람들이 이 일을 보고 읍내와 촌락으로 도망쳐 가서 사람들에게 알려주었다.

▼ 스타라야루사 도스토엡스키 별장과 페레리치차 강(2018. 8.)

35 사람들이 무슨 일이 일어났는가 하고 보러 나왔다가 예수께서 계신 곳에 이르러 마귀들렸던 사람이 옷을 입고 멀쩡한 정신으로 예수 앞에 앉아 있는 것을 보고는 그만 겁이 났다.

36 이 일을 처음부터 지켜 본 사람들은 마귀들렸던 사람이 낫게 된 경위를 알려주었다.

37 게르게사 근방에서 나온 사람들은 몹시 겁을 집어 먹고 예수께 떠나가라고 간청하였다. 그래서 예수께서는 배를 타고 떠나 가셨다.

38 그때에 마귀들렸던 사람이 예수를 따라 다니게 해 달라고 애원하였지만 예수께서는 그를 돌려 보내시며 "집으로 돌아가서 하느님께서 너에게 베풀어 주신 모든 일을 이야기하라" 하고 이르셨다. 그가 물러가 예수께서 자기에게 해 주신 일을 온 동네에 널리 알렸다

(『공동번역성서』, 대한성서공회 발행, 가톨릭용, 1977.)

도스토옙스키는 『악령』을 통해, 혁명이라는 목적을 위해 살인도 불사한다는 급진 세력은 그 자체로 악령에 홀린 자들로서 그 악령은 결국 돼지 속으로 들어가 호수에 빠져 죽음으로써 소멸될 것이라는 얘기를 하려 했던 것으로 비평가들은 분석한다. 악령의 소멸은 바로 주인공 스타브로긴의 자살이라는 것이다. 소설 뒷부분에 '악령은 …우리 러시아 속에서 수세기 동안 우글거렸던 온갖 마귀들과 마귀의 새끼들'이란 얘기도 나온다. 러시아가 지금까지의 잘못된 구습과 모순을 탈피해 다시 태어나야 한다는 메시지로 해석된다.

도스토옙스키가 세상을 떠나고 36년 후인 1917년 혁명세력에 의해 로마노프 왕조는 마침내 종말을 고했다.

1917년 볼셰비키 혁명 후 소련에서는 한 때 『악령』이 혁명에 대한 비방서라고 하여 부정적인 평가를 받았으나, 국제적으로는 차르 시대보다 더 폭력적이고 억압적인 스탈린식 정치 체제를 예견한 책으로 평가되었다. 소련에서도 스탈린이 죽은 후에는 적극적으로 재평가되었다.

빚 걱정을 안고 4년 만에 귀국

한편, 도스토옙스키와 안나가 결혼 두 달 만에 빚쟁이와 친척들을 피해 무작정 러시아를 떠난 지도 어느새 4년이 되었다. 두 사람은 유럽에서의 방랑을 그만 끝내고 러시아로 돌아가고 싶었다.

안나와 결혼 전 완성한 『죄와 벌』의 성공으로 도스토옙스키는 러시아 문단에서 다시 인정받기 시작했다. 거기에다 유럽에서 지내는 동안 발표한 『백치』, 『영원한 남편』, 『악령』(*악령은 귀국 후 마무리했다) 등의 작품으로 러시아 내에서의 도스토옙스키의 작가로서의 명성은 꾸준히 높아졌다.

그런데 막상 러시아로 돌아가려니 친척들 문제도 문제지만 그보다는 빚쟁이들의 빚 독촉이 더 두려웠다. 빚쟁이들은 도스토옙스키를 보자마자 채무자 감옥에 집어넣겠다고 으름장을 놓을 것이 뻔했다. 이 문제에 어떻게 대처해야 할 것인지가 귀국에 따른 가장 큰 고민거리였다.

딸 류보피를 낳은 다음 해인 1870년 가을 안나는 다시 임신을 했다. 1871년 7월이 해산 예정 달이다. 안나는 어떻게 해서든 페테르부르크로 들어가서 아이를 낳고 싶었다. 그렇지 않고 다시 유럽에서 아이를 낳으면 귀국은 마냥 늦어질 것 같았다.

마침 〈러시아 통보〉의 편집장 까뜨꼬프가 돈을 부쳐줬다. 1871년 7월 5일 도스토옙스키는 만삭의 안나와 류보피를 데리고 드레스덴을 떠나 3일 만인 7월 8일 페테르부르크에 도착했다. 돌아와 보니 그사이 도스토옙스키는 문학계의 거물급 인사가 되어 있었다.

4년 만에 돌아오니 많은 것이 달라져있었다. 형의 미망인 에밀리야 페도로브나는 두 아들과 딸이 돈을 곧잘 벌어 꽤 풍족한 생활을 하고 있었다. 도스토옙스키에게도 이제 가족이 있으므로 특별한 경우에만 자신을 도울 수 있을 것이라고 생각하는 것 같았다.

▼ 도스토옙스키의 의붓아들 파벨

그러나 의붓아들 파벨만은 여전했다. 그는 석달 전인 그해 4월에 결혼했는데, 아직도 도스토옙스키가 자기를 부양할 의무가 있다고 생각하고 있었다. 안나는 소박하고 영리해 보이는 예쁜 그의 아내는 마음에 들었다. 안나는 "그녀가 어째서 파벨 같은 구제불능의 인간에게 시집을 갔는지 도무지 이해할 수가 없었고, 그녀의 인생이 얼마나 힘들지, 정말 가엽다는 생각이 들었다"

라고 회고록에 남겼다.

여기저기 맡기고 간 물건들은 제대로 남아있는 것이 없었다. 책들은 파벨이 책을 보며 교양을 쌓고 싶다고 해서 그에게 맡겼는데 모두 고서적상에게 팔아넘긴 사실을 알게 되었다. 안나가 힐책하자 파벨은 폭언을 하며 제때에 자기에게 돈을 보내주지 않은 도스토옙스키의 책임이라고 오히려 큰소리를 쳤다. 다행인 것은 한 친척집에 보관해 두었던 서류바구니가 온전하게 있었다는 것이다. 거기에는 『죄와 벌』 등의 창작 노트 등과 형 미하일이 잡지 발행과 관련해 남긴 몇 권의 다이어리, 그리고 많은 편지들이 들어있었다.

안나는 페테르부르크에 도착한 지 8일 만인 7월 16일, 첫아들을 낳았다. 남편의 이름과 똑같이 표도르라고 이름을 붙였다.

제11부

스타라야루사와 『카라마조프 씨네 형제들』

▲ 도스토옙스키가 『카라마조프 씨네 형제들』을 쓴 스타라야루사, 상트페테르부르크로부터 약 300km 남쪽에 있다. (구글지도)

스타라야루사에 평생 처음 자기 집을 마련하다

도스토옙스키는 자기 집을 가져 본 적이 없었다. 1877년 스타라야루사의 별장을 처남 이름으로 사들여 가족들과 함께 살았는데, 그것이 사실상 생애 처음 마련한 자기 집이라고 할 수 있다.

도스토옙스키는 4년간의 유럽 방랑에서 돌아온 다음 해인 1872년부터 매해 봄부터 가을까지 휴양지인 소도시 스타라야루사에서 보냈다. 도스토옙스키는 이때부터 세상 떠날 때까지 상트페테르부르크와 스타라야루사를 오가며 살았다. 스타라야루사는 도스토옙스키가 살 때는 1

▼ 스타라야루사 도스토옙스키 박물관(옛 별장)

만 명 정도의 규모였다. 지금도 인구가 3만 명 정도 밖에 되지 않는 한적한 곳이다.

이 조그만 도시를 소개한 것은 조카사위 블라지슬라블레프 교수였다. 조카사위는 스타라야루사에 온천이 있어 건강에 좋다며 이곳 루먄체프 사제의 별장을 소개해 주었다. 도스토옙스키가 이곳에 온 것이 단지 자신과 가족의 건강을 챙기기 위해서만은 아니었다. 상트페테르부르크에서는 빚쟁이들과 지인, 친척들의 잦은 방문 때문에 집필에 집중하기가 어려웠기 때문이기도 했다.

도스토옙스키 가족이 처음 스타라야루사에 간 것은 1872년 5월이다. 상트페테르부르크에서 볼호프 강까지 이동해 배를 타고 노브고로드까지 간 후 노브고로드에서 다른 배로 일멘 호수를 건너 스타라야루사까지 갔다. 일멘 호수는 스타라야루사 바로 위쪽에 위치한 큰 호수다. 강과 호수에서 배를 이용하는 것이 당시에는 가장 빠른 교통수단이었다.

도스토옙스키 가족이 스타라야루사 선착장에서 마차를 타고 루먄체프 사제의 별장을 찾아갔을 때 사제 가족이 마중 나와 있었다. 도스토옙스키 가족은 그때부터 루먄체프 사제의 가족과 가깝게 지냈다.

첫해는 루먄체프 사제의 별장을 이용했으나, 이듬해인 1873년에는 다른 사람이 그 별장을 먼저 빌렸기 때문에 하는 수 없이 다른 집을 알아보았다. 그것이 현재 도스토옙스키 박물관이 된 육군 대령 출신의 알렉산드르 그리베 씨의 별장이다. 1층에는 그리베 씨 가족이 살고 2층에 도스토옙스키 가족이 살았다. 가족들은 그리베 씨 집을 좋아했다. 도스토옙

▲ 서재 창문으로 보이는 페레리치차 강

스키 가족은 1874년에서 1875년으로 이어지는 겨울에는 여러 사정으로 그리베 씨 집 대신 레온찌예프 장군의 별장에서 지내기도 했지만, 봄이 되자 다시 그리베 씨 집으로 이사했다.

그러던 중 1877년 초에 그리베 씨가 세상을 떠난 후 유족이 별장을 내놓자 도스토옙스키는 이 집을 1150루블에 처남의 이름으로 사들였다. 도스토옙스키 사후에는 안나의 이름으로 바꿨다. 처음에 처남 이름으로 산 것은 당시 그만한 돈이 없어서라기보다는 아직 빚이 있었기 때문이 아니었을까 추측된다.

그리베 씨의 별장은 넓은 테니스 코트와 텃밭이 있었고, 정원에는 반야(러시아식 사우나)가 있었다. 도스토옙스키는 이 반야를 좋아했다.

그리고 집 바로 옆으로는 운하처럼 보이는 폭이 좁은 페레리치차 강이 흐르고 있다. 도스토옙스키의 서재에서 창문을 통해 내려다보면 오래된 나무들 사이로 강물이 바로 눈앞으로 흐르는 풍경이 아름답다.

도스토옙스키는 스타라야루사에 온 첫해인 1872년 오랫동안 다듬어오던 『악령』을 마무리했다. 『미성년』도 이곳에서 썼고, 최후의 대작 『카라마조프 씨네 형제들』도 많은 부분을 스타라야루사에서 썼다.

도스토옙스키는 『미성년』을 쓰면서부터 인쇄 전지 한 장당 250루블을 받게 되었다. 그 이전에는 최고로 받았을 때가 장당 150루블이었다. 당시 톨스토이나 투르게네프 같은 작가는 장당 500루블을 받고 있었다. 도스토옙스키는 이같은 원고료의 차이에 대해 1874년 12월 안나에게 보낸 편지에서 '자신이 너무나 저평가되고 있다'며 불만을 토로한 일도 있다. 1880년 6월 모스크바에서 행한 푸시킨 동상 제막식 연설문도 스타라야루사에서 완성했다. 푸시킨 동상 제막식 연설은 도스토옙스키가 높아진 문학계에서의 자신의 위상을 재삼 확인한 기회이기도 했다.

귀국 후 1873년부터 안나가 출판업을 시작하여 가계를 돕기 시작하면서 가정의 경제 형편도 조금씩 풀려갔고 스타라야루사에 별장도 얻으면서 도스토옙스키는 전에 없이 안정된 상황에서 작업을 할 수 있게 되었다.

가족들은 스타라야루사의 생활에 만족해했으며 안나가 1875년 이곳에서 둘째 아들 알료샤를 낳으면서 더 애착을 갖게 되었다.

막내아들 알료샤의 사망

그러나 그러한 행복은 마냥 오래가지 않았다. 사랑스럽던 알료샤가 3

년 만에 갑자기 죽은 것이다. 알료샤는 세 살이었다. 54세 늘그막에 얻은 막내 아이였기 때문인지 도스토옙스키는 알료샤에 대해서 유난히 더 애정을 쏟았다. 그런데 그 아이가 죽었다. 그것도 도스토옙스키의 지병이기도 한 간질로 인한 사망이었다. 부부의 슬픔은 너무도 컸다.

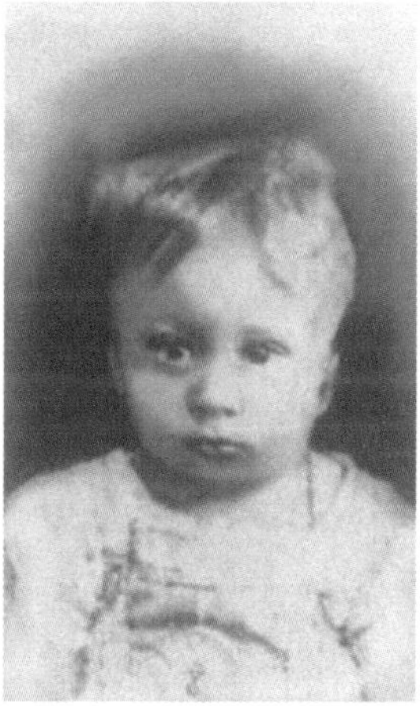
▲ 세 살에 죽은 막내아들 알료샤

알료샤를 잃고 도스토옙스키 부부가 얼마나 애통해했는지, 도스토옙스키는 그 심정을 소설 『카라마조프 씨네 형제들』 속에 그대로 적어 놓았다. 세 살짜리 아들을 잃은 어느 아낙네가 조시마 장로를 찾아가 슬픔을 호소하는 이야기다.

조시마 장로가 자신을 찾아온 아낙네에게 묻는다.

"그런데 어째서 울고 있는 거요?"

"아들놈이 불쌍해요, 신부님. 겨우 세 살배기였어요, 세 달만 더 있으면 만 세 살이 되는 아이였어요. 아들놈 때문에, 신부님, 아들놈 때문에 괴롭습니다. (…) 그 애는 세상을 뜬 것이 아니라 바로 내 앞에 살아 있는 것만 같아요. 제 영혼은 고갈되어 버렸어요. 그 애의 조그만 속옷이나, 저고리 혹은 장화만 보아도 울음이 터져 나오지요. 그 애가 남기고 간 물건들을 하나하나 늘어놓고 쳐다보면 눈물이 쏟아지는 겁니다. (…) 저는 단 한 번만이라도 그 애를 보고 싶어요. 단 한

▼ 도스토옙스키가 세상을 떠난 상트페테르부르크의 아파트. (1929년 사진) 지금은 도스토옙스키 박물관이 이 건물 안에 있다

번만이라도. 그 애한테 가까이 다가가거나 말을 걸지 않아도 좋아요. 마당에서 놀다가 방에 들어와서는 귀여운 목소리로 〈엄마, 어디 있어?〉 하고 부르곤 하던 그 음성을 구석에 숨어서 잠시라도 바라보며 듣고 싶어요. 조그만 발로 방 안을 콩콩거리며 뛰어다니던 소리를 한 번만이라도, 단 한 번만이라도 듣고 싶어요. 그래요, 그 애가 종종 나를 부르며 달려와서는 웃곤 하던 모습이 생생해요. 그 애의 발자국 소리만이라도 듣고 싶어요. 그 소리만 들어도 그 애인지 아닌지 알 수 있으련만! 그런데 그 애는 이젠 없어요, 신부님, 죽고 없는 거예요, 그리고 다시는 그 애의 목소리를 들을 수도 없어요! 여기 그 애의 조그만 허리띠가 있지만, 그 애는 죽고 없어요. 이제 저는 결코 그 애를 볼 수도, 그 애의 목소리를 들을 수도 없어요!

그녀는 품속에서 자기 아들의 장식 달린 조그만 허리띠를 꺼냈으며, 그것을 보자마자 흐느낌으로 몸을 떨었다. 얼굴을 가렸던 손가락 사이로 갑자기 강물처럼 눈물이 흘러내렸다.

"아, 그것은." 장로가 입을 열었다. "먼 옛날에 〈라헬이 자식들을 생각하며 눈물을 흘렸으되 위안을 얻지 못했으니, 그 자식들이 죽고 없었기 때문이라〉 했으니, 아기 어머니, 당신도 지상에서 그 같은 운명에 처한 것입니다. 그러니 위안을 얻으려 하지말고 우시오. 단지 울 때마다 당신의 아들이 하늘나라의 천사가 되어 내려다 보다가 당신의 눈물을 보고 기뻐하며 그것을 하느님께 알려 드린다는 사실을 반드시 기억하십시오. 그리고 앞으로도 오랫동안 당신은 어머니의 위대한 슬픔을 겪게 되겠지만 결국 그것은 고요한 기쁨으로 변하여 그 쓰라린 눈물도 죄악으로부터 구원해 주는 고요한 위안과 진정한 정화의 눈물이 될 겁니다. 그러면 저 세상으로 떠난 당신의 어린 아들을 위해 기도해 드리겠습니다. 이름이 뭐지요?"

"알렉세이입니다, 신부님." (『까라마조프 씨네 형제들』, 이대우 옮김, 열린책들, 2008.)

그렇다. 알렉세이는 바로 알료샤다. 알렉세이의 애칭이 알료샤다. 세 살배기 아들을 잃은 어미는 바로 안나였다. 알료샤는 스타라야루사에서 태어났으나 가족과 상트페테르부르크에 가 있을 때 죽었다. 알료샤가 죽고 나서 안나는 한동안 넋을 잃고 지냈다. 그 모습을 도스토옙스키가 『카라마조프 씨네 형제들』에 재연해 놓은 것이다.

도스토옙스키가 『카라마조프 씨네 형제들』의 사실상의 주인공이며 쓰지 못한 이 소설 후편에서 본격적인 활약을 펼칠 셋째 아들의 이름을 알료샤라고 한 것은 죽은 아들을 소설 속에서나마 부활시키려 한 것이 아닐까 하는 생각도 든다.

알료샤가 죽은 뒤 도스토옙스키는 상트페테르부르크의 거주지를 쿠즈네츠느이 5번지로 옮겼다. 현재 도스토옙스키 박물관이 되어있는, 도스토옙스키가 마지막으로 살던 아파트다. 도스토옙스키는 이 아파트에 20대 중반이었던 1846년에도 살았던 적이 있다. 도스토옙스키는 이 아파트로 이사온 지 2년 반 후인 1881년 1월 28일 폐출혈로 사망한다.

스타라야루사 도스토옙스키 박물관을 찾아서

내가 스타라야루사를 찾아간 것은 2018년 8월 하순이었다. 러시아에서의 여행이 늘 그렇지만, 이동 시간은 언제나 불편한 시간대에 걸린다. 이번에도 밤 10시경 모스크바에서 스타라야루사 인근의 노브고로드로 가는 기차를 타게 되었다.

노브고로드에 아침에 도착하는 야간 열차였다. 박정곤 교수가 동행했

▼ 노브고로드역과 넵스키 대공 흉상

다. 노브고로드역에 도착하니 아침 햇살이 플랫폼을 환하게 비추고 있었다. 현재의 도시 이름은 벨리키 노브고로드인데 흰 역사의 벽면에는 그냥 노브고로드라고 쓰여있었다.

노브고로드는 키예프와 함께 러시아 역사와 문화의 출발점이 되는 도시다. 도시 이름을 벨리키 노브고로드로 바꾼 것은 니즈니 노브고로드와 구별하기 위해서인 것 같았다.

역 앞 광장에 옛 기사 투구를 쓴 화강암 흉상이 하나 서 있었다. 다가가 보니 넵스키 대공의 흉상이다. 넵스키라면 상트페테르부르크의 중심도로가 넵스키 대로여서 매우 익숙한 이름이다. 그뿐만 아니라 도스토옙스키가 묻혀있는 묘지도 넵스키 수도원 아닌가.

노브고로드는 스타라야루사 바로 위쪽의 일멘 호수에서 흘러나오는 볼호프 강을 중심으로 세워진 상업도시로서 10세기로부터 15세기까지 자치 공국으로 존속되었다.

이곳 노브고로드 출신의 알렉산드르 야로슬라비치 넵스키 대공이 이끄는 군대는 1240년과 1242년 각각 스웨덴과 독일의 침공을 막아내 러시아의 영토를 지켜냈다. 이후 넵스키 대공은 러시아의 민족적 영웅으로 추앙을 받고 있다. 러시아 정교회에 의해 성인의 반열에도 올라있다.

13세기 몽골의 침입 때도 키예프는 초토화 됐으나 노브고로드는 북쪽에 위치하여 다행히 화를 면했다. 그러나 그뒤 이반 3세 때 크게 파괴되면서 러시아의 중심적 위치를 모스크바에 내주게 되었다. 넵스키란

'네바강의 알렉산드르'란 의미의 별명이라고 한다.

역 앞에서 택시를 타고 스타라야루사까지 갔다. 지도상으로 97km의 거리다. 도착하니 오전 8시 반이다. 아주 적막한 도시였다. 박물관은 10시에 문을 연다. 시간 보낼 만한 커피숍 같은 곳은 이곳에 없었다. 러시아의 물정을 잘 아는 박정곤 교수가 그럴 줄 알고 미리 예약해 놓은 게스트하우스를 찾아가 짐을 풀고 잠시 휴식 후 그리 멀지 않은 곳에 있다는 도스토옙스키 박물관을 향해 출발했다.

공원 한가운데의 도스토옙스키 동상

박물관으로 가는 도중 조그만 공원 한가운데 동상이 하나 눈에 띄었다. 한눈에 그것이 도스토옙스키 동상임을 알 수 있었다. 이곳에 그런

▼ 스타라야루사의 도스토옙스키 동상

동상이 있는 줄은 사전에 알지 못했다. 동상은 도스토옙스키가 두터운 외투를 걸치고 둥그런 통나무 그루터기 위에 앉아 무언가 생각하는 형상이다.

내가 그간 보아 온 동상 중에 가장 잘 만들어진 것 같다는 생각이 들었다. 동상 주변엔 푸른 잔디가 잘 정돈되어 있었고 저쪽 길 건너엔 오래된 아름다운 정교회 성당의 첨탑들이 보였다.

동상을 사진에 담고 조금 걸어가니 또 하나의 성당이 있었다. 그곳이 도스토옙스키가 다니던 성 게오르기 성당이었다. 루만체프 사제가 시무하던 곳이기도 했다. 성당 앞에는 걸인 몇 사람이 깡통을 들고 동냥을 하고 있었다. 사람들의 출입이 빈번하다는 뜻이다.

이 성당을 지나 골목길을 한 블록 더 가니 오른쪽으로 누런 황톳빛의 강폭이 좁은 강이 나타났고 강둑 저쪽에 사진에서 많이 본 녹색 2층 건물이 눈에 들어 온다. 우리가 찾아가고 있는 스타라야루사 도스토옙스키 박물관이다. 도스토옙스키 가족이 살았던 스타라야루사 별장인 것이다. 강둑을 따라 서 있는 오래된 아름드리 나무들이 강과 어우러져 아름다운 풍경을 만들어 내고 있다.

집의 뒷면과 오른쪽면은 길에 붙어 있고 역시 녹색의 나무 담장이 집 양쪽 끝에 연결되어 있다. 마당으로 들어가는 작은 쪽문은 열려있었다. 문 옆에는 도스토옙스키 집 박물관이라는 작은 간판이 붙어있다. 박물관은 마당에서 현관문을 열고 들어가야 한다.

박물관 안내는 선임학예사이며 관장 대행인 율리야 유흐노비치 씨가 해 주었다.

도스토옙스키를 알아본 미술품 수집가 트레티야코프

스타라야루사의 도스토옙스키 박물관은 도스토옙스키 가족이 살던 2층의 6개 방을 주전시실로 하고 있다. 1층에는 작은 세미나실 같은 방이 있는데, 벽면과 유리전시대에 유형살이와 관계된 인물들의 사진 등이 전시되어 있다.

율리야 유흐노비치 관장 대행은 우리를 만나자 바로 2층으로 올라가 2층 베란다에 놓여 있는 도스토옙스키 초상화에 대한 설명부터 시작했다. 초상화는 우리가 가장 많이 보아 온 도스토옙스키 초상화였다. 당대

▼ 박물관에 대해 설명하는 율리야 유흐노비치 관장대행. 옆의 도스토옙스키 초상화는 복제품

의 유명한 화가 바실리 페로프(1833~1882)가 그린 것이다. 원본일까?

관장은 이곳의 초상화는 페로프가 그린 원본이 아니고 상트페테르부르크의 니난 예로토바라는 화가가 그린 복제품이라고 설명했다. 현재 원본은 모스크바의 트레티야코프 미술관에 전시되어 있다.

이 초상화는 1872년 유명한 미술품 수집가 파벨 미하일로비치 트레티야코프(1832~1898)의 요청으로 페로프가 그린 것인데 도스토옙스키의 대표적인 초상화라고 할 수 있다. 트레티야코프는 당시 유명 문인들의 모습을 당대 최고의 화가들에게 부탁해 그리도록 했다.

이 그림은 도스토옙스키가 유럽에서 귀국한 그해인 1871년 말에 시작돼 이듬해 완성됐다. 도스토옙스키가 귀국해 보니 『죄와 벌』에 이어 유럽에서 쓴 『백치』, 『악령』 등의 성공으로 그의 명성이 트레티야코프가 초상화를 부탁할 정도로 높아져 있었던 것이다. 짙은 그린색 두터운 재킷 차림의 수수한 그의 복장은 당시 넉넉지 않았던 그의 경제 상황을 짐작케 해주는 것 같기도 하다. 도스토옙스키 집의 살림 형편이 조금씩 펴지기 시작한 것은 안나가 출판업을 시작한 1873년부터라는 것은 앞에서 이야기한 바와 같다. 이 초상화에 대해서 안나는 회고록에 이렇게 기록했다.

초상화에 대한 안나의 회고

그해(1871년) 겨울에는 모스크바의 유명한 미술품 수집가이자 미술관 소유주인 뜨레찌야꼬프가 남편에게 미술관에 소장할 그의 초상화를 그리게 해달라고 부탁했다. 이를 위해 유명한 화가인 뻬로프가 모스크바에서 왔고, 작업을 시작하기 전 일주일간 그는 매일 우리를 찾아왔다. 뻬로프는 그야말로 다양한 정서 상태의 표도르 미하일로비치를 만나 대화를 나누고 논쟁을 유도하면서 남편의 얼굴에서 가장 특징적인 표정을 포착해냈다. 그것은 표도르 미하일로비치가 예술적 사고에 몰입해 있을 때의 표정이었다. 뻬로프는 '도스토에프스끼의 창작 순간'을 초상화에 붙박았다고 할 수 있을 것이다. 나는 표도르 미하일로비치의 서재에 들어갔다가 그의 얼굴에 그런 표정이 떠오른 것을 여러 번 보았다. 그리고 그렇게 그가 마치 '자기 마음속을 들여다 보고' 있는 것 같을 때는 아무 말 없이 서재를 빠져나오곤 했다. 나중에 이야기하다 보면 표도르 미하일로비치는 자기 생각에 완전히 빠져서 내가 들어온 것도 눈치채지 못했고, 내가 자기 방에 다녀갔다는 것도 믿지 않았다.

뻬로프는 똑똑하고 친절한 사람이어서 남편은 그와 이야기하는 것을 좋아했다. 나는 그가 그림을 그리는 시간이면 언제나 그 자리에 참석했다. 뻬로프에 관해서는 정말 좋은 추억을 갖고 있다.

페로프가 도스토옙스키의 초상화를 완성한 것은 1872년 5월이었다. 다섯 달이나 걸린 것이다. 이 초상화에 대해 트레티야코프가 페로프에게 준 사례비는 6백 루블이었다.

현재 모스크바 레닌 국립도서관 앞의 동상도 페로프의 그림을 보고 만든 것이라고 한다. 다만 그가 앉아 있는 자세가 어정쩡해서, 치질 환자 같다는 등 야유도 있었다. 도스토옙스키는 실제 치질 환자이기도 했다.

▼ 모스크바의 트레티야코프 미술관. 도스토옙스키, 톨스토이, 푸시킨 등의 초상화와 러시아 명화들이 전시되어 있다

그림을 그린 바실리 페로프는 당대 최고 화가 중 한 사람이었다. 현(縣)지사였던 게오르기 크리데네르 남작의 사생아로 태어난 그는 아버지의 작위는 물론 성(姓)도 물려받지 못했다. 태어난 해도 1833년인지 1834년인지 분명치 않다. 공식 문서에는 대부의 이름을 따서 바실리예프라는 성으로 등록되어있다고 한다. 미술 학교에서부터 사람들이 그를 페로프라고 불렀다. '페로'는 러시아어로 펜이란 뜻이다. 그가 글씨를 잘 썼기 때문에 그의 선생이 붙여준 별명으로 알려져있다. 그도 이 별명을 좋아해 이름으로 굳어졌다. 넵스키, 레닌 등의 이름이 별명 또는 필명에서 왔듯이 페로프도 그 경우에 해당된다고 하겠다.

트레티야코프의 꿈이 이뤄낸 미술관

모스크바의 부유한 상인이었던 트레티야코프는 스물네 살 때인 1856년부터 러시아의 미술품을 수집하기 시작했다. 그는 많은 예술가들을 후원하면서 작품을 수집하기 시작했고, 도스토옙스키의 경우처럼 유명 작가 등의 초상을 그리도록 유명 화가들에게 의뢰하기도 했다. 그의 꿈은 러시아 미술가들의 그림으로 가득찬 국민 미술관을 남기고 싶다는 것이었다.

트레티야코프 미술관은 1856년 개관했다. 그 후 1892년 자신이 소장한 2천여 점의 회화, 조각 드로잉 등을 모스크바시에 기증했다. 미술관은 볼셰비키 혁명 직후인 1918년 국유화되었다.

▼ 모스크바 트레티야코프 미술관의 트레티야코프 흉상앞에서

오늘날 트레티야코프 미술관은 11세기부터 20세기 초반에 이르는 13만 점이 넘는 작품들을 소장하고 있는 최고의 러시아 미술박물관이다. 트레티야코프의 꿈이 만들어 낸 역사의 현장이기도 하다.

기왕에 그림 이야기가 나왔으니 도스토옙스키가 숨을 거둔 직후에 찾아와 잠든 듯한 그의 마지막 모습을 그림으로 남긴 크람스코이(1837~1887)에 대해서도 한마디 하지 않을 수 없다. 크람스코이는 당대의 유명한 초상화가로 도스토옙스키가 사망했다는 소식을 듣고 스스로 초상집으로 찾아와 그림을 그렸다. 안나의 회고록을 다시 보자.

남편이 죽은 다음 날 우리집에 찾아왔던 많은 사람들 중에는 유명한 화가인 끄람스꼬이가 있었다. 그는 고인의 초상화를 실물 크기로 그리고자 했고, 대단한 솜씨로 그 그림을 그려냈다. 그 초상화 속의 표도르 미하일로비치는 죽은 것이 아니라 그저 잠들어 있는 것처럼 보인다. 밝은 얼굴은 마치 아무도 모르는 내세의 비밀을 이제는 알게 되었다는 듯 미소마저 띠고 있다.

▲ 고요히 잠든 듯한 도스토옙스키 사후 모습, 사망 다음 날 당대 유명 화가인 크람스코이가 그렸다

끄람스꼬이 외에도 몇몇 화가들과 사진작가들이 와서 화집을 발간한다며 고인의 초상을 그리거나 사진을 찍었다. 지금은 유명해졌지만 당시에는 무명이었던 조각가 레

오뽈드 베른쉬땀이 우리를 방문하여 남편의 얼굴 본을 떠가기도 했다. 덕분에 나중에 그는 남편과 놀라울 정도로 흡사한 흉상을 제작할 수 있었다.

크람스코이 역시 당대의 유명한 초상화가다. 그는 9세기 후반 러시아의 대표적인 미술 그룹인 '이동파'를 이끌었다. '이동파'란 여러 도시를 이동하며 전시회를 개최하는 그룹이라는 의미다. 여기에는 일리야 레핀, 바실리 수리코프 등 저명한 러시아 화가들이 참여했다. 크람스코이는 1873년에는 톨스토이의 초상화를 그린 바 있다. 그가 1883년에 그린 '미지의 여인'은 특히 유명하다. 누구나 어디에선가 본 적이 있는 그림이라고 생각할 것이다. 톨스토이의 명작 『안나 카레니나』의 주인공 안나를 연상케 한다는 얘기도 있다.

도스토옙스키의 사진

앞서 안나의 회고록 중 화가뿐만 아니라 사진작가들도 조문을 와 사진을 찍어갔다고 했는데, 그중 관에 누워있는 도스토옙스키의 모습을 찍은 사진작가 샤피로의 사진이 알려져 있다.

도스토옙스키의 사진은 유형을 마치고 군 복무를 할 때인 1850년대 말(1858년 또는 1859년) 세미팔라틴스크에서 찍은 장교복을 입은 사진과 젊은 카자흐 학자 발리하노프와 함께 찍은 사진을 비롯, 20여 장 정도가 있다.

사진은 19세기 전반부터 유럽에서 발달되기 시작했는데 러시아에도 곧장 수입돼 19세기 중엽부터는 많은 귀족들과 돈 있는 평민들이 인물 사진 찍기를 좋아했다. 자신의 초상화를 갖는 것이 귀족들의 취미였으므로 사진 찍기도 차츰 상류사회의 유행이 되었다.

▲ 모스크바 도스토옙스키 생가 박물관에 걸려있는 파노프가 찍은 도스토옙스키의 사진

도스토옙스키가 시베리아에서 상트페테르부르크로 돌아온 후에는 1860년부터 양복을 입거나 코트로 정장을 한 사진들이 남아있다.

여러 사진들 가운데 안나가 가장 좋아한 사진이 있다. 1880년 6월 모스크바에서 있었던 푸시킨 동상 건립 기념 연설 다음 날 파노프(1836~1894)가 찍은 사진이다. 다시 안나의 회고를 들어본다.

표도르 미하일로비치는 그다음 날 아침 모스끄바의 일류 사진작가였던 빠노프가 자신을 찾아 온 이야기도 해 주었다. 빠노프는 남편에게 그의 초상 사진을 찍게해 달라고 간청했다. 남편은 모스크바를 떠나는 것이 시급했기 때문에 시간을 허비하지 않으려고 빠노프와 함께 그의 사진관으로 갔다. 그날 찍은 사진 속에는 남편이 전날의 기념비적 사건에서 받은 감흥이 생생하게 드러나 있었다. 언제나 표정이 달랐던(기분이 변화무쌍했던 덕분에) 표도르 미하일로비치의 수많은 초상 사진 중에 나는 이 사진을 으뜸으로 꼽는다. 남편이 가슴 벅찬 기쁨이나 행복을 느낀 순간에 내가 그의 얼굴에서 수없이 봐온 그 표정이 이 사진에 어려 있는 것을 보기 때문이다.

도스토옙스키는 푸시킨 동상 제막식에서 자신의 대중적 인기를 확인한 후 기분이 한껏 고조되어 있었다. 안나는 이 사진에서 도스토옙스키의 행복한 감정이 담겨있는 것을 보았다. 타인의 눈으로는 사진만으로 도스토옙스키의 그같은 감정을 알 수가 없다. 안나만이 그 사진의 표정을 그렇게 읽을 수 있었을 것이다. 모스크바 도스토옙스키 생가 박물관 등에 그 사진이 걸려있다.

페레리치차 강이 내려다보이는 조용한 스타라야루사 별장

베란다의 도스토옙스키 초상화에 대한 유흐노비치 관장대행의 설명을 듣고 안으로 들어가니 첫 번 전시실의 작은 테이블 위에 두 종류의 신문이 놓여있었다. 관장 대행은 “이 신문들은 1875년 이 지방에서 발생했던 나자로프란 사람의 부친 살해 사건에 대한 기사가 실렸던 당시 발행되던 신문인데, 기사가 실린 날짜의 것은 아니다”라고 했다. 그녀는 이어 “여기에 실린 부친 살해 사건은 도스토옙스키의 마지막 소설 『카라마조프 씨네 형제들』을 쓰는 계기가 되었다”고 설명했다. 그러나 단순히 그

▲ 성 게오르기 성당. 도스토옙스키 가족이 스타라야루사에 머물 때 다녔던 성당이다

사건 하나만이 모티브가 된 것이 아니라는 것은 제3부 [작가노트3]에서 이야기한 바 있다.

이 방에는 또 도스토옙스키가 썼던 모자와 흰색 장갑, 지팡이 등도 전시되어 있었는데 진품이라고 했다. 도스토옙스키도 그 시절의 상류층들처럼 때로는 꽤 멋을 낸 것 같다.

그다음 방에는 안나와 류보피가 쳤다는 오르간이 창 쪽에 놓여있었다. 오르간은 도스토옙스키가 안나와 아이들을 위해 직접 구매한 것이다. 도스토옙스키는 저녁이면 오르간 반주에 맞추어 아이들과 안나와 함께 카드릴, 왈츠, 마주르카를 추곤 했다. 안나는 남편이 특히 마주르카를 추기를 좋아했다고 회고록에 남겼다.

이 방에는 도스토옙스키 가족들의 사진 다섯 장이 걸려 있었다. 가족이 모두 함께 찍은 사진은 없다. 3살에 죽은 막내 아들 알료샤의 사진을 포함해 도스토옙스키와 안나, 딸 류보피, 아들 표도르의 사진이다. 형 미하일의 사진도 있었고, 도스토옙스키가 한때 결혼을 생각했던 작가지망생 안나 고르빈-크루코프스카야와 그녀의 프랑스인 남편 자끌라르의 사진도 이 방 한쪽 벽에 걸려있다.

세 번째 방은 도스토옙스키의 서재다. 페레리치차 강이 오래된 나무 사이로 바로 내려다 보였다. 한 구석에는 작은 책상이 놓여있었는데, 도스토옙스키가 쓰던 것은 아니라고 했다. 책상 옆에는 도스토옙스키가 침대로 사용하던 소파가 있었다. 물론 이것도 당시의 것은 아니다. 벽 한쪽에는 도스토옙스키가 좋아했던 푸시킨, 디킨스, 셰익스피어, 발자크의 작은 초상화도 걸려있었다.

그다음 방은 제법 컸다. 커다란 식탁이 가운데 놓여있고, 한쪽에는 그랜드 피아노가 자리하고 있다. 그랜드 피아노는 도스토옙스키 사후에도 모친과 이곳에서 살았던 류보피가 집에서 피아노를 쳤다는 기록이 있어 전시해 놓은 것이라고 했다. 이 방은 식당을 겸했으므로 당시의 끓는 물 주전자 사모바르도 전시되어 있었다.

다섯 번째는 옆 마당이 보이는 안나의 방으로 침대와 책상 등이 자리하고 있다. 여섯 번째 방은 아이들 방인데 소파에는 인형이 놓여있었고, 벽에는 성장한 류보피와 표도르의 사진과 이콘 등이 걸려 있었다.

아이들 방에서 좁은 계단을 따라 1층으로 내려가니 작은 세미나실이

▲ 안나와 딸 류보피가 연주하던 오르간이 있는 전시실

나온다. 벽과 주변에 페트라셰프스키 사건 관련자들의 사진과 토볼스크에서 만난 데카브리스트 부인 폰비지나와 안넨코바의 사진 등 여러 자료들이 전시되어 있다.

관장대행은 우리가 박물관을 찾아가던 중에 본 인근의 도스토옙스키 동상에 대해서도 설명했다. 동상이 서있는 곳은 소설에 나오는 장소로서, 2001년 도스토옙스키 사후 120주기를 맞아 도스토옙스키를 사랑하는 전국의 독자들의 성금으로 만든 것이라고 했다. 또한 조각가도 유명한 사람인데 돈을 받지 않고 만들어주었다고 말했다.

내가 "그동안 본 도스토옙스키 동상 가운데 가장 잘 만든 것 같다"고 했더니, 이곳 세미나에 왔던 학자들도 그런 이야기를 했다며 좋아했다.

새로 문을 연 <카라마조프 씨네 형제들 소설 박물관>

모스크바와 상트페테르부르크 사이의 작은 도시인 스타라야루사에 있는 이 집도 2차 대전의 전화를 피해가지 못했다. 전쟁 중에 공습으로 지붕과 베란다가 날아가 버렸다. 그러나 전쟁이 끝난 후 1945년에는 파괴된 부분을 모두 복구했다.

도스토옙스키가 죽은 2년 후인 1883년, 안나가 도스토옙스키의 유품을 정리해 이 집의 방 2개를 박물관으로 꾸몄었다고 한다. 그뒤 박물관으로 정식 개관한 것은 도스토옙스키 사후 100주기가 되는 1981년이었다.

그리고 2018년 7월, 기존의 박물관에서 얼마 떨어지지 않은 페레리치차 강 옆에 <카라마조프 씨네 형제들 소설 박물관>이 문을 열었다. 기존 박물관의 별관이다.

▼ 스타라야루사의 〈카라마조프 씨네 형제들 소설 박물관〉

나는 스타라야루사에 갈 때까지 <카라마조프 씨네 형제들 소설 박물관>이 바로 얼마 전에 문을 열었다는 것을 몰랐다.

율리야 유흐노비치 관장대행의 말을 듣고 처음 알게 되었는데, 아쉽게도 “오늘은 그 박물관을 안 연다”고 했다. 이 박물관 안에는 12개의 소설 등장인물 마네킹이 있다고 한다. 유흐노비치 씨에게 작별인사를 하고 그녀가 가르쳐 준 대로 <카라마조프 씨네 형제들 소설 박물관>을 일단 찾아갔다. 멀지 않은 곳에 있었다. 박물관은 노란색으로 외벽을 칠한 고딕 양식의 2층짜리 건축물이었다. 집 박물관보다 더 커보였다. 문 옆의 표지판을 보니 매주 월요일과 마지막 화요일에는 열지 않는다고 쓰여 있다. 그날 8월 28일이 마지막 화요일이었던 것이다.

“박물관은 대개 월요일에 쉬는데 화요일에 쉬는 곳도 있군. 다음을 기약할 수밖에….”

〈2권에 계속〉

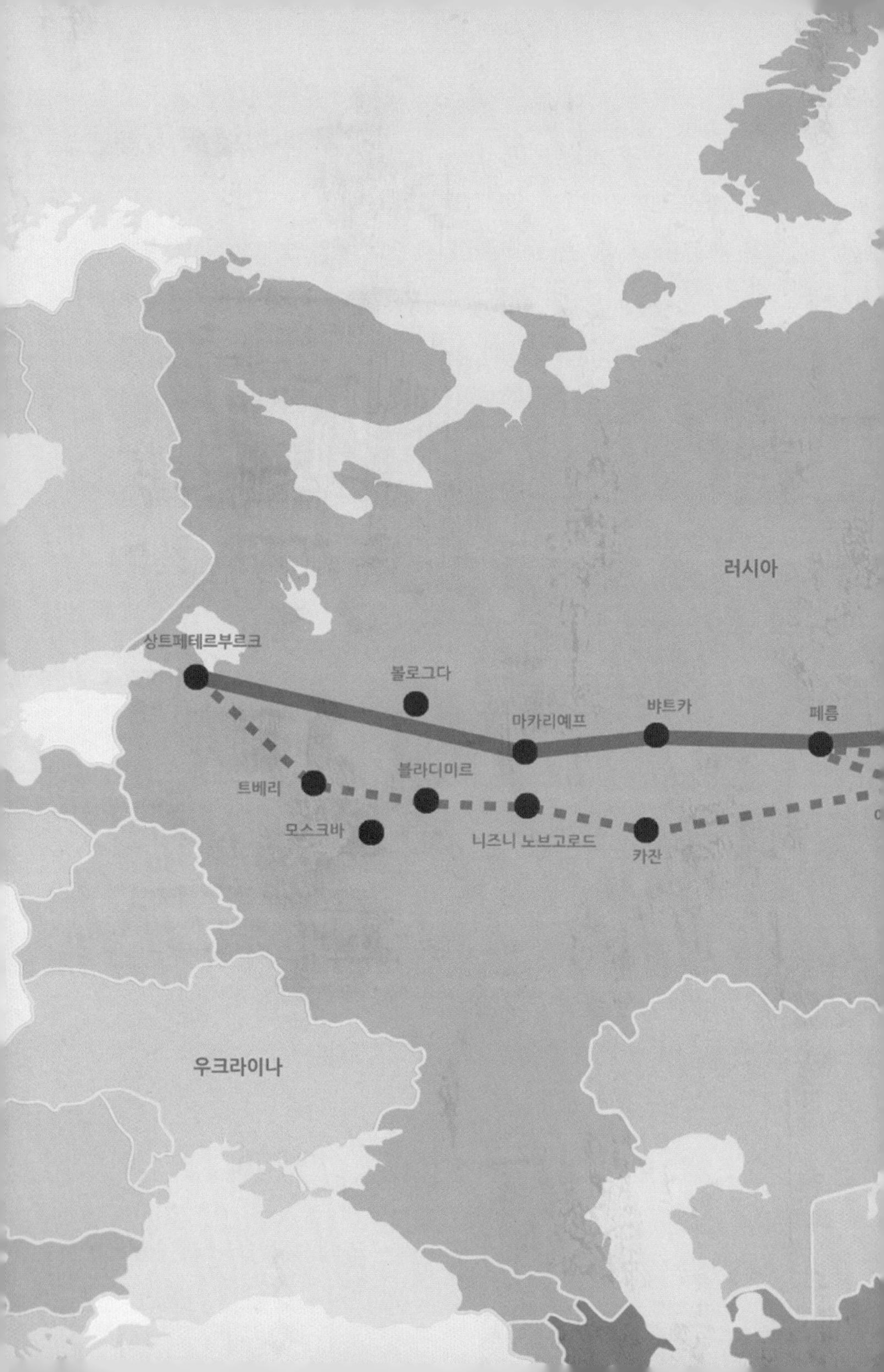
러시아
상트페테르부르크
볼로그다
마카리예프
뱌트카
페름
트베리
블라디미르
모스크바
니즈니 노브고로드
카잔
우크라이나

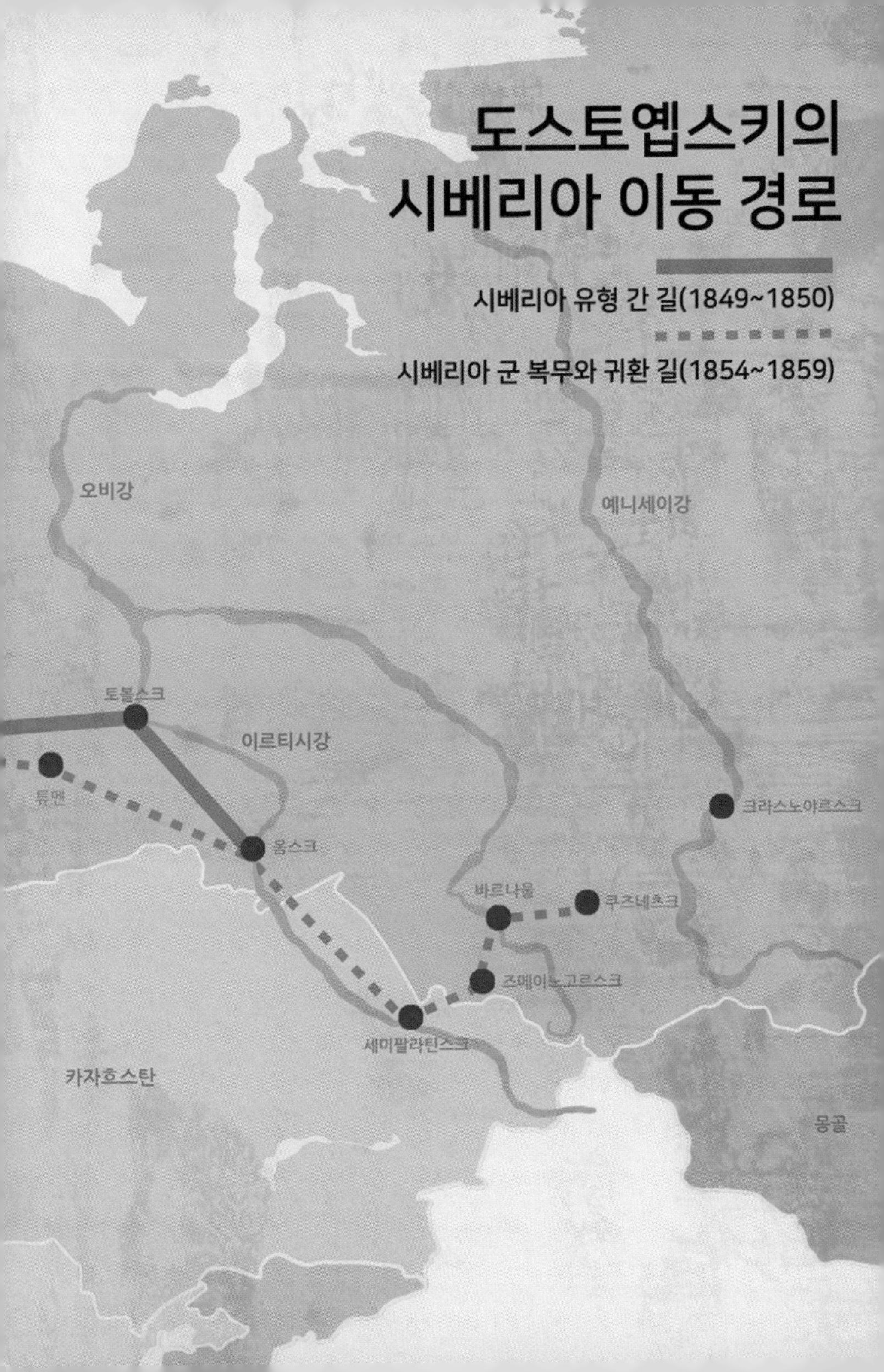
도스토옙스키의
시베리아 이동 경로
시베리아 유형 간 길(1849~1850)
시베리아 군 복무와 귀환 길(1854~1859)
오비강
예니세이강
토볼스크
이르티시강
튜멘
크라스노야르스크
옴스크
바르나울
쿠즈네츠크
즈메이노고르스크
세미팔라틴스크
카자흐스탄
몽골

러시아 문학기행1
도스토옙스키 두 번 죽다

초판1쇄 인쇄 | 2020년 7월 3일
초판1쇄 발행 | 2020년 7월 10일

지은이 | 이정식
펴낸이 | 박연
펴낸곳 | 한결미디어

등록 | 2006년 7월 24일(제313-2006-000152호)
주소 | 서울시 마포구 모래내로 83 한올빌딩 6층
전화 | 02-704-3331
팩스 | 02-704-3360
이메일 | okpk@hanmail.net

ISBN 979-11-5916-137-7 979-11-5916-136-0(세트) 04810